a que ponto

a que ponto

Direção editorial
Jiro Takahashi

Editora
Luciana Paixão

Editora assistente
Anna Buarque

Preparação de texto
Estilo Edição de Livros

Revisão
Rosamaria G. Affonso

Capa, projeto gráfico e diagramação
SGuerra Design

Produção de arte
Marcos Gubiotti

CIP-Brasil. Catalogação na fonte
Sindicato Nacional dos Editores de Livros, RJ

V774q Villari, Vincent
A que ponto chegamos / Vincent Villari. - São Paulo : Prumo, 2013.
272 p. : 21 cm

ISBN 978-85-7927-278-3

1. Conto brasileiro. I. Título.

13-2180. CDD: 641.3
CDU: 641.5

Direitos de edição: Editora Prumo Ltda.
Rua Júlio Diniz, 56 – 5º andar – São Paulo – SP – CEP: 04547-090
Tel.: (11) 3729-0244 – Fax: (11) 3045-4100
E-mail: contato@editoraprumo.com.br
Site: www.editoraprumo.com.br
facebook.com/editoraprumo | @editoraprumo

para Luciana Garcia,
a primeira a ver graça
nesta tristeza toda

"E ouvireis de guerras
e de rumores de guerras;
olhai, não vos assusteis,
porque é mister que isso tudo aconteça,
mas ainda não é o fim."

Evangelho de São Mateus, 24:6.

SUMÁRIO

UM GÊNIO DO QUAL SE DESCONFIA

ler ao som de *Esses moços (pobres moços)*, de Lupicínio Rodrigues

Patapinho Verve era um jovem e promissor escritor, de cujo talento ninguém duvidava, embora ninguém tivesse lido de fato algum texto seu. "Ainda não é o momento", costumava dizer, instigando com simpática malícia as expectativas alheias. Preparando-se para escrever a obra-prima do novo século, Patapinho sentia a criatividade guinchando em seus neurônios – criatividade que dizia manipular e depurar com o perfeccionismo de um psicopata.

– Quando escrever a primeira linha, sairá tudo num jorro só.

Embora garantisse possuir uma capacidade inventiva bastante ampla, era difícil para Patapinho planejar uma rotina de trabalho, pois tinha de cuidar em tempo integral do pai, o doutor Patápio Verve, que, apesar de nunca ter sido doutor, e sim motorista do Instituto Médico Legal, costumava exigir no passado e suplicar no presente que o filho se referisse a ele apenas dessa forma. Tendo enlouquecido nos anos 80 por causa da vinheta da

Sessão da Tarde, o doutor Patápio atravessou as duas últimas décadas trancado em um quarto sem luz, tentando, com triste afinco, apagar de sua mente a música e as imagens da assustadora vinheta. A mãe de Patapinho, uma mulher muito alta e de quem este se lembrava apenas do queixo, havia partido com o novo marido para uma cidade litorânea ao sul da Espanha, cuidando de enviar ao filho desde então uma mesadinha, com a qual ele mantivera a si e ao pai ao longo dos anos. Incapaz de precisar se a demência do pai havia se manifestado um mês antes ou um mês depois da partida da mãe, o fato é que Patapinho se viu totalmente desamparado aos sete anos de idade, e seria previsível que ele se valesse a partir de então de suas tendências criativas, compensando a ausência de afeto com a magia de suas histórias e a fidelidade de seus personagens. Mas os mecanismos de Patapinho não tinham, ao menos naquela época, a profundidade que se costuma esperar de alguém dotado de temperamento artístico, e ele revelou-se apenas uma criança rabugenta, seca e entediada com a própria carência. Passou os anos seguintes cuidando do pai, algumas vezes trocando sem querer o açúcar do mingau por sal, outras vezes fazendo-o de propósito. E foi somente aos vinte e dois anos, enquanto gotejava molho de alho no leite do pai, que Patapinho teve sua primeira grande ideia.

– Vou ser escritor. Um grande escritor.

Patapinho não pôde distinguir com exatidão a nascente dessa ideia, mas Jackleen, uma vendedora de leitinhos fermentados que cuidava de cães abandonados, de quem ele gostava de ficar perto, havia lhe dito certa vez que as grandes ideias nunca surgem da epiderme da consciência; elas estalam como pratos no fundo de um armário, e Patapinho ficou muito surpreso ao se perceber vivenciando um processo que parecia tão complexo e sofisticado. Pela primeira vez em sua vida, sentiu-se especial, e a bexiga murcha de sua autoestima subitamente intumesceu, causando-lhe um torpor de orgulho e leveza. Seus amigos, porém, ficaram um pouco perplexos com a descoberta daquela vocação. Afinal, Patapinho nunca havia lido um livro por iniciativa própria, nunca havia ido ao cinema ou ao teatro, nunca sequer havia acompanhado uma novela de televisão. Ora, um escritor que não se interessa por histórias alheias era algo, no mínimo, inusitado. Mas Patapinho considerava sua identidade artística – ou a inexistência desta – bastante saudável.

– Alguns nascem para admirar a criação dos outros, outros nascem para criar. Não importam as histórias dos outros; importam as minhas. E, quanto menos eu souber do que já foi feito, menos vou me deixar influenciar.

A verdade é que tinha uma natureza ansiosa demais para passar o tempo lendo ou assistindo a um filme ou a uma peça. Além disso, angustiava-o o fato de acompanhar uma história sobre a qual ele não tivesse nenhum tipo de controle. Faltavam-lhe não apenas o encantamento, mas também a paciência, a atenção e a passividade necessárias ao bom espectador. Para ele, isso era perder tempo, e perder tempo era algo a que não estava disposto.

– Amanhã começo a escrever minha primeira história.

Diante da novidade, os amigos se entreolharam.

– Você pode adiantar do que se trata?

– Claro. Vocês vão adorar. É a história de uma mulher apaixonada por um fisiculturista e por um poeta ao mesmo tempo. Então, para agradar seus dois amores, ela deixa um lado do corpo musculoso e bronzeado e o outro magro e pálido. Uma mulher musculosa só de um lado do corpo. Sensacional, hein? Aposto como nunca ninguém pensou uma coisa dessas.

Os amigos de Patapinho novamente se entreolharam.

– Bom. Para falar a verdade. Eu vi isso em um filme. Não era uma mulher, era um homem. E era um personagem bem secundário. Mas tinha essa coisa de malhar um só lado do corpo.

– Não é possível. Eu não acredito. Que filme é esse?

– Não se preocupe. É um filme ruim, pouca gente viu.

Patapinho voltou para casa com a sensibilidade estraçalhada como um rato no estômago de um gato. Levou ao pai um copo de leite vencido, perguntou-lhe com palavras não muito afetuosas se ele tinha a intenção de continuar vivo por muito tempo, e bateu a porta do quarto com uma pancada que levou as imagens da traumatizante vinheta a piscar como néon no cérebro adoecido do pobre velho. Porém, apesar de todo o aborrecimento, Patapinho acordou no dia seguinte com a criatividade cintilando, ávida e buliçosa. Afinal, não era uma coincidência infeliz que o faria mudar de caminho. Ao reencontrar os amigos, tratou de rir do último episódio.

– Foi tão engraçado o que aconteceu ontem que tive uma nova ideia. Vou fazer uma releitura dos contos de fada. Afinal, como disse alguém aí, nesse mundo, nada se cria, tudo se transforma. Então, vou contar a história da Branca de Neve pelo ponto de vista da madrasta. Não é genial?

– É, mas tem um musical que trata exatamente disso.

– Hum. Sei. Bom. Então. Vou contar a história da Cinderela pelo ponto de vista da madrasta. Da Cinderela, ninguém fez, não é?

– Ah, tem um livrinho infantil que conta essa história. Inclusive, dei de presente para minha sobrinha.

Patapinho decidiu mudar de amigos. Aqueles não lhe estavam fazendo bem. Por mais impermeável que fosse sua autoestima, o gás que a preenchia estava começando a comprimir. Decidiu dar a eles uma derradeira prova de confiança.

– Um homem que narra a própria história depois de falecer.

– Patapinho. Qualquer um com segundo grau leu *Brás Cubas*.

– Mas eu posso contar a história do meu jeito, não posso?

– Para quê? Para ser comparado com Machado? Isso não é nem um tiro no pé, é uma bala de canhão.

Foi a gota final para o afastamento, que Patapinho julgou bem-vinda, pois conseguiu enfim se isolar e escrever sua primeira história, longe de opiniões, advertências e todas essas interferências tão desagradáveis. Às vezes, passava dias esquecido de alimentar o pai, levando-o a grunhir com estridência a música da vinheta fatal; então, suspendia por instantes o transe criativo inventado para si, jogava no quarto do pai um pacote de bolachas e um saco de leite, e retomava o suposto transe como se isso fosse algo que se retomasse voluntariamente. Ao final de um mês, concluiu o livro, e pensou em enviar o original a algumas editoras. Porém, como não conhecia ninguém no mercado e não suportava a ideia de ver sua obra nas mãos de analistas invejosos e mal-intencionados, decidiu pegar um atalho não muito abonador, mas que seu inegável talento permitia, e pediu dinheiro à mãe para bancar sua publicação. A mãe lhe enviou o capital solicitado sem nem sequer perguntar do que se tratava, o que Patapinho preferiu entender como uma prova de confiança em suas aptidões, e, quando voltou a procurar os amigos, já tinha em mãos o livro editado, que exibiu ribombando de altivez.

– Gostaram? Então comprem.

Os amigos compraram e foram ver do que se tratava. Era a história de um escritor que havia desistido de uma peça e recebia a visita dos personagens abandonados, sendo que estes exigiam a retomada da narrativa para voltarem a existir. Lidas as dez primeiras páginas, a vergonha sentida foi tamanha que ninguém teve coragem de continuar a ler.

– O que poderíamos esperar? Que o Patapinho conhecesse Pirandello?

Decidiram silenciar e abandonar Patapinho à própria sorte. Já que este não os ouvia, talvez a desmoralização pública fosse a única lição possível. Porém, quando o livro chegou às mãos de um crítico literário em busca de jovens talentos, sua reação foi tão imediata quanto fulminante. Assim, no dia seguinte, foi publicada uma surpreendente resenha.

"Patapinho Verve: guardem esse nome. O jovem autor é o responsável por um dos romances mais inquietantes dos últimos anos, *Sete personagens orfãos* (sic). Nele, o escritor reconta a história da famosa peça de Luigi Pirandello, *Seis personagens à procura de um autor*, trazendo-a para os dias atuais e localizando-a em uma cidade fictícia na Península Ibérica. Sem tentar modificar ou disfarçar o mote central da trama – afinal, sua intenção parece ser justamente provocar o leitor com as semelhanças –, Patapinho optou por uma narrativa a um só tempo linear e truncada, utilizando como instrumento para a construção de sua obra um vocabulário extremamente reduzido e pleno de erros ortográficos e gramaticais, a começar pelo título. Porém, é por meio da ignorância e da falta de repertório do narrador, presentes inclusive nas simplificações das questões lançadas por Pirandello, que o autor critica a geração atual, tão pouco habilidosa no uso da linguagem escrita, tão pouco articulada na arte da comunicação e, mais do que isso, tão desinformada – e é aí que reside a mordacíssima ironia de Patapinho em apresentar como sua uma história escrita há mais de noventa anos. Fadado à polêmica e à incompreensão, *Sete personagens orfãos* não é uma leitura fácil nem agradável, mas é indispensável para quem busca compreender o tempo em que vivemos."

Foi então que, da noite para o dia, o sucesso não apenas bateu como arrebentou a porta de Patapinho. Todos queriam entrevistá-lo, saber suas opiniões sobre o uso da camisinha no Vaticano, a crise econômica mundial, o último videoclipe da Beyoncé, seguido de convites para palestras, inaugurações, bailes de debutantes, *reality shows*, e ainda propostas de diversas editoras para novas adaptações. *Dom Quixote, Madame Bovary, A Metamorfose, Ulisses.* E Patapinho, tímido e mal-humorado com aquela fama repentina, berrava de humilhação diante de tais propostas.

– Eu não sou um adaptador. Eu sou um autor. Autor de obras originais.

Mas todos imaginavam que esse texto fazia parte da *persona* do intrigante autor e clamavam com ainda mais vigor por novas adaptações. Atormentado, Patapinho isolou-se em casa por alguns dias. Foi quando notou que o pai não estava mais no quarto, e sim na sala, encolhido debaixo do sofá.

– Aquela música, na minha cabeça. Não sumiu, mas o volume abaixou.

Desolado, Patapinho desabafou com o pai.

– Não queria ser admirado pelos motivos errados.

E o doutor Patápio sentou sobre as mãos para estancar seu tremor.

– Algumas pessoas não têm nada que justifique o afeto das outras. Então, quando acontece de elas serem queridas por aquilo que não são, é a maior sorte que podem ter na vida.

Patapinho abraçou o pai e preparou-lhe um carinhoso mingau. No dia seguinte, anunciou aos amigos que não mais voltaria a escrever.

– Se o mundo não compreende minha obra, então não a merece.

A grande mídia rapidamente o sepultou, restando a memória de seu livro entre alguns intelectuais que permaneceriam mais algumas décadas discutindo sua relevância. Mas Patapinho não retornou à vida artística; com o dinheiro das vendas de seu único livro, fundou um abrigo para cães abandonados, deu um pingente em forma de coração para a vendedora de leitinho fermentado e comprou duas passagens, para ele e para o pai, rumo à Espanha.

– Vamos lá, pai. Hora de levantar a cabeça e falar umas verdades para aquela vagabunda.

E as mãos do doutor Patápio pararam de tremer.

– Vamos, filho. Vamos.

A VOLTA POR CIMA DE CREMILDA ROCKFELLER

ler ao som de *Com açúcar, com afeto*, de Chico Buarque

CREMILDA NASCEU no banheiro do tradicional e imponente *Shopping Center Samsara*, pois sua mãe, mesmo no final da gestação, não pôde se privar do hábito de apreciar a beleza tocante das roupas expostas nas vitrines, e o desastroso parto, realizado às pressas pelas faxineiras locais após a súbita explosão da bolsa amniótica, deixou os corredores cheirando a placenta durante uma semana. A menina foi registrada apenas pela mãe, uma ex-compulsiva sexual que atuava como voluntária oferecendo aos demais viciados doses controladas do veneno que os vitimava, o que os poupava do desespero de uma brusca abstinência, e ela temia que aquelas centenas de homens tão duramente regenerados se desestruturassem diante da solicitação de um teste de paternidade e retornassem ao vício sórdido que os supliciava. Assim, feliz e em paz após a sublimação de suas taras horrendas, a mãe de Cremilda nutria o espírito dedicando as manhãs à limpidez das cores, linhas e texturas repousadas no silêncio das vitrines, e as tardes à recuperação de jovens viciados, um trabalho árduo que lhe custava grande empenho psicológico, litros de suor e diversos músculos distendidos, mas que a recompensava plenamente. E era esta a lição que pretendia deixar à filha.

– Beleza e bondade, Cremilda. É tudo de que este mundo precisa.

Cremilda absorveu os ensinamentos e, vinte e cinco anos após seu nascimento, tornou-se uma estilista de moda aclamada nacionalmente – e uma de suas principais lojas ficava no *shopping* no qual havia nascido. Os vestidos de Cremilda – que atribuiu a si artisticamente o sobrenome Rockfeller, mais pela beleza sonora do que pela impressão de riqueza e poder que ele evocava – eram sempre frescos, claros, leves, primaveris, e assentavam lindamente em corpos com as mesmas características. Sua mãe, que seguia ajudando jovens viciados e o faria até o dia de sua morte, era sua admiradora mais ardente.

– Que dom maravilhoso Deus deu a você, minha filha.

Mas Cremilda às vezes se ressentia.

– Eu crio a beleza e não posso usufruir dela.

Apesar de criar vestidos deslumbrantes que realçavam a beleza feminina, Cremilda não podia fazer uso de suas próprias criações, pois seu corpo era gordo. Da última vez que ousou se pesar, em uma balança de posto rodoviário, contabilizou cento e noventa e um quilos e novecentos gramas, e chorou tanto que perdeu cem gramas em poucos minutos, o que não lhe serviu de consolo. Já havia tentado as dietas mais inumanas, os exercícios mais espartanos, e tudo lhe dava ainda mais fome – e o pior é que ela não sentia prazer com o ato de comer; o que precisava era engolir o máximo de coisas possível para sufocar as contrações bestiais que lhe corroíam os órgãos internos, pois somente durante as breves tréguas ventrais é que ela era capaz de criar, pensar e existir. Curiosamente, Cremilda foi uma criança magra; com o início da adolescência, porém, começou a se sentir mais inquieta, afogueada, necessitada de algo que não sabia o quê, e sua mãe, temendo que ela tivesse herdado a mesma compulsão da qual era escrava, ordenou que a filha comesse sempre que uma dessas tensões a dominasse. Seria uma forma de anular um apetite substituindo-o por outro. A menina obedeceu, sem jamais questionar a lógica daquela ordem, e a situação evoluiu de tal forma que Cremilda chegou aos vinte e cinco anos com o peso de um jacaré e virgem como um unicórnio. E sua mãe, considerando vantagens e desvantagens, estava satisfeita.

– Nada é perfeito, filha. Ninguém tem tudo o que quer. O importante é que você espalha beleza pelo mundo, é inteligente, talentosa e boa.

Mas não era bonita, e nem mesmo a mãe, no auge da compaixão, atrevia-se a dizer isso. Olhar anfíbio, nariz asinino, lábios aviários; seu rosto era um conjunto de elementos que não faziam sentido algum. Sua pele era branca escura em algumas partes e preta clara em outras, seu corpo era como o de uma lutadora de sumô após devorar outra lutadora de sumô; ela toda era, em suma, um grande cacófato em forma humana. Porém, nas profundezas daquela carne inverossímil, havia uma alma que armazenava em seus largos porões muito amor e muita pureza. O problema era que aquele valoroso estoque sentimental já estava começando a exalar um cheiro de bolor. Por muito tempo, o afeto da mãe havia lhe bastado, mas esta, com o passar do tempo, foi se ocupando cada vez menos com ela e mais com o trabalho voluntário, e Cremilda, consciente de que as pessoas costumam preferir os afetos emanados de belos corpos e resignada com o respeito que inspirava, descobriu que nem sequer esse respeito era sincero. Bajulavam-na para extrair dela o que ela tinha, ou seja, a capacidade de tornar as mulheres bonitas ainda mais bonitas, mas essa capacidade não bastava para torná-la digna de estima e gratidão alheias, ao contrário: as pessoas apenas lamentavam que um talento como aquele estivesse atrelado a um corpo tão repulsivo. Foi o que descobriu ao chegar mais cedo para o desfile de sua nova coleção e ouvir, à porta do camarim do centro de eventos, o que diziam as modelos.

– Será que a Balofilda já chegou?

– Se tivesse chegado, a gente sentiria o chão tremer, não é?

– Eu tenho um certo nojinho de olhar para ela, sabe?

– Pois eu olho para ela, boto o almoço para fora e fico mais leve.

– Ai, credo. Coitada, vai. Ela também é gente.

– Gente com jota, é isso o que ela é. Jota de Jotalhona.

E riram, belas e asquerosas, e Cremilda chorou atrás da porta, sem carinho e sem coberta, como na canção. Pensou: ou morreria ali de uma vez, ou inventaria imediatamente um motivo consistente para sobreviver. E o forte atordoamento causado pelo excesso de humilhação a levou a criar um motivo rebuscado, delirante, de complexa execução, mas não vazio de sentido.

– Desta vez, vou parir uma beleza para mim mesma. Vou ter um filho. Um filho lindo, maravilhoso. E ele vai me amar. Finalmente, uma pessoa bela irá me amar. E ele vai ser tão belo que levará todo o mundo a me ver através do olhar dele. E ele, sim, vai fazer com que a beleza do mundo me acolha.

A mãe ouviu e lançou a questão na qual Cremilda não havia pensado.

– E o pai, quem vai ser? Se você quer um filho lindo, o pai tem que ser duas vezes mais lindo. Porque, enfim. Sejamos realistas, minha querida.

Cremilda sabia que não seria difícil convencer algum belo e ambicioso modelo a tentar fecundá-la em troca de um bom empuxo na carreira. Contudo, não gostaria que seu rebento fosse concebido como o resultado de uma transação determinada pela ganância do pai e pelo desespero da mãe. Era preciso haver algum tipo de amor, algum tipo de bondade naquela concepção, para garantir ao feto uma boa matéria-prima física e espiritual. Mas quem se disporia a engravidá-la apenas por ternura ou compaixão? Nenhuma solução adequada lhe assomava, até que sua mãe, temerosa de que a filha apelasse para as imundícies da sensualidade, apresentou-lhe uma opção com o calendário de uma ordem de frades capuchinhos que residia no topo de uma montanha enterrada dentro de uma gruta no sul do Piauí. Eram todos belos, pálidos e dengosos como os vampiros da saga *Crepúsculo*. As batinas justas e bem cortadas realçavam um sólido esplendor muscular, e seus olhares mortiços e penetrantes insinuavam uma castidade repleta de mistérios gozosos.

– Essa ordem existe há séculos, minha filha, e os frades hoje se mantêm vendendo calendários e sêmen. É muito prático. Você escolhe, pelas fotos do calendário, de qual frade você quer o sêmen. Entra neste endereço eletrônico, faz a solicitação, digita o número do frade, imprime o boleto bancário, paga e em cinco dias eles enviam o sêmen congelado para o laboratório mais próximo do seu endereço. O laboratório entra em contato, você vai lá e pronto.

– Mas uma inseminação artificial? E com o sêmen de um frade?

– Você não quer um filho bonito e concebido com boa energia? Quer energia mais excelsa que a de um frade? Além do mais, você há de convir, é um mais lindo que o outro. É beleza e bondade no mesmo pacote, filha. Sem falar que o preço está ótimo.

Convencida pelos argumentos da mãe, Cremilda escolheu o frade que lhe pareceu mais belo e bondoso, procedeu conforme as instruções, entrou em contato com o escolhido via correio eletrônico e pediu a ele que rezasse pela paz universal e pela fraternidade durante a produção da encomenda. O frade respondeu que o faria mediante o pagamento de uma taxa extra. Cremilda concordou, fez o depósito, aguardou a chamada ao laboratório e, ao final daquele mesmo mês, sua sonhada gravidez se tornou um fato.

– Minha salvação já está dentro de mim. Eu me sinto um candeeiro, guardando e protegendo a luz que vai guiar meu caminho e minha vida.

Graças ao excessivo volume físico de Cremilda, ninguém identificou seu estado gravídico, e ela também nada disse a ninguém, mantendo secreto o seu passaporte ao paraíso na Terra. Até que um dia, caminhando rumo à sua loja pelos corredores do *shopping* no qual havia nascido, Cremilda foi atacada por violentíssimas contrações e despejou subitamente das entranhas, ainda de pé, a sua cria sagrada. Com medo de se mover e pisar o anjinho involuntariamente expelido, implorou por ajuda, garantindo que havia um bebê sob aqueles escombros de sangue. Mais uma vez, as faxineiras do Samsara, as mesmas que a haviam trazido ao mundo, agiram com rapidez, resgatando a criança, limpando-a e colocando-a nos braços de Cremilda.

– É uma bela menina. E, do jeito que chora, tem um pulmão de aço.

Não era o parto que ela havia sonhado para seu bebê, mas o carinho e o desprendimento das faxineiras, cuja eficiência desprovida de pieguice grifava sua transparência de boas intenções, soaram como um excelente augúrio, o que a levou a presenteá-las com as roupas mais caras de sua loja, e as faxineiras, encantadas ao verem que sua boa vontade podia lhes trazer lucro, passaram a rastejar em torno da grande estilista sorrindo-lhe com mais dentes do que possuíam e lisonjeando-a de um modo muito parecido com o aspecto físico dela, ou seja, um modo morbidamente adiposo. Mas Cremilda estava tão extasiada com o nascimento de sua herdeira que só conseguia enxergar verdade e luz nos votos de felicidade e saúde a elas transmitidos – embora o que as pessoas desejassem mesmo era saber se a filha era tão medonha quanto a mãe e que homem poderia ter sido tão corajoso ou pervertido a ponto de engravidá-la. Indiferente às especulações, Cremilda deu à filha o mesmo nome de sua mãe, Crimelda, e a adubou com toneladas de mimos e amores. Assim, Crimelda cresceu, altiva e indomável como uma sequoia, até chegar aos quatorze anos com sessenta e um quilos e um metro e oitenta e dois centímetros de altura. Revelando um corpo mítico, um rosto helênico e um coração samaritano – coração que Cremilda comparava a uma colmeia de onde escorria a mais cândida doçura –, Crimelda revelou seu desejo de se tornar modelo.

– Não pela vaidade, ou por me achar bonita; nada disso. Mas pela alegria de trabalhar com você, mãezinha. De vestir suas roupas, de ser um instrumento para que o mundo veja a beleza que você cria. É isso o que eu quero.

Cremilda não sabia onde enfiar tanta alegria e tanto orgulho.

– Eu não merecia tanto. É mais do que sempre sonhei.

Mas a mãe de Cremilda não partilhava da mesma opinião.

– Essa menina é uma sonsa. Uma cobra. Sabe o que eu descobri? Que ela se valia do fato de ter o mesmo nome que eu para ir ao instituto ajudar os jovens que estavam sob os meus cuidados. E de nada adiantou eu desfazer o mal-entendido. Afinal, mesmo apesar de toda a minha experiência, entre a minha ajuda e a ajuda dela, é claro que eles preferiram a dela.

Cremilda nunca entendeu exatamente como funcionava o trabalho voluntário exercido pela mãe, mas, se Crimelda esteve ali para ajudar e todos a apreciaram, isso era apenas mais uma prova do seu coração generoso, e não fazia sentido o ressentimento da mãe. Mas esta insistiu na advertência.

– Essa menina só quer nos extorquir, se aproveitar de nós. Cuidado.

– A senhora não sabe o que está falando. Isso só pode ser inveja. Inveja da beleza, da juventude e da bondade da sua neta. Inveja porque a senhora não é mais a única pessoa que me ama. Inveja porque eu vou lançar minha filha como modelo e o mundo inteiro vai me amar por ser a mãe dela.

– Pois faça dessa mau-caráter uma modelo e você verá o que acontece.

E Cremilda elegeu Crimelda para ser o rosto de sua grife, destacando-a em ensaios fotográficos, anúncios publicitários e, evidentemente, no desfile de sua nova coleção – desfile que Crimelda iniciou e encerrou, atraindo para si clarões e atenções capazes de gerar energia elétrica suficiente para abastecer a ilha-prisão das paixões perpétuas. Saudada como uma Cleópatra *cool* pelos integrantes daquele universo tão rente quanto exigente, Crimelda deu uma entrevista coletiva logo após o desfile, o que fez Cremilda sentir rojões do mais bruto orgulho iluminando as vísceras que um dia haviam abrigado aquela semideusa. Crimelda, porém, apresentou uma nova versão sobre sua origem.

– Não sou filha legítima de Cremilda. Fui adotada ainda bebê.

– E por que sua mãe teria mentido a esse respeito todo esse tempo?

– Para me preservar, me proteger. Mamãe não queria que eu sofresse. Mas já é hora de dizer a verdade, e o que importa é que ela é a melhor mãe do mundo. E eu, mesmo não tendo o mesmo sangue que ela, sou apaixonada por essa grande mulher e sou imensamente grata por tudo o que ela fez por mim.

A súcia glamorosa aplaudiu a confissão com viciado êxtase. Aplaudiu Cremilda também, não da forma amorosa como esta sempre havia sonhado, mas com a benevolência vã de quem aplaude uma empregada doméstica após um bom serviço prestado. E Cremilda reagiu com a perplexidade da baleia bíblica diante da rejeição do profeta Jonas. Não estava furiosa, nem magoada; estava estupefata. Olhou ao redor, procurando sapos falantes ou bombons roedores que lhe confirmassem a condição de sonho, de devaneio, daquela cena. Não encontrando, constatou que tudo era inacreditavelmente real e correu ao camarim onde já estava a filha. Porém, assim como sucedeu no pior dia de sua vida, Cremilda ouviu risos e, em vez de entrar, optou por ouvir a conversa atrás da porta. E quem mais ria era Crimelda, acompanhada de Eglantine H., jovem de esplêndida ossatura que Cremilda havia descoberto e revelado como modelo.

– Você é louca de ter feito isso. Sua mãe vai ficar doida.

– Botar dona Cremilda no bolso é fácil. O importante é que agora ninguém mais vai me ver como filha daquele dragão. Porque, se os estilistas internacionais ficam sabendo que eu nasci daquela mulher horrorosa, vão desconfiar da minha beleza. É verdade. Você não sabia que várias marcas, para assinar um contrato mais longo, levam em conta a árvore genealógica da modelo? Para saber se ela tem tendência a engordar, a ficar doente, essas coisas.

– Mas e se a Cremilda disser que você é mesmo filha dela?

– Você há de convir que, olhando para mim e olhando para ela, é muito mais fácil acreditar na minha versão do que no contrário. Em todo caso, vou dizer a ela que não quero crescer à sombra de uma mulher tão genial, que inventei isso para descobrir minha própria identidade, mas que a amo muito e coisa e tal, e ela, como sempre, vai dizer que sou um anjo e vai concordar em ficar quieta. E, daí para a frente, ninguém me segura. Ou você acha que vou ficar marcando passo nesta terra triste com estas roupinhas de festa caipira que a minha mãe faz? Esse é só o primeiro passo de uma trajetória brilhante.

– Mas não se esqueça de me levar junto nessa trajetória brilhante, hein?

E selaram o pacto de êxito internacional de uma forma que Hollywood reprovaria, e Cremilda só não morreu imediatamente pois, dada a extensão de seu corpo, seus músculos e órgãos precisariam de algumas horas para entrar em acordo e parar de funcionar, e ela, desesperada demais para lhes dar esse tempo, saiu correndo em pisadas trovejantes. Seu coração serviu de palco para que várias emoções shakesperianas se digladiassem. Primeiro, amou a filha com dolorida paixão, culpou-se por ter comprado o sêmen de um fradezinho mercenário, perdoou-a sem restrições e desejou abraçá-la; depois, passou a odiá-la com a mesma gana, e imaginou-se pisoteando-a e esmagando-a com irreprimível prazer, como deveria ter feito no dia em que a filha despencou de seu ventre. Conforme se alternavam, os abrutalhados sentimentos de Cremilda foram se desgastando, o que a conduziu a uma exaustão que, enfim, a fez enxergar, com fria nitidez e esvaziada de ilusão, o que deveria ser feito. Dessa forma, fingindo aceitar as explicações da filha e sem contar a ninguém o que sabia e o que pretendia, Cremilda seguiu a outra cidade para apresentar seu desfile e carregou consigo Crimelda, Eglantine e as demais modelos.

– Quero vocês ainda mais bonitas. Caprichem na maquiagem e no laquê. A imprensa e os convidados daqui são mais exigentes.

Poucos minutos depois, ouviram-se gritos do mais literal horror vindos do camarim. Cremilda foi ver o que estava acontecendo e surpreendeu todas as meninas, que tinham o rosto convertido numa pasta de gosma e sangue. Os maquiadores, com as mãos feridas e também aos berros, alegaram.

– Alguém botou ácido no laquê e na maquiagem.

O desfile foi cancelado, as modelos foram hospitalizadas, e, após dezenas de cirurgias plásticas, os médicos concluíram que nada mais havia a ser feito: estavam todas destinadas a passar o resto da vida com o rosto deformado. Descontrolada, Crimelda tentou se matar com um bisturi e foi impedida a tapas pelas enfermeiras, e o fato de não sentir os tapas a agoniou ainda mais.

– Eu não quero viver assim. Eu prefiro morrer. É melhor morrer.

E Cremilda veio trazer força e coragem às suas meninas.

– Vocês precisam é agradecer por estarem vivas. E não importa o responsável por isto, até porque o inquérito, como todos sabem, foi arquivado. O que importa é que a vida de vocês não acabou e a carreira também não. Ou vocês vão jogar a toalha por causa de um pequeno defeito na aparência?

– Acontece, mamãe, que, nessa profissão, aparência é tudo.

– Pois deixará de ser, graças a vocês.

E, no desfile seguinte, Cremilda enviou à passarela todas as modelos desfiguradas para apresentar a coleção. A imagem, naturalmente, provocou engulhos e reprovações, e os estetas mais sensíveis se retiraram tapando os olhos com as mãos. Ao final do desfile, porém, Cremilda veio à cena e encantou a todos com uma adaptação moderna do sermão da montanha

– A beleza só existe, só nos comove, quando está a serviço de um conteúdo maior. O significado da beleza nunca se encerra nela, porque a função dela é servir como porta de acesso a sentimentos mais profundos. A verdadeira beleza, portanto, a beleza que nos afeta e nos melhora, não é a da superfície, e sim a do fruto que encontramos ao romper a casca. Vejam estas mulheres. Quem poderá dizer que elas não são belas? Quem poderá dizer que eu não sou bela? Se o nosso conteúdo, se o que nós provocamos e produzimos, só torna o mundo um lugar mais belo, então nós somos belas. E viva a beleza.

E todos, embasbacados e contagiados pela emoção de Cremilda, aplaudiram-na com genuíno êxtase, bradando-lhe os maiores elogios, realmente convencidos da beleza daquelas figuras femininas presentes na passarela. E até a principal jornalista de moda do país correu a abraçá-la.

– Linda, Cremilda. Você é linda e enche o mundo de beleza. Em nome de todos, eu quero agradecer por você existir. Obrigada.

Ao voltar para casa, Cremilda trancou-se no quarto, despiu-se, olhou-se no espelho nua e de braços abertos e estirou-se no chão, exausta, vitoriosa e completa. Crimelda, por sua vez, indiferente ao palavrório materno, olhou-se no espelho e quis chorar; porém, como suas pálpebras não piscavam mais, achou melhor evitar. E a mãe de Cremilda, feliz por ver a filha e a neta nos lugares que lhes eram de direito, saiu ao encontro de seus jovens e belos viciados.

OS HOMENS QUERER PAZ

ler ao som de *Então toma!*, com Emicida

O tradicional e imponente *Shopping Center Samsara* – conhecido entre o vulgo como *Shopping Center Lixão* pelo fato de ter sido erigido sobre uma vasta área de terra morta que, ao longo dos últimos séculos, serviu como depósito de entulhos e dejetos – seria, em poucas horas, palco de um acontecimento de relevância mundial. No aparatoso salão de eventos, ocorreria o leilão de três objetos de uso pessoal do lendário Motibau, um monge budista caiapó que havia se tornado objeto de culto e adoração após morrer de febre em pleno ato de meditação, o que muitos interpretaram como um gesto de supremo sacrifício por parte de Motibau, que teria sugado as energias destrutivas presentes no mundo e destruído em seguida a si mesmo para desativar essa funesta radiação e assim purificar o planeta. É certo que, caso tenha sido mesmo essa a intenção de Motibau, não adiantou muito, já que o mundo depois de sua morte continuou a apresentar catástrofes humanas e climáticas tão extravagantes e agressivas quanto as presenciadas nos últimos dois mil anos, mas também era fato que desde então os corações mais sensíveis não resistiam a um bom mártir, e assim o sacrifício de Motibau se propagou e o levou a ganhar adeptos nos cantos mais afastados, de Pretória à Sibéria. E a dona do Samsara, a ex-embaixatriz Catherine Goldmayer, esperava receber milionários de todo o globo terrestre para o leilão, conforme explicou à imprensa.

– São bens de valor histórico incalculável. São relíquias, preciosidades que os futuros donos terão de se comprometer a preservar.

As relíquias, no caso, eram um tapete preto e perfumado, feito de casca seca de banana, sobre o qual Motibau meditava; um termômetro feito com lascas de jacarandá, já que as febres durante os atos meditativos eram constantes; e um tambor com motivos de arte sacra tibetana que Motibau mantinha consigo desde sua estadia na Ásia – para onde foi valendo-se de caronas terrestres e aéreas, ainda que não falasse uma palavra de português, e de onde voltou inteiramente influenciado pela cultura budista, embora precisasse ouvir o toque do tambor durante o ato da meditação. O tambor era o item mais valioso por ser o símbolo daquela abençoada amálgama cultural: a pureza indígena e a espiritualidade budista unidas em um só ser cuja existência visava à preservação da natureza e da bondade humana. Ao ver o tambor exposto numa caixeta de vidro no centro do salão, Catherine pensou na salvação de seu empreendimento, já que o Samsara estava pagando uma cruel multa diária à prefeitura em decorrência do vazamento de um gás, produzido pela decomposição do lixo orgânico que compunha a base do *shopping* e que poderia fazê-lo ir pelos ares de forma muito, muito violenta, caso o subsolo da construção, que acumulava o irascível gás vazado, não possuísse drenos para escoá-lo.

– É verdade que a prefeitura pretende interditar o *shopping*?

– Evidente que não, meu jovem. Até parece que um pouquinho de gás metano, butano, urano, enfim, esse gás que estão dizendo, tem força para botar abaixo um marco da construção ocidental.

– Segundo as leis da física, tem, sim.

– Isso é um exagero, uma improcedência, o Samsara é absolutamente seguro. Tanto que é o meu empreendimento que terá a honra de devolver ao mundo os objetos sagrados desse ser de luz que foi o mestre Motibau.

– Mas os técnicos da companhia ambiental foram contra.

– E o que importa a palavra de dois ou três funcionariozinhos ineptos de uma companhia ambiental totalmente corrupta? Se o nosso espaço não fosse referência mundial de segurança, harmonia, conforto e respeito para com as pessoas e com o meio ambiente, este evento nunca se daria aqui.

– Algumas pessoas dizem que foi a senhora que procurou a índia Irecrã e a convenceu a ceder ao leilão os bens que ela havia herdado do monge.

– Ao contrário, foi a doce Irecrã que veio até mim com a proposta. Segundo ela, não fazia sentido guardar os objetos, já que o mestre pregava o desapego. Então, o leilão servirá para arrecadar fundos para que os jovens índios tenham a oportunidade de estudar o budismo no Tibete.

– Mas é verdade que o Samsara vai ficar com oitenta por cento dos lucros arrecadados?

– Vamos ficar só com o necessário para cobrir as despesas do evento.

E Catherine Goldmayer viu na entrada de Dalmo Rosendo um bom motivo para se afastar dos jornalistas. Dalmo era nada mais, nada menos do que o investidor mais faminto do país: a Avenida Paulista tremia sob seus passos, e até o índice Dow Jones vacilava diante da força de seu pensamento. Dono de um tórax estufado de vitórias, alto, robusto e destemido como um gladiador cristão, Dalmo caminhou em direção a Catherine com a empáfia de um Moisés colocando as águas do Mar Vermelho em seu devido lugar.

– Oh, Dalmo. Este evento não seria possível sem você.

– A vida é que não seria possível sem você, Catherine.

E, ao beijar a mão da ex-embaixatriz, o árdego plutocrata não conseguiu deixar de ranger os dentes que conservava atrás dos lábios. Desde que havia surpreendido, aos dez anos, o ensaio fotográfico de sua mãe, uma ex-modelo-manequim-e-atriz, para uma publicação de nudez feminina, Dalmo era atacado por um cruel bruxismo sempre que se via diante de uma mulher mais velha. Esse bruxismo reduziu seus dentes a grãozinhos opacos e cascudos, e, portanto, a sua expressão sempre dura e espessa, que tanto temor inspirava, nada mais era do que o pudor de revelar um sorriso que o deixava com cara de criança ruim.

– Querido, faça o possível para arrematar ao menos um dos itens. Porque, se os três forem arrematados por estrangeiros, a mídia vai me desancar. Vai dizer que os objetos sagrados do Motibau saíram do país por minha culpa. E eu não suporto mais tantas recriminações sobre meus ombros cansados.

Dalmo conferiu os ombros ossudos de Catherine, que podiam estar cansados, mas ainda podiam inspirar assombrosos atrevimentos, e sentiu um caquinho despregando de um dente e grudando em uma amígdala.

– Pois eu farei melhor. Arrematarei os três e darei a você. Para você deixar exposto no seu *shopping*.

– Você faria isso por mim? Mas o que eu poderia dar a você em troca?

– Que tal um ensaio fotográfico parecido com o de mamãe?

– Mas, Dalmo, eu já entrei na menopausa há pelo menos vinte anos.

– Fica sendo um segredinho só nosso. Hum? O que você acha?

Catherine ficou um pouco entontecida com a proposta e suas coxas rugosas começaram a ventilar uma excitação cheirosa, que Dalmo inspirou com a boca e engoliu junto com mais alguns fragmentos dentais. Com os sentidos parcialmente bloqueados diante daquela discreta permuta de sensualidade, Dalmo e Catherine se apoiaram um no outro, e ele, emocionado ao tocar aquele corpo usado, gasto e cheio de história, teve o ímpeto de apertar aquela carne amolecida para dela extrair o suco dos prazeres acumulados por tantas décadas, mas refreou-se a tempo e cruzou as mãos para trás, espremendo os dentes com uma gana tártara. Catherine se recompôs, sentindo o corpo relaxado e contente, e murmurou em seu ouvido.

– Pois bem. Em nome da espiritualidade do mestre Motibau e da sua linda mensagem de amor e esperança, eu aceito o acordo.

Dalmo não conseguiu responder, já que sentia uma nova fissura abrindo na mandíbula, e Catherine foi receber com doçura milionários americanos, magnatas europeus, príncipes africanos e gângsteres asiáticos que chegaram ávidos para conquistar aquelas peças sagradas para suas respectivas nações.

– Muito bem. Já podemos começar o evento.

O primeiro item posto em leilão foi o termômetro. Os presentes foram alternando seus lances com a elegância possível, até o momento em que um lorde sueco, badalando de febre, simulou um transe como se estivesse recebendo o espírito de Motibau. Os demais endinheirados, na dúvida se o transe era verdadeiro ou não, socaram a cabeça do lorde contra a parede em repetidos golpes enquanto frases em diversas línguas eram ditas em seu ouvido numa quantidade de decibéis equivalente à emitida por uma britadeira. E Dalmo viu na súbita desatenção geral uma boa oportunidade para o arremate.

– Vendido o termômetro para Dalmo Rosendo.

Os jornalistas aplaudiram, como se estivessem num estádio vendo o primeiro gol do time de seu país. O lorde sueco, desmaiado, foi deixado a um canto. Os competidores voltaram a se posicionar, esperando o próximo tiro.

– Próximo objeto. O tambor ao som do qual mestre Motibau meditava e atraía as energias da natureza.

Desta vez, os gângsteres asiáticos pareciam dispostos a tudo para vencer o leilão, e se puseram a intimidar, por meio de convincentes expressões físicas, quem se arriscava a dar algum lance. Mas um príncipe angolano não se dobrou e deixou a marca dos seus dez dedos do pé na cara de um enérgico líder coreano, o que levou algumas armas a serem trazidas à tona e postas em funcionamento com horrível sucesso, numa cena que Motibau certamente desaprovaria, embora a distração provocada pelo conflito continental permitisse mais um arremate de Dalmo, para êxtase dos jornalistas.

– Vendido novamente para Dalmo Rosendo. E agora, o último item, o tapete sagrado sobre o qual o mestre Motibau jorrava luz para todo o planeta.

Catherine atuou com rapidez para que Dalmo pudesse arrematar o terceiro item antes que o *trailer* da terceira guerra mundial cessasse, mas quem deu o primeiro lance foi Brigite, uma aeromocinha que cresceu ouvindo seu pai contar histórias sobre a carona que dera ao monge e a profunda amizade então nascida e cultivada entre eles. Sabia que as histórias eram todas fictícias, já que o pai era um mitômano patológico, mas eram mentiras tão poéticas que Brigite desde então passou a sentir carinho pela figura de Motibau, e, mesmo ciente de que jamais teria capital para arrematar nenhum dos objetos, conformava-se em dar um singelo lance para que o espírito do monge soubesse de sua existência e folhasse com um grama de verdade os quilos de mentiras concebidas por seu pai. E Dalmo, surpreso com a iniciativa da aeromenina, tratou de puxar a mão para o alto para dar logo o lance final. Porém, antes que sua mão atingisse a posição necessária, o salão foi invadido por uma manada de índios gritando num português impecável.

– O leilão não vai se realizar. O lugar desses objetos é na nossa aldeia.

Os brigalhões internacionais interromperam a batalha para observar o que pretendiam aqueles interessantes seres munidos de cassetetes elétricos e vestidos com camisetas e bermudas coloridas da marca Pakaloka. E Catherine se dirigiu ao líder do bando revelando dois sorrisos concomitantes: um meigo e acolhedor, na boca, e outro duro e ameaçador, nos olhos.

– Senhores, acalmem-se. Deve haver um engano.

– Não há engano. Esses objetos pertenciam ao nosso líder e devem ficar conosco. É a tradição da nossa tribo que deve ser mantida.

– Mas quem nos doou os itens foi a índia Irecrã.

E então Irecrã entrou, estalando um chicletinho imaginário na boca, trajando um short amarelo que comprimia cada célula dos seus glúteos e um top feminino laranja que combinava com a pele mantida sob efeito de bronzeamento artificial. Os jornalistas dispararam a fotografá-la, e Irecrã correu para posar junto dos objetos em leilão, em poses que Dalmo julgou muito parecidas com as feitas por sua mãe para a sinistra revista masculina, o que levou seus dentes a roçar uns contra os outros com tal veemência que por muito pouco o fogo não se fez em sua boca. Catherine foi até Irecrã, posou ao lado dela, oferecendo à imprensa um registro simpático e, em seguida, puxou-a pelos cabelos a um canto afastado.

– Você quer me explicar o que significa isso, sua indiazinha ordinária?

– Eles descobriram o nosso acordo. Eu não posso fazer nada.

– Pois deveria ter tentado. Ou se esqueceu de que, se o leilão for cancelado, você não vai ver um centavo?

– Perco aqui, ganho ali. Agora vou ficar famosa mesmo.

Catherine então se dirigiu com discrição ao líder do bando.

– Dou vinte por cento.

– Cinquenta.

– Vinte e cinco e nem mais um centavo.

– Sendo assim, nós é que vamos fazer o nosso leilão.

E, a um sinal do líder, os índios pousaram os cassetetes ligados sobre os seguranças e arrebentaram os caixotes de vidro para resgatar os pertences de Motibau. E Catherine, que era uma ex-embaixatriz, mas já havia se livrado de muitos cercos policiais na época em que vendia muamba, empurrou dois índios de cassetetes em riste sobre dois dos mais irascíveis participantes do leilão, um americano e um asiático, que caíram ao tomar o choque, e então, valendo-se do tumulto criado, pôs-se a gritar em diversas línguas para atordoar os índios e se fazer entender pelos demais presentes.

– Não são índios. São ladrões. Vão nos matar e saquear tudo.

E os bilionários estrangeiros, cujos sentidos estavam sufocados por um apetite beligerante descomunal, deliciaram-se ao encontrar um inimigo em comum e fizeram com os índios o que nem o mais cruel dos bandeirantes teve sequer coragem de pensar. Muito aliviada após o fim do embate, naturalmente registrado pela imprensa, Catherine garantiu a esta que estava tudo bem e, com bom humor, mandou oferecer caipirinhas aos "felizes combatentes". Irecrã tratou de sair sem ser percebida e Dalmo achou melhor perguntar.

– E o leilão? Vai continuar?

– Não tem mais clima, a imprensa pode levar a mal, achar oportunismo da minha parte, você sabe como eles são.

– E o tapete?

– Quem deu o lance? Aquela mocinha, não foi? Vendido para ela. E o termômetro e o tambor, para você. Pronto. Perco um pouco de dinheiro com o tapete, mas ao menos ficou tudo no Brasil. E quanto ao nosso acordo, não se preocupe, pois eu não esqueci.

Brigite ficou conhecida mundialmente por arrematar o tapete em que Motibau meditava e aproveitou para escrever um livro, com todas as histórias falsas, porém belas, que o seu pai lhe contava, o que lhe rendeu uma abundosa fortuna. Irecrã deu entrevistas sobre a "intimidade de pai e filha" que possuía com Motibau e se inscreveu num concurso para se tornar a próxima dançarina de uma banda chamada Fura Calcinha. Dalmo doou os objetos por ele arrematados ao Samsara em troca do ensaio fotográfico que Catherine lhe providenciou, e, de posse de tais fotos, Dalmo as comeu, assim como comeu as páginas da revista em que sua mãe saíra nua, e atirou-se em seguida do topo de um prédio da Avenida Paulista, cuidando de morder os dentes até arrebentá-los todos, um a um, durante o longo caminho até o chão. E Catherine deixou o termômetro e o tambor de Motibau expostos no salão de eventos do Samsara, o que não só quadruplicou o movimento local como o tornou um inescapável ponto turístico. Dias depois, os técnicos da companhia ambiental, por uma dessas curiosas coincidências, concluíram que estavam enganados em relação ao risco de explosão que o empreendimento corria. E a dona do *Shopping Center Samsara*, que nunca mais foi chamado de Lixão, ainda recebeu uma indenização da companhia ambiental por danos morais.

– Tenho certeza de que Motibau, esteja onde estiver, está olhando por nós. Porque tudo o que a humanidade quer hoje é paz. Apenas isso. Paz.

Então ouviu-se um estalo. Que pode ter vindo do tambor de Motibau dentro do invólucro de cristal. Ou então, quem sabe, do interior da terra.

MORDE, FURA E AMA

ler ao som do 5º movimento do
***Concerto para Orquestra*, de Béla Bartók**

O conde Drácula deixou a Transilvânia e veio para o Brasil em busca de seu grande amor – e, antes que o leitor arremesse este livro contra o espaldar de sua *bergère* Luís XVI, é preciso explicar que este não é um conto fantástico. O personagem em questão de fato residia na Romênia e de fato se chama Drácula, graças a uma singela homenagem de seus pais, que o conceberam durante a exibição do filme de Francis Ford Coppola baseado na obra de Bram Stoker, tamanha foi a felicidade dos recém-casados ao viajar para a Hungria e entrar pela primeira vez em uma sala de cinema, ainda por cima lotada. Já o título de conde era, na verdade, um apelido dado por alguns colegas da escola, que se esbordavam de rir ao saber de seu nome e o provocavam pedindo que os mordesse – e o pequeno Drácula, para se vingar das provocações, cravava com destreza os dentinhos tenros na nuca desses colegas, que nunca se queixavam de tais ataques. Assim, Drácula cresceu, gastando os molares em ávidas retaliações, engolindo às escondidas a sopa de estômago de vaca que a mãe cozinhava para vender, fugindo das aulas do pai sobre a arte da embalsamação e assistindo a novelas brasileiras pela televisão, diante das quais chorava como um parnasiano. Ninguém amava de uma forma tão bela e exaltada quanto os brasileiros, sobretudo porque nada superava a sensualidade da língua portuguesa. Passava os dias a repetir sua frase preferida, divertindo-se com o fato de ninguém compreender o significado. Dizia-a aos bruxos ébrios, às mendigas ciganas, aos amigos e amigas a quem seguia mordendo mesmo após o término do colégio.

– Eu te amo. Eu te amo. Eu te amo.

Mas a realidade ao seu redor era totalmente despida da aura romântica que envolvia seu espírito. Não que integrasse um lar infeliz: o pai, que desde os quatro anos estudou para ser um embalsamador, era o mais expressivo profissional do ramo em toda a Transilvânia e exercia o ofício com gana e alegria; a mãe, uma nutritiva cozinheira, fazia questão de presenciar o assassinato das vacas para garantir o frescor dos estômagos com os quais preparava suas deliciosas sopas. Porém, focados que estavam em seus progressos profissionais, os pais nunca mais pisaram numa sala de cinema e esqueciam o nome e a fisionomia um do outro com crescente frequência. Já os amigos da idade de Drácula trabalhavam na área rural e a vida deles se resumia a carpir e a se embriagar. E ele estava farto de ficar o tempo todo mordendo gente bêbada como forma de se distrair. A gota d'água foi quando o pai o surpreendeu deixando sua assinatura dentária na jugular de alguns bruxos centenários, saudosos dos próprios dentes. Diante disso, o pai, que só gostava de bruxos, astrólogos e ciganos quando eram objetos de seu ofício, deu-lhe um ultimato: ou ia para a roça, ou tornava-se também um embalsamador. Desagradado com ambas as possibilidades, Drácula pensou em se mudar para o Brasil. Tinha adquirido um vocabulário razoável por causa das novelas e, como as línguas portuguesa e romena eram de origem latina, muitas palavras eram ou soavam parecidas. Para estudar mais o idioma, passou a entrar em sites brasileiros, pelo laptop de um bruxo por ele afeiçoado, até que o seu coração vermelho e elétrico saiu ricocheteando por entre os demais órgãos ao identificar a sua proprietária, cuja imagem figurava na página da banda Fura Calcinha. Pelo que Drácula entendeu – e era difícil entender algo com os olhos a pular de um lado a outro como dois periquitos sob efeito de cafeína –, aquele conjunto musical que parecia simbolizar o que havia de mais saboroso, peculiar e relevante na cultura brasileira estava fazendo um concurso para eleger sua nova dançarina – e ela, a sua Amada Imortal, era uma das candidatas, a número onze. Foi o que bastou para o jovem Drácula, encharcado de furor, fazer as malas, tomar as economias que os pais escondiam dentro de bezerros empalhados e correr ao aeroporto mais próximo. O bruxo afeiçoado, ao vê-lo partir, imprecou horríveis maldições, mas o mancebo apenas sorriu, acenou e soprou-lhe uma mordida.

– Eu te amo. Eu te amo.

Chegou ao Brasil trajando uma pesada capa escura e ostentando uma pele cuja transparência revelava o azul marítimo de suas veias, duas sequelas do cruel inverno romeno que deslumbraram os nativos a chorar suor sob o vapor do verão. Ao abordar um taxista que esfregava gelo no pulso, solicitou.

– Concurso dançarina Fura Calcinha. Leva lá, por favor.

O taxista, que quase desmaiou ao ver a capa e a palidez do rapaz, ligou o ar-condicionado do veículo no limite máximo. Drácula se queixou.

– Quero sentir calor de Brasil, por favor.

O taxista desligou o ar e fez o trajeto desmaiando e acordando, desmaiando e acordando, desmaiando e acordando. Drácula riu, achando aquilo muito engraçado e pitoresco. Ao chegar ao destino, o taxista, sentindo-se à beira de um colapso, pegou o último gelo que restava num isopor a seu lado e o esfregou nas carótidas. E Drácula, ao ter a atenção voltada para o pescoço do taxista, foi tomado por uma súbita e irreprimível nostalgia da vida deixada para trás, o que o levou a enterrar os dentes com força naquela garganta. Gostou da experiência, pois nunca imaginaria morder no Brasil um pescoço tão geladinho, e saiu do carro revigorado em direção ao prédio onde ocorreria o evento, deixando para trás o taxista, de tal forma esbugalhado e petrificado que não conseguia sequer desmaiar. Ao entrar no edifício, Drácula aproximou-se do recepcionista e expôs um sorriso tipicamente romeno.

– Por favor, eu quero assistir concurso.

– Os convidados já entraram. Você está na lista? Seu nome?

– Drácula.

O recepcionista o analisou como quem analisa uma pichação obscena.

– Queridão, legal a fantasia, mas aqui não é festa de cosplay. Se manda.

Então, duas crianças desagradáveis surgiram e abordaram Drácula, corroborando o deplorável clichê da criminalidade dos menores de rua.

– Ô tio, passa aí a carteira.

Drácula virou-se para elas, sem saber o que significava carteira, e o consequente golpe de vento levou sua capa a abrir como se ele fosse esvoejar. O taxista então caiu de cabeça para fora do veículo, com os músculos ainda totalmente transidos, e se pôs a gritar como um brinquedo quebrado.

– Cuidado. Ele morde. Ele me mordeu. É um vampiro.

As crianças subitamente tornaram a ser crianças e saíram correndo aos berros, e um homem de barba encaracolada veio do salão dc eventos.

– E a televisão, ainda não chegou? O que é que está acontecendo?

O recepcionista, escondido dentro do armário de papéis no interior do balcão, colocou a ponta do dedo para fora, indicando.

– Tem um vampiro aí.

Drácula olhou o homem que trajava uma camisa com estampa de araras, uma calça de capoeira e chinelinhos havaianos, e sentiu uma forte emoção, como se estivesse diante do mais legítimo espécime da sonhada brasilidade. E o homem, ao saber do ocorrido e conferir a identidade do outro, percebeu que ele poderia ser uma atração interessante.

– Então você é o Drácula, veio da Transilvânia, e quer assistir ao concurso? Vou fazer melhor do que isso. Vou te botar pra ser jurado. Venha.

Drácula ficou muito impressionado com tudo: a plateia berrando os nomes das candidatas, jornalistas isolados num cercadinho como cães esfaimados, a mesa do júri composto por artistas que ele conhecia das novelas brasileiras, todos agredindo verbalmente seus respectivos empresários por não terem cobrado o triplo para participar daquele circo de horrores, e por fim as candidatas, que se alinharam no palco usando roupas que cobriam, no máximo, três por cento de sua epiderme. Ao ver entre elas a dona de seu coração, Drácula teve o ímpeto de pular sobre o palco e tomar posse de sua amada, mas o homem que o havia convidado surgiu no palco em seguida e interrompeu o seu acesso de modo risonho e festeiro.

– Depois, Drácula, depois. Agora vamos começar o concurso pra decidir quem vai ser a próxima dançarina dessa banda que o Brasil inteiro ama. Quero ouvir todo mundo comigo na dança da latinha de conserva.

Drácula se deu conta, surpreso, de que o homem que o havia convidado ao júri era o líder da banda. Então, vários instrumentos de percussão começaram a cuspir um ruído ausente de harmonia, levando as meninas da plateia a retorcer suas cordas vocais e os membros do júri a colocar bolas de cera no ouvido com menos discrição do que o recomendável. O líder da banda dispôs sobre o palco diversas latinhas de ervilha, milho e apresuntado e solicitou às candidatas que ficassem de pé sobre as latas, e Drácula observou enlevado a forma enfática como sua amada aproximava a lata da parte interna e superior de suas coxas através de ligeiros e graciosos movimentos oscilatórios do quadril, e o refrão que consistia na repetição frenética de uma palavra desconhecida, mas de sonoridade gostosa e macia – *agachavadia* –, parecia provocar uma hipnose que conduzia todos, inclusive ele, a um universo paralelo no qual não existia consciência, regras ou restrições. Ao final daquela sessão de transe coletivo, o líder da banda se dirigiu a Drácula.

– E o meu amigo, conde Drácula, vai dar agora o seu voto.

Drácula, então, pulou sobre o palco, e sua capa se espalhou pelo ar de tal forma que todos tiveram a impressão de que ele havia voado. Tomou nos braços sua dançarina dileta e rugiu como um urso sufocado de amor.

– Você é minha. Eu te amo.

E cravou os dentes na goela grossa de sua amada. A plateia silenciou, num êxtase atônito. Os membros do júri bocejaram e o líder da banda deu uma pancada no glúteo de Drácula para cessar aquele estranho número.

– Primeiro voto para a candidata número onze. Esse Drácula, vou te dizer, chegou da Transilvânia e já está causando. Agora o voto dessa loirinha linda que fez a novela das sete que acabou ontem. Seu nome mesmo?

No final, venceu a índia Irecrã, candidata número seis, que comoveu plateia e júri ao sofrer a entalação de uma lata de pêssegos em calda durante a prática da atroz coreografia. As outras candidatas, frustradas, atiraram suas latas sobre a vencedora, que permaneceu entalada e ereta. Os jurados saíram cercados por seguranças e sorrindo docemente aos fotógrafos, que, no entanto, preferiram registrar os membros da plateia arrancando as cadeiras do chão e quebrando-as nas costas de quem estivesse ao alcance. A candidata número onze sentou-se a um canto e chorou com o desespero de uma viúva virgem. Drácula a envolveu em um abraço terrivelmente amoroso e murmurou, sentindo o aroma que emanava de sua pele alaranjada e de seus dois olhos negros – tão negros quanto a raiz de seus cabelos amarelos.

– Vem embora comigo. Eu te amo.

– Eu sei lá quem é você? Sai de perto, seu doido. Tua mordida doeu.

E Drácula explicou, em seu português modesto, sua origem, sua identidade e o que o trouxera ao Brasil. A jovem, denominada Gilmarli, ouviu e achou tudo aquilo muito chique.

– Se você é o conde Drácula, então mora num castelo, certo?

– Nossa casa vai ser castelo porque tem amor. Mas, se você não quer Romênia, eu mora em Brasil com você.

– Tá maluco? Claro que eu vou com você. E agora, vamos festejar.

E levou Drácula para a churrascada de proporções históricas que sua família havia organizado contando com sua vitória no concurso. Ao verem Gilmarli, todos cerraram a expressão e se puseram a catar pedras de carvão com os punhos trêmulos, mas ela puxou Drácula consigo e foi logo avisando.

– Gente, eu vou casar e vou morar na Europa em um castelo.

E todos jogaram as pedras de carvão para o alto e se abraçaram e pularam e rincharam de alegria e alguém ligou o som e Gilmarli disparou a brandir o quadril sobre a lata mais próxima. Drácula olhava para aquele retrato da euforia sul-equatoriana e sentia-se repleto de vida. Talvez fosse melhor mesmo ficarem no Brasil, esta terra abençoada, o mais genuíno endereço da felicidade. E as pessoas eram tão gentis, oferecendo a ele carnes e caipirinhas, interessando-se por sua história. Muitos, ao descobrir que estavam diante do conde Drácula da Transilvânia, solicitaram uma mordidinha, e Drácula viu que algumas coisas não mudam em lugar nenhum do mundo; desatou então a carimbar dentadas naqueles pescoços salgados e pegajosos. Porém, ao ter diante de si a nuca rugosa da avó de Gilmarli, lembrou-se da nuca do bruxo ressentido, e a enxurrada etílica que varria suas veias tornou subitamente fluorescente a lembrança das maldições proferidas, a repetição daquele ruído sem harmonia, o riso sátiro que fazia trepidar a garganta da parenta idosa e a imagem de Gilmarli friccionando sua pelve diante dos olhares cremosos e cruentos dos parentes masculinos. Tal exacerbação de sentidos levou Drácula a tombar em sôfregas convulsões e a avó de Gilmarli o arrastou para a sombra, receosa de que ele virasse cinzas sob o sol. Diante dos olhos esgazeados de Drácula, passaram araras gargalhando, macacos vestidos de baianas e bananas dançando ao som do *agachavadia*. Quando ele enfim voltou a si, cercado pelos parentes da noiva, foi tomado pela convicção de que aquela terra possuía feitiços mais poderosos do que os bruxos romenos poderiam imaginar – feitiços selvagens e vulgares que carcomiam o espírito dos que se deixavam capturar, e correu a puxar pelo braço sua amada.

– Fazer malas. Vamos embora hoje.

Chegando à Romênia, Gilmarli não ficou muito contente com a casinha próxima à roça na qual morava Drácula, e tratou de demonstrar isso derrubando no chão a tigela de sopa que a sogra havia preparado e o corpo que o sogro havia embalsamado. Temendo a ocorrência de um provável crime doméstico, Drácula ligou o rádio e a casa foi tomada pelo som de um *manele*, música típica da região, composta por tecladinhos eletrônicos e letras que exaltavam de forma bastante direta o hedonismo da vida cigana. Gilmarli logo se contagiou por aquele ritmo e se pôs a exercitar a coreografia da banda Fura Calcinha. Logo, todos os amigos de Drácula, e também seus pais e os bruxos centenários, puseram-se a jogar latas ao chão e dançar a coreografia ao som do *manele*, e logo Gilmarli se tornou uma diva local, espalhando a mania em todo o país, o que ocasionou a mais relevante fusão cultural entre Brasil e Romênia, e Drácula se perguntou se aquela fusão não teria sido facilitada pelo nivelamento do gosto popular e se esse nivelamento não estava tornando o mundo um lugar perigosamente pequeno. Mas bastava ver Gilmarli vibrando as ancas na sacada do castelo novinho em que foram morar para Drácula desistir de pensar e correr a mordiscar seu pescoço.

– Eu te amo. Eu te amo.

ÍNTIMOS PÂNTANOS

**ler ao som de *On the sunny side of the street*,
com Louis Armstrong**

O doutor Vinícius observava as paredes verdes e descascadas da cantina na qual jantava todas as quintas-feiras, a luz branca gelada e agonizante que vazava das embaçadas luminárias, as toalhas de plástico furadas, grudentas e com forte cheiro de umidade a recobrir sua mesa e as demais mesas vazias, o *gnocchi* requentado e pastoso disposto sem capricho num prato cheio de impressões digitais, servido por um garçom esquecido pela vida e pela morte, e sentia derramar em seu coração uma colher cheia de ternura, alívio e paz. O garçom não entendia por que ele preferia jantar ali, sozinho e silente, a ir à cantina ao lado, sempre tão alegre, bem frequentada e com ótima comida, mas agradecia, com meia sobrancelha, às gorjetas do único cliente.

– Até a próxima quinta.

Ao chegar em casa, o doutor Vinícius despia-se diante do espelho, dedicando a última hora de seu dia na deliciosa atenção prestada a seu cabelo liso, tenro e fácil, seus olhos a um só tempo verdes e azuis, como um mar polvilhado de algas, seu corpo espetacular, sua pele fresca e envolvente. Arfava com o peito contraído de euforia diante de tanta beleza e juventude, dormia com a imagem de seu reflexo na mente e acordava repleto de disposição para mais um dia de trabalho, cuidando sempre de conferir na internet as más notícias para o dia que iniciava. Não que o doutor Vinícius fosse um sádico a se regozijar com a dor dos outros. O que o felicitava, na verdade, era a contínua constatação da sua superioridade física e emocional, a certeza de pisar o degrau do topo, e as mazelas alheias funcionavam para reforçar nele o sentimento fundamental de segurança e estabilidade que sua nobre condição lhe garantia. O mundo ao seu redor sofria, engordava e se esgardunhava, e, quanto mais isso acontecia, mais encimado ele ficava a todos os fracassos, misérias e deteriorações. Assim, tratava todas as manhãs de tomar seu desjejum, fazer seus exercícios e desejar à empregada o que ela jamais teria.

– Muita alegria e serenidade a você.

O doutor Vinícius era psicanalista, e, apesar de formado havia pouco tempo em uma faculdade irrelevante, seus horários eram disputados literalmente a tapa. Não poderia haver ofício mais recompensador: o de ouvir pessoas de todas as idades, cores e sexos a confessar suas abjeções mais secretas, seus complexos e bloqueios, suas culpas tiranas e seus desejos imundos; e todo o pus despejado por aqueles espíritos formava ao final do dia uma massa fofa e consistente sobre a qual ele pousava com deleite o próprio espírito – sendo o caramelo daquela massa, naturalmente, a sólida atração que despertava nos pacientes; homens, mulheres, jovens, velhos, heterossexuais, homossexuais, todos desejavam se aproximar daquele corpo sábio e radioso, e o doutor Vinícius advertia que era comum os pacientes transferirem aquele tipo de sentimento a seu psicanalista. Assim, para ajudá-los a trazer à tona suas emoções mais embutidas, costumava tirar a camisa durante as sessões, chegando por vezes a trajar apenas uma sunga de plástico transparente, e o método heterodoxo surtia poderoso efeito, pois vários pacientes terminavam por admitir síndromes e desvios que não apenas ocultavam como até então nem sequer suspeitavam existir. Ao final desses proveitosos expedientes, o doutor Vinícius utilizava o tempo restante para participar de um evento urbano que incitava as pessoas a revelar o conteúdo mais torpe e degradante de sua essência: as reuniões de condomínio. Para isso, havia comprado vários imóveis em prédios de bairros periféricos, nos quais nenhuma reunião era concluída sem que, no mínimo, um tamanco fosse quebrado na nuca de alguma moradora, e ele tratava de ir a todas as reuniões, mesmo sem morar em nenhum daqueles apartamentos, para analisar a uma distância segura e prazerosa a que grau de aviltamento a raça humana era capaz de chegar. Ao ir até seu edifício favorito, localizado no extremo leste da cidade, percebeu logo ao entrar que o assunto principal seria o mesmo das reuniões anteriores: a forma arejada como Débora, uma jovem moradora do quinto andar, levava sua vida. Sua principal combatente, como sempre, era dona Angélica, a esposa do síndico.

– Você devia era ser expulsa do nosso condomínio, sua infeliz.

– Por quê? Pago as contas em dia. Aliás, de infeliz, eu não tenho nada.

– Tem, sim. Uma mulher que leva a vida como você só pode ser muito infeliz, sim. Recebendo a cada noite um homem diferente, trabalhando como empacotadora de supermercado, sem ambições de constituir família, de estudar, de evoluir profissionalmente. Afinal, o que você pretende da vida?

– Exatamente isso. Ser feliz. E isso eu sou mesmo. Tenho muitos amigos, muitos namorados, saio, me divirto, sou independente, não me comparo a ninguém e não quero mais dinheiro do que já tenho. Também não importuno nenhum vizinho e não interfiro na vida de ninguém, e todos estão de prova disso. Portanto, se a minha vida incomoda alguém, o problema não é meu.

Agoniada diante da serenidade com que Débora argumentava, dona Angélica berrava, e a espuminha branca que sobrava nos cantos de sua boca descia-lhe pela cara, irrigando os sulcos largos de seu pescoço.

– Você não é feliz. Uma pessoa feliz de verdade não fica aí gritando e esfregando isso na cara de ninguém. Você só se faz de feliz para não encarar as suas angústias, a sua carência. Você não tem nada, não tem ninguém. Eu, sim, sou feliz. Tenho um bom emprego, um marido, um filho, um lar feliz.

– O seu marido tem onze filhos fora do casamento, o seu filho tem uma amiga imaginária que é dominatrix, e você acha mesmo o seu lar feliz?

Nesse momento, Rodolfinho, o filho de dona Angélica, levantou-se do canto do salão, aproximou-se em passos curtos, já que tinha os braços e as pernas amarrados em cordas nada imaginárias, e murmurou em pânico.

– Por favor, fale baixo. Se a Gargólia ouvir, eu apanho.

Débora então sorriu ao menino e fez um gesto sutil de obediência a seu pedido, e o doutor Vinícius, ao registrar esse gesto, sentiu-se tomado de uma amarga vertigem, como se o chão composto por todas as desditas existentes no mundo se esfumaçasse sob seus pés e só o que restasse sobre a face da Terra fosse a felicidade de Débora. Sim, ela era feliz, muito mais do que supunha dona Angélica, já que esta vivia ocupada demais em atacar e se defender para ter noção do que significava de fato ser feliz. E o pior: além de feliz, Débora sentia-se em paz diante da própria felicidade. Era isso o que a tornava capaz de afagar a cabeça daquele garoto com aquele carinho tão piedoso e aquela piedade tão carinhosa. Sua paz não apenas a fazia firme em sua ausência de culpa como também generosa diante do infortúnio alheio, e foi isso o que o perturbou: a súbita consciência da secura de sua felicidade diante da fruta pródiga e suculenta que era o coração dela. E, enquanto ele a analisava como um arqueólogo analisando o fóssil de si mesmo, dona Angélica seguia esgorjando com o desespero de um polvo amarrado nos próprios tentáculos.

– O Rodolfinho é um menino muito criativo, só isso. E o meu marido pode ter cometido alguns deslizes, mas está em casa, ao meu lado, e é isso o que importa. E só mesmo uma pessoa muito cheia de veneno e de inveja para dizer o que você disse. O que só prova o quanto você é infeliz, infeliz, infeliz.

E, antes que o banzé evoluísse para um crime, Sinhá Morena, a moradora mais antiga do prédio, chamou a atenção para si batendo com sua bengala nas pernas mecânicas de Eustáquia, sua criada nonagenária, cujo olhar parecia sempre pedir desculpas por sua inútil e eterna bondade.

– Vamos logo ao orçamento do mês que eu não quero perder a novela.

Débora decidiu deixar a reunião, até porque tinha um encontro com um engolidor de espadas que havia conhecido no cruzamento de uma avenida, e o doutor Vinícius tratou de alcançá-la e entregar-lhe um cartão seu.

– Sou psicanalista. A primeira sessão é gratuita.

– Obrigada, mas não preciso de psicanálise.

– Um pouco mais de autoconhecimento não faz mal a ninguém. Pelo contrário. A sua felicidade pode ficar ainda mais saborosa. Espero você ligar.

E Débora, que não era de perder tempo se fazendo de difícil a quem lhe interessava – e a virilidade barbeada, cheirosa e simétrica daquele homem havia sacudido fortemente o eixo de sua libido –, tratou de marcar sua primeira sessão já na manhã do dia seguinte. Ao entrar no consultório, pensou logo em tirar a roupa e se atirar sobre a mesa, mas o doutor Vinícius parecia um homem antiquado, o que até lhe conferia certo charme vintage, e decidiu sentar-se de pernas cruzadas para não tirar dele o ímpeto da iniciativa. Totalmente vestido, o doutor Vinícius sentou-se defronte a ela e, contrariando seus inarredáveis métodos freudianos, iniciou um diálogo.

– Foi muita sorte conseguir este horário para você. Era de um dos meus pacientes preferidos: um grande investidor que sofria de psicoses e bruxismo.

– E você deu alta?

– Não. Ele se suicidou semana passada.

– Isso não me parece uma propaganda muito animadora.

– Ele já estava condenado à morte desde os dez anos, ao ver a mãe nua nas páginas de uma revista masculina. Sem mim, ele teria abreviado seu tempo de vida muito antes. Meu tratamento lhe garantiu uma boa sobrevida.

– E você pode contar assim os problemas dos seus pacientes?

– Não. Estou deixando a ética de lado para tentar cativar sua confiança.

– E por que você quer tanto assim cativar minha confiança?

– Porque pessoas infelizes têm dificuldade de estabelecer esse laço.

– E você está vendo alguém infeliz aqui?

– A infelicidade pode se manifestar de muitas formas. Afinal, parafraseando Tolstoi, cada pessoa infeliz é infeliz à sua maneira.

– Mas eu não sou infeliz. Eu sou feliz, sempre fui e sempre serei.

– Será mesmo? Saint-Exupéry costumava dizer que nunca somos tão felizes nem tão infelizes como pensamos.

– Mas o que é isso? Agora você quer me fazer crer que não sou feliz?

– Por que você pensou isso? A ideia de não ser feliz a apavora?

– Mas eu tenho a vida que sempre quis.

– Talvez você queira pouco por, no fundo, achar que merece pouco.

Cinquenta minutos depois, Débora saiu do consultório chorando e esbracejando, como se lutasse para não se afogar nas lágrimas que jorravam da represa virgem que ela possuía dentro de si e nem suspeitava.

– Você salvou minha vida. Você abriu meus olhos. Eu não sou feliz, nunca fui. Eu sou uma idiota, uma leviana, uma medíocre, uma promíscua.

– O importante é que agora você tem consciência de seus enganos, falhas e fraquezas. Agora que você está começando a compreender o que realmente significa ser feliz, você poderá construir uma vida nova e mais digna.

– E pensar que vim aqui querendo uma tarde de paixão com você. Que tolice, que frivolidade. Como se alguém tão perfeito pudesse querer uma mulher tão errada. Aposto como você vive cercado de garotas bem melhores do que eu. Obrigada por tudo e até a próxima sessão.

O doutor Vinícius fechou o consultório, saiu, viu a seu redor o trânsito demente das ruas, um homem dando a água das sarjetas para seus filhos beberem, uma mulher trigueira tentando esconder com seus cabelos rebeldes um olho roxo, e sentiu novamente o chão firme sob seus pés. Felizmente, havia conseguido convencer Débora – e a si mesmo – de que a felicidade dela era um blefe, uma gravura ordinária a esconder uma parede assolada de infiltrações. Pensou no que ela disse, sobre as muitas mulheres que deviam assediá-lo, e ele, que sempre teve no fascínio alheio em torno de sua figura um combustível mais do que suficiente para sua autoestima, e nunca havia vivenciado uma relação de maior proximidade física ou afetiva que pudesse perfurar a blindagem de sua aura iridescente, sentiu pela primeira vez um caroço de amargura preso na garganta. Concluiu que era apenas um resquício do abalo sofrido no último dia e deu a si mesmo de presente um lauto jantar na sua cantina dileta, mesmo não sendo quinta-feira. O caroço foi empurrado esôfago abaixo junto com o *gnocchi*, o espelho em seu quarto emitiu uma imagem mais radiosa do que nunca, e o doutor Vinícius dormiu narcotizado de alegria. Zelando pela manutenção da ordem de seu universo, seguiu atendendo Débora com dedicação e indo às reuniões do condomínio dela para se certificar de sua mudança de comportamento. E percebeu que ela havia passado a se vestir e a se comportar com extrema discrição, mantendo a cabeça baixa e anuindo sempre com a maioria, e não apenas ela parecia ter se transformado, mas também Rodolfinho, que já não mais se mostrava atado.

– É que, como a mamãe não tem ficado mais tanto tempo no quarto, a Gargólia e eu temos nos visto menos.

E dona Angélica, que então espalhava seus tentáculos por aquele salão com a segurança de quem possui um oceano sob medida ao seu redor, correu a enlaçar seu braço no braço do doutor Vinícius e a arrastá-lo a um canto, empurrando para dentro das narinas dele o perfume doce e intenso que era a trilha olfativa de sua recente sensação de bem-estar.

– O senhor fez um excelente trabalho com essa moça. Parabéns.

– Eu apenas a instruí a ter mais respeito por si mesma e pelos outros.

– Agora, sim, ela parece reconhecer que nós, com nossas famílias e nossos trabalhos, é que somos felizes. Isso vai ser muito bom para que ela se situe. Afinal, somos boas pessoas e só o que queremos, no fundo, é o bem dela, não é verdade? Então, muito obrigada, doutor Vinícius, por tudo.

E assim a vida transcorreu, tropeçando com maciez nas linhas tortas do firmamento, até que, um dia, Débora sumiu. Não se teve mais notícias dela no prédio, na vizinhança, no supermercado, em lugar algum. Nenhum de seus inúmeros amigos e ex-namorados sabia de seu paradeiro e não havia pista ou vestígio que servisse de ponto de partida para uma investigação. O doutor Vinícius ficou realmente aflito com aquele desaparecimento, mas eis que certa noite, ao adentrar o salão de eventos do condomínio em que morava Débora, encontrou-a ali, vestida de felicidade da cabeça aos pés, apresentando aos vizinhos o motivo de seu jubiloso sumiço: um protuberante mameluco cujos traços grossos e econômicos o tornavam muito parecido com os bonecos de papel machê que trazia pendurados em sua bata de algodão rústico.

– O Elomar é artista plástico, ele que fez estes bonecos. Nós nos conhecemos no enterro de um ex-namorado. O coitado era engolidor de espadas. Teve uma hemorragia interna e se esvaiu em sangue no meio da rua. E aí nós entendemos que a vida tem de ser vivida a sério. Então, passamos o último mês juntos e nos casamos ontem, e eu nunca estive tão feliz e apaixonada.

Dona Angélica tremia como um pterodáctilo recebendo a notícia da própria extinção.

Casada, feliz, apaixonada? Isso é um absurdo. Não faz sentido. Você é mesmo uma louca, irresponsável, vai destruir de vez sua vida, sua infeliz.

– Não, dona Angélica, pelo contrário. Graças ao doutor Vinícius, eu me dei conta de que nunca seria uma pessoa completa sem uma pessoa que eu amasse e um trabalho que me realizasse.

Pois o Elomar me fez descobrir não apenas o amor, mas também um talento. Agora, eu também sou artista plástica, e amanhã nós vamos para Salzburg expor nossos trabalhos. Não é maravilhoso? Antes, eu não tinha nada e me achava feliz. Hoje, tenho tudo e mais a certeza de uma plena felicidade. Graças a todos vocês, que sempre foram tão firmes e sinceros comigo, e principalmente ao senhor, doutor Vinícius. Por isso, eu quis tanto dar essa notícia pessoalmente a vocês. Porque eu sabia o quanto vocês ficariam felizes vendo a minha plenitude.

Após a saída de Débora e Elomar, dona Angélica irrompeu num pranto digno de um camelo lançado em alto-mar e abraçou o doutor Vinícius, que também chorou, como não chorava desde os três anos de idade, e seu choro desajeitado e estrangulado deformou de tal forma sua bela estampa que, pela primeira vez, as pessoas o acharam feio como um chupador de cabras. Eustáquia, a criada de Sinhá Morena, achou a cena intrigante.

– Vocês parecem até que ficaram tristes com a alegria da moça.

– Não. A gente está feliz por ela. Muito feliz, não é, dona Angélica?

– Muito feliz. A felicidade dela faz com que a gente perceba o quanto nós também somos felizes, não é, doutor Vinícius?

No dia seguinte, dona Angélica foi hospitalizada após ingerir, por acidente, cerca de oitenta pílulas tranquilizantes, e o doutor Vinícius, cujo espírito havia se convertido em uma peneira por onde todo o ânimo escorria, ficou sentado no chão do salão do condomínio, sentindo uma pena infinita de si mesmo por ter se colocado num patamar tão superior ao pátio onde a vida acontecia, onde os amores se esparramavam e os sentimentos se debatiam, e, embora tivesse estado sempre tão satisfeito em habitar um pedestal no qual podia se manter imune àquelas emoções – que, vistas do alto, pareciam tão indignas e ignóbeis –, sentia-se então derrubado dali e mortalmente contaminado por toda aquela mixaria que tanto e por tanto tempo havia desprezado. Ele não era, afinal, melhor do que dona Angélica ou seus pacientes ou o garçom zumbi que o atendia na cantina. Pelo contrário: as dores frívolas, egoístas e covardes que os devastavam eram as mesmas que o devastavam também. E ali o doutor Vinícius ficou, fritando penosamente na grelha de sua miséria, até que Rodolfinho veio falar com ele num tom de segredo e confidência.

– Doutor Vinícius. Preciso muito falar com o senhor.

– Agora não, Rodolfinho. Vá brincar com a Gargólia, vá.

– É sobre o Elomar, o namorado da Débora. Eu descobri que ele tem um aneurisma inoperável na cabeça e está com os dias contados.

E explicou, entre breves goladas de fôlego, que tinha ajudado pela manhã Débora e Elomar a levar suas bagagens para o táxi e pegado sem querer os exames caídos de uma pasta. Enfatizou não ter entendido inicialmente o que era aquilo, mas Elomar, ao surpreendê-lo lendo aqueles papéis, assustou-se, puxou-o a um canto, explicou o que significava e suplicou para que ele nunca contasse a ninguém, pois não queria que Débora soubesse. O doutor Vinícius achou aquele relato lúcido e exato demais vindo de um menino de onze anos, e, por mais fascinante que fosse, não conseguiu acreditar. Rodolfinho, então, sacou o celular e mostrou as fotos tiradas dos exames, pelas quais o doutor Vinícius confirmou que sim, aqueles exames eram reais e comprovavam peremptoriamente a existência de um aneurisma cerebral.

– Como o senhor é médico, eu queria que visse essas fotos pra saber se alguma coisa pode ser feita para ele não morrer.

– Não. Mas fique tranquilo, ele não vai morrer de uma hora para outra. Ele pode viver muito bem com esse aneurisma por meses e até anos.

Mas o fato era que a nobre felicidade de Débora se sustentava sobre uma corda fina e prestes a arrebentar a qualquer momento. E assim o doutor Vinícius voltou ao trabalho e à vida com a leveza, a segurança e a precisão de uma gaivota, e se entupiu do *gnocchi* ruim da cantina que àquela noite fecharia as portas. Também dona Angélica, posta pelo filho a par do segredo de Elomar, tornou a sorrir e a tolerar a própria existência ao sair do hospital. E Rodolfinho esperou dar meia-noite para ir ao salão de eventos do prédio e encontrar Gargólia, como sempre encoberta pela penumbra.

– Fiz como você mandou. A mamãe e o doutor Vinícius acreditaram que os exames eram do Elomar. Mas por que você quis que eu fizesse isso?

– Você ainda é muito pequeno para entender. Agora volte para casa.

– Não vai me castigar? Preciso disso para me sentir bem, você sabe.

– A partir de hoje, você se sentirá bem com a atenção que sua mãe vai passar a te dar. Vá e não olhe para trás. Nossa história acaba aqui. Adeus.

Rodolfinho saiu, triste por saber que jamais veria o rosto de sua amiga. E Gargólia, saindo da penumbra, suspirou satisfeita ao saber que todos haviam terminado felizes dentro das mesquinhas e necessárias ilusões humanas. Então, guardou consigo os exames pegos na gaveta de sua patroa e, ao ver o elevador de serviço quebrado, subiu as escadas com suas pernas mecânicas.

FEIJOADA AOS PORCOS

ler ao som de *Domani è un altro giorno*, com Ornella Vanoni

Não havia erro: quem passasse em frente ao bistrô Bourgogne às nove horas da manhã fatalmente encontraria Feijoada Diniz revirando os sacos de lixo em busca da comida jogada fora na noite anterior. Feijoada era uma mulher à margem da sociedade, sem estudo nem profissão, e vivia em um casebre de madeira e papelão com outros nove parentes. Todavia, enquanto estes não se preocupavam em selecionar os lixos para coletar comida, Feijoada, fã incondicional da culinária francesa, somente se abastecia na lixeira do bistrô. Os irmãos e primos e filhos e sobrinhos tentavam experimentar a tal comida, mas Feijoada era implacável.

– Quem botar a mão no meu bolo de chocolate amargo com pimenta rosa e creme inglês vai se ver comigo.

– Grande coisa. Olha o Cheddar McPluto que achei inteirinho no lixo.

– Credo. Isso eu não como nem se me derem em uma bandeja de ouro.

Então, em um dia como outro qualquer, Feijoada farejou a existência de um pato com laranja dentro do saco preto. Faminta e truculenta, Feijoada rasgou o plástico com todas as unhas que possuía nas mãos, arrancou das entranhas do lixo a coxa do pato e mordeu-a com todos os dentes que possuía na boca. Após uma salivação imediata e brutal, sentiu o sabor do pato e rapidamente o cuspiu no meio-fio, enojada, para espanto dos transeuntes, até então encantados com seu deleite. Suspendida num mudo espanto, Feijoada tateou a própria língua, cutucou o lixo com o pé, e, como este não oferecesse resistência, reaproximou-se lentamente. Ao intuir com o olfato um coelho na mostarda no fundo do saco, alcançou o coelho sem uso das mãos e o mordiscou desconfiada. Os transeuntes, apreensivos, aguardaram seu parecer. Porém, para frustração geral, o coelho mordiscado também não provocou bons sentimentos em seus músculos bucais. Transtornada de fome, ódio, infelicidade e cólera, Feijoada vomitou toda a saliva engolida diante da porta do bistrô, chamando enfim a atenção dos donos do estabelecimento – dois irmãos árabes muito altos, ambos dotados de um temperamento nervoso e esquivo que podia ser por timidez, medo ou excentricidade. Costumavam falar, sempre num tom de voz baixíssimo e com o olhar escondido, um claudicante português temperado com sotaques caricatos dos idiomas francês e italiano, como personagens de um estranho esquete inglês, embora se levassem totalmente a sério, e passavam a maior parte do tempo trancados no escritório, em absoluto silêncio, de onde saíam apenas em casos extremos como este.

– Ma que cacchio está havendo?

– E ainda perguntam? É o pior pato que eu já comi.

Os dois se encolheram, melindrados com a injúria da moradora de rua.

– O nosso patô foi prreparradô com o cuidadô e o rigorr de semprre.

Feijoada esbravejou, vibrando o ar expectorado dos pulmões contra a saliva amarga que pesava sobre suas ultrajadas papilas gustativas.

– Não foi, não. Esse pato foi feito com vinho rosé. Onde é que nós estamos? Ele leva vinho branco. Vocês deveriam ser processados. E esse coelho? Um insulto. Pimenta de mais e tomilho de menos. Provem e digam se não é o pior coelho na mostarda já feito sobre a face da Terra.

E estendeu-lhes a perna do coelho. Os irmãos refletiram a respeito em silêncio por alguns minutos e então experimentaram a comida retirada do lixo por Feijoada. Refletiram em silêncio por mais alguns minutos e concluíram.

– Tem razón, mademoiselle. Este coelhô está horrorroso.

E Feijoada, que buscava controlar seus tubos orgânicos de acordo a não expelir o ar engolido para trair a fome, pôs-se a murmurar com uma voz fina e infantil, o que enterneceu e penalizou os aflitos irmãos árabes.

– Agora me digam. O que está acontecendo? Este restaurante era o melhor da cidade. Eu me orgulhava em comer do lixo daqui. Dizia para quem quisesse ouvir: comida melhor, não há. E agora isso? Esse pato pavoroso, esse coelho impossível? O que é que está havendo com a qualidade do bistrô? Vocês não percebem que, se continuarem assim, vão ter de fechar as portas?

Os dois irmãos olharam um para os pés do outro, batendo as pontinhas dos dedos de uma mão nas pontinhas dos dedos da outra mão, e admitiram.

– Ma é que noi contratamo otro cozinheiro.

– Ah. Então está explicado.

– Non, mademoiselle. Le garçon contrratadô estudou na Eurrôpa, nos melhorres cursos do velho continente. Pagamos a ele uma verrdadeirra forrtuna e, ainda assim, os clientes saem a se queixar. Non sabemos o que fazerr.

– Pois então deixem comigo.

– Ma que cosa farà?

– Confiem em mim.

Após o insípido despencar do sol e a abertura do bistrô para mais uma noite de funcionamento, o chef Dâmaso Quental – para quem os irmãos árabes haviam carinhosamente instalado no chão da cozinha uma plataforma de modo a facilitar seu acesso a mesas, fornos e fogões, em virtude dos concisos cento e doze centímetros de altura do funcionário – dirigiu-se à cozinha e se surpreendeu com a presença daquela mulher esfarrapada, malcheirosa e com contrações ariscas ao redor da boca.

– Quem é você? O que está fazendo aqui?

– Quem sou eu não interessa. O que importa é que eu estou aqui para garantir a qualidade dessa comida.

– Que audácia. Saiba que eu sou um jovem cozinheiro prestes a adquirir reputação internacional graças ao requinte das minhas receitas.

– Pois eu vou dizer qual vai ser a sua próxima reputação se a comida continuar esse horror. O que é que há com você, sua tampa de bueiro? Perdeu a mão, o paladar? Quer afundar o restaurante e perder o emprego, quer?

Muito emocionado com a reprimenda, Dâmaso chorou lágrimas incolores, desistiu dos pudores e rasgou o coração para Feijoada.

– Desde que comecei a trabalhar neste bistrô, engordei muito por ter que experimentar os pratos. Você sabe, a culinária francesa é muito gordurosa. E nós, que somos verticalmente prejudicados, quando engordamos, ficamos com um aspecto estufado, atarraxado, medonho. E eu sou vaidoso, sabe? Já que estou preso neste corpo pequeno, quero ao menos manter um aspecto jovem, enxuto, que valorize a harmonia original dos meus traços. Só que, depois de duas semanas aqui, minha cara ficou parecendo um cookie e meu corpo virou um travesseiro de espuma. Aí decidi fazer um regime.

– E parou de experimentar a comida que vinha fazendo.

– Eu pensei que não faria diferença.

Então Feijoada estapeou com as duas mãos o rostinho de Dâmaso.

– Mas fez. Fez toda a diferença. Se você não podia provar a comida, por que não pediu para outra pessoa fazer isso?

– Porque. Bem. Eu tinha vergonha.

– Você tinha era que ter vergonha de existir. Mas tudo bem, eu vou te ajudar. Você cozinha e eu experimento. E você trata de fazer tudo o que eu mandar.

E assim fizeram. Mais salsinha no *coq au vin*, mais alecrim no pernil de carneiro *en croûte*, menos requeijão no frango *poché*. Dâmaso seguia fielmente as instruções de Feijoada. Ao fim da primeira semana, os clientes, com um sentimento cálido no peito e um tremorzinho bom na barriga, vieram comentar com os irmãos gêmeos árabes.

– Nunca a comida aqui esteve tão boa.

– Nunca comida nenhuma em lugar algum esteve tão boa.

O bistrô ganhou o título de melhor restaurante do ano. Turistas franceses vinham ao Brasil saborear a melhor comida francesa feita no mundo. Dâmaso se reconciliou com seu ofício ao testemunhar o prazer com que Feijoada o exercia e tornou a experimentar seus pratos, mandando o regime para um lugar distante e pouco visitado. E os irmãos árabes, um pouco mais extrovertidos após conseguir o capital necessário para abrir uma filial em Paris, convidaram Feijoada para ser a chef do novo endereço.

– Ti vogliamo bene, Feijoada. Viene con noi. Non siamo nada senza te.

– Você serrá rica, Feijoada. Nós pagarremos una forrtuna a você.

Feijoada reagiu à proposta com uma indignação superficial e bateu os cotovelos em uma mesa, sem, no entanto, quebrá-la.

– Eu não ligo pra dinheiro. Dinheiro não tem gosto de nada.

– Mas você vem para a Eurrôpa com a gente, não vem?

Então, Feijoada olhou com ambos os olhos para o interior do bistrô, a cozinha, o cesto de lixo externo. Estalou a boca com a língua e sentiu a língua seca. Sua decisão estava tomada.

– Enjoei de comida francesa. Preciso descobrir novos sabores. Adeus.

Desolados, os irmãos árabes se viram forçados a desistir da filial francesa. Triste com a partida de sua mentora, Dâmaso conquistou o apreço de uma famosa estilista de moda, que, seduzida por seu charme sucinto e abrangente, o contratou como seu cozinheiro exclusivo e o tornou famoso por seu talento e por sua beleza, como ele sempre sonhou ser. E assim, o bistrô número um do mundo, em poucas semanas, voltou a ser apenas um restaurantezinho qualquer. Contristados e meditabundos, os irmãos árabes decidiram, pela primeira vez desde que chegaram ao Brasil, caminhar um pouco pelas ruas, quando subitamente sua atenção foi capturada pela imagem de Feijoada refestelando-se na lixeira de uma lanchonete

McPluto's, ganindo e se debatendo com os sacos plásticos, como nos bons e velhos tempos.

– Cheddar McPluto. Cheddar McPluto.

Impactados, os irmãos árabes refletiram em silêncio durante alguns minutos, voltaram ao bistrô, trancaram-se no escritório e espancaram-se mutuamente com um saco de vitelas.

A FILHA ETERNA

ler ao som de *Super-Homem, a canção*, de Gilberto Gil

Altair Velasco era um escritor com conspícuas e ditirâmbicas pretensões intelectuais – embora as palavras "escritor" e "pretensão" postas na mesma sentença quase sempre culminem em pleonasmo. Era, de fato, um homem muito preparado, muito estudado, e seu escritório tinha como papel de parede várias reproduções de seus diplomas de mestrado e doutorado em semiótica, obtidos na melhor universidade do país. Seus livros, porém, não haviam tido o êxito merecido. O primeiro, *Uma abordagem semiótica da Turma da Mônica: sadismo e tirania no bairro do Limoeiro*, despertou o interesse das mais afamadas editoras, mas não a ponto de elas cogitarem a hipótese de publicá-lo. Já o projeto seguinte consistiu em agrupar os textos das tiras em que Snoopy se arvorava a escrever um livro e dar-lhes a necessária unidade, o que gerou um romance intitulado *O ser humano é um pacote de merda, Charlie Brown*. De novo os editores saíram assobiando para o alto, e Altair deduzia que a forma como criticava os valores e os costumes sociais refletidos nas histórias em quadrinhos tornava seu texto polêmico e atordoante demais.

– É duro tentar dizer o que ninguém quer ouvir, Manuela. É duro ser profeta em uma terra de analfabetos morais, funcionais e cabais.

Manuela pensava que duro mesmo era ser casada com um homem para quem qualquer frase, por mais encaixada que estivesse na banalidade do cotidiano, era o pretexto para uma tirada espessa, espirituosa, envergada de gênio. Ela, uma típica garota nota seis na escola e na vida, teve sua normalidade transmutada em burrice após o casamento, já que partilhar da intimidade de um gênio sempre acaba por ampliar a não-genialidade do outro, e, se nos primeiros meses era reconfortante para sua vaidade ter sido escolhida por alguém tão sapiente, logo sua autoestima começou a se queixar do pouco espaço, e Manuela passou a se sentir sufocada, tensa, estúpida e confusa, como um asno a latir por dentro. Para piorar, ela e o genial marido viviam graças à mesada do pai dela, e seu Firmino, que preteriu os estudos em nome do trabalho e se tornou dono da maior firma de impermeabilização de tecidos da zona leste da cidade, menoscabava o genro sem pejo algum.

– Você não chega aos pés da sua finada mãe, mas eu tenho alguns clientes sérios, trabalhadores, bem de vida; posso te arranjar coisa bem melhor.

Mas Manuela não queria confessar o reconhecimento de seu equívoco e grifar a razão que o pai desgraçadamente tinha ao dizer que ela não era capaz sequer de escolher um bom marido. Ainda mais numa hora tão crucial.

– Altair. Estou grávida.

– Eu também. Estou grávido de revolta, de estupor, de indignação.

– E eu estou grávida de um bebê, de um filho seu.

– Um filho? Mas francamente, Manuela. Isso é hora?

– Se é hora, não sei. Mas trate de se virar. Porque, se você não puder sustentar o meu filho, eu volto para a casa do meu pai. E aí nem com a mesada dele você vai mais poder contar.

Estimulado diante da contundência do panorama, Altair decidiu pôr sua erudição a serviço da cultura de massa. Ao perceber que os almanaques estavam na moda e vendiam bem, escolheu um tema instigante, debruçou-se sobre uma meticulosa pesquisa, que incluiu uma viagem à Bélgica, e dedicou ao projeto toda a força física, intelectual e emocional de que era capaz. Concluiu o livro – *500 coisas que você deveria saber sobre os Smurfs antes de morrer* – e, desta vez, conseguiu publicá-lo. Inexplicavelmente, as massas não se interessaram pela relevância de sua obra, e, até o dia em que sua esposa deu à luz, havia vendido apenas dezessete cópias. Quando Manuela voltou da maternidade com a filha recém-nascida, foi ao escritório do marido para que ele enfim a conhecesse. Mas Altair estava premido de cólera e desespero como um tubarão-martelo enfiado até o rabo dentro de um aquário doméstico.

– Qualquer celenterado hoje escreve um livro e vende. Até esse tal de Patapinho Verve, incapaz de redigir uma frase com sujeito seguido de predicado. E eu, eu, aqui, atascado no cânion da indiferença.

– Eu cheguei, Altair. Trouxe sua filha. Não quer conhecer?

– Isso não é hora, Manuela. Isso não é hora.

Manuela decidiu então apelar para o último expediente capaz de chocar Altair e arrancá-lo daquela revolta ruvinhosa e paralisante. Era hora de abrir os olhos dele à realidade para, com isso, forçá-lo a assumir seu papel de pai e provedor. Se não pela filha recém-nascida, ao menos para que seu pai não a enxergasse como uma total fracassada, indigna da fantástica mãe que a havia parido. Sugou, então, um grande volume de ar e anunciou com ênfase.

– Nossa menina tem paralisia cerebral.

– E quem não tem, no mundo em que vivemos?

– Altair, é sério. Ela sofreu uma falta de oxigenação no cérebro.

– Se é assim, o que ela faz em casa? Devia ter ficado no hospital, não?

– Paralisia cerebral não é uma doença. É uma condição que vai definir nossa filha para sempre. E o melhor remédio será o nosso amor e a nossa atenção. Essa criança vai mudar a nossa vida. Agora vem pegá-la no colo.

Aquilo deixou Altair repleto de desconfiança, curiosidade, excitação e receio, e ele se aproximou da filha como quem se aproxima de um satélite. Ao pegá-la e estudar seu aspecto, percebeu que ela era bonita, cabeluda, suspirava forte e espreguiçava com nítido prazer. E ficou ainda mais intrigado.

– Mas ela me parece totalmente dentro dos padrões.

– O que vai torná-la uma criança como as outras é o nosso amor.

– Ora, não seja patética. O que nós temos é de colher mais informações sobre o assunto e também ouvir um médico.

– Você pode consultar quem quiser, Altair. Todos vão dizer a mesma coisa. O amor é o maior estimulante para o desenvolvimento de uma criança como ela. Faça assim: ocupe-se em dar a ela toda a atenção que puder. Você vai lhe ensinar muito e, acredite, ela vai ensinar muito a você. E não se preocupe quanto à parte médica, hospitais, exames. Deixe a parte prática comigo.

E Altair, que não era mesmo um aficionado pelo lado prático da vida, considerou a divisão de tarefas não apenas justa, mas bastante oportuna. Com aquela filha condicionada a perpétuas necessidades especiais, sua existência havia se tornado mais dramática, profunda e interessante, e isso naturalmente se refletiria em sua obra. A relação com a filha poderia render livros fabulosos; o público sempre se comovia com histórias de amor incondicional por pessoas incapacitadas mentalmente – sendo a pessoa em questão uma criança, então, melhor ainda. Sim, aquele lindo e misterioso bebê era a melhor coisa que poderia ter acontecido em sua vida. E Altair se apegou à filha de tal forma que não a largava nunca – exceto nos momentos em que ela chorava ou precisava comer, tomar banho, ter a fralda trocada etc., quando ele a depositava no colo da mãe, alegando não querer afrouxar o laço materno.

– Altair, não podemos mais continuar dependendo do papai. Você tem que arranjar um trabalho. Não digo por mim, mas pela nossa filha.

– Nossa filha é mais importante do que tudo, Manuela. E, por isso, vou continuar ao lado dela, zelando por cada segundo de sua vidinha. Quanto ao nosso sustento, não se preocupe. A bênção que essa criança veio derramar sobre nós nos colocará dentro do melhor caminho.

Assim, atento a cada gesto, cada olhar, cada babugem da menina, Altair observava, anotava, fotografava, filmava. Registrou-a engatinhando no oitavo mês, dando os primeiros passos com cerca de um ano, começando a falar, desenhando casas e flores, batendo palminhas diante dos pássaros que bicavam a janela. Quando a menina, chamada Tula em homenagem à espetacular progenitora de Manuela, aniversariou três anos, Altair lançou um livro intitulado *A filha mais adorada do mundo: relato científico sobre uma criança salva pelo amor*, narrando em linhas capazes de arrancar lágrimas de um comandante da Gestapo a forma surpreendente como a filha vinha se desenvolvendo, graças, naturalmente, a seu amor cálido e constante.

– E já sabe ler. Aos três anos, já é uma leitora voraz e contumaz.

O livro de Altair se tornou um *best-seller*, o dinheiro começou a jorrar em pródigas golfadas e ele passou a alternar o tempo ao lado de Tula com entrevistas, palestras e sessões de autógrafo. E Manuela, com os músculos entontecidos de orgulho, foi até o pai e atirou sobre sua mesa, com brioso desdém, todo o dinheiro que este lhes havia dado até então.

– Nunca mais precisaremos do senhor.

– Precisarão, sim. Quando essa palhaçada acabar. Essa criança não tem paralisia coisa nenhuma. Aliás, se ela aprendeu mesmo a ler com três anos, então ela é uma superdotada. Como, aliás, sua mãe também era.

– Minha filha possui graves limitações, e o fato de parecer uma criança como as outras só comprova os pais excelentes que eu e o Altair somos.

– Você e o Altair, bons pais? É pra rir de pé ou sentado?

– O Altair ainda vai ser o autor mais lido deste país, a minha filha vai ser uma princesa e o senhor ainda vai me pedir perdão de joelhos.

De fato, Altair seguiu lançando um livro por ano, sempre narrando em minúcias eletrizantes o salubérrimo desenvolvimento da filha. O país não tardou a adotar Tula, acompanhando com amável euforia cada passo, cada progresso daquela pequena lutadora. As boas notas na escola, o sucesso nas práticas esportivas, a índole que tinha a doçura e a consistência do mais meigo mel. E Altair era louvado, aplaudido, erguido em glórias, como o pai cujo incondicional desvelo foi capaz de derrubar todas as teorias médicas. É claro que nem tudo foram flores: diversos médicos vieram a público dizer que era impossível uma pessoa com o aspecto e a desenvoltura física e mental de Tula ter qualquer tipo de paralisia cerebral, e muitos pais de crianças nessas condições acusaram Altair de manipular a boa-fé das pessoas. Mas o grande público sempre fechava a favor de Altair, afinal, aquela história de superação em nome do amor não só era irresistível como propiciava a confirmação da mais desejada das verdades: a de que a fé e a esperança, exercidas sem moderação, traziam recompensas, mesmo em circunstâncias humanamente impossíveis.

– Os médicos entendem de doenças, mas não entendem nada da vida, de gente, de amor. E se as outras crianças, vítimas da mesma situação que a minha filha, não se desenvolveram como ela, a culpa foi dos pais, que não deram a elas o amor irrestrito que eu sempre dei à minha adorada Tula.

Aos quatorze anos, Tula era uma adolescente gorducha, corada e risonha, cujo ânimo flácido e raciocínio preguiçoso, comuns na idade, eram ampliados pela consciência de sua condição, que a tornava um tanto complacente demais consigo mesma, embora já tivesse se habituado a dizer ao pai que os esforços dele eram supremos. E Altair passou a levá-la consigo aos eventos a que a fama o solicitava, ostentando-a como um troféu pelo sublime exercício de sua condição paterna. Tula tinha sua quota de tédio, vergonha e aborrecimento, mas também gostava do afago das massas, que gritavam seu nome pelas ruas e a atulhavam de cartas e presentes, e por fim a jovem passou a realmente gostar de sua situação especial, sobretudo porque ninguém imaginava como era simples para ela andar, ler, falar, pensar e todas essas coisas que, em teoria, deveriam requerer esforços colossais e cuja execução, portanto, lhe rendia copiosos elogios.

– Papai foi muito zeloso ao cuidar de minha cultura. Meus autores preferidos durante a infância foram Hans Christian Andersen, Lewis Carroll e Mark Twain. Também li um pouco de Dickens. Agora aprecio poesia.

E recitou, no idioma original, um trecho de um poema de T. S. Eliot, para delírio dos membros da plateia, que rebentaram a garganta e puxaram os cabelos uns dos outros como se fossem todos coautores do mais estupefaciente dos milagres, mas o apresentador do programa, dotado de um destemor que flertava com a insanidade, resolveu lançar a Altair uma singela picardia.

– E você não apresentou à sua filha a Mônica, o Snoopy, os Smurfs?

– Eu não impingiria à minha filha esses produtos da indústria cultural sem que ela tivesse o discernimento crítico necessário para analisá-los. Não tenho dúvida de que a cultura erudita que lhe ministrei acionou em seu cérebro cordas atualmente adormecidas no cérebro da maioria das pessoas.

– Mas, se você preza tanto assim a erudição, por que dedicou tanto tempo estudando esses personagens de histórias em quadrinhos?

– Tratava-se de um olhar crítico, analítico, sobre a cultura de massa.

– Não vi nada de crítico ou analítico na lista que você fez sobre os elementos que o Gargamel utilizou para criar a Smurfette.

– Você diz isso porque não compreende que a exposição da superficialidade é o método mais sobresselente para se acusar a ausência da profundidade. Mas isso você é capaz de compreender, não é, minha filha?

– Totalmente, papai querido.

Ao final do programa, enquanto o apresentador era surrado pelo auditório por causa do deboche dirigido ao mais santo dos pais, Altair e Tula saíram à rua, receberam os abraços dos transeuntes e foram a pé para casa.

– Nunca nenhum pai sentiu mais orgulho de uma filha como eu sinto de você. Eu amo muito você, Tula. Você é a melhor filha do mundo.

– O senhor que é o melhor pai do mundo. Eu te amo, papai.

Ao chegarem, Manuela veio até eles com o passo arrastado e a cabeça encolhida dentro dos ombros, própria de quem se deixou esvaecer ao longo dos anos em meio àquela relação tão absorvente e asfixiante de pai e filha. Trazia alguns cadernos, e Tula, ao identificá-los, sentiu o buço eriçar.

– Filha, fui arrumar seu quarto e encontrei isto debaixo da sua cama.

Altair folheou os cadernos e descobriu uma série de histórias em quadrinhos no formato de tira de jornal. Eram historinhas sem palavras, nas quais um rato gigante fazia experimentos científicos em uma garotinha, tirando-lhe o cérebro, os rins, os membros, e reconstruindo-a segundo critérios perversos e divertidos. Cuspiu nos cadernos com desprezo e os atirou contra a parede.

– Quem te deu esse lixo?

E Tula admitiu, sem saber bem por que deveria temer, mas temendo.

– Fui eu que fiz, papai.

– Impossível. Impossível. Eu dei a você uma educação impecável. Você deveria estar fazendo poemas. E não essa cretinice.

Manuela pegou os cadernos e tentou abraçar a filha, tão maior que ela.

– Também não é assim, Altair. Eu li as historinhas. São boas.

– É, papai. Eu gosto de tudo o que o senhor me apresentou. Mas também gosto de histórias em quadrinhos. Gosto de ler, de criar e de fazer.

– Você não sabe o que está dizendo. Está perturbada, está delirando.

– Eu descobri sua coleção de gibis, papai.

– O quê? Não diga mais nada. Não diga mais nada.

– Foi por causa dela que me apaixonei por esse universo. É isso o que eu quero para minha vida. Quero ser uma autora de histórias em quadrinhos.

– Meu Deus. Tudo o que eu fiz por você. Tudo em vão. Não importa o que eu faça, você não passa de uma limitada. É o que você é e sempre será.

Tula caiu de joelhos e levou as mãos crispadas ao peito, como se houvesse tomado um tiro. E Manuela, sentindo queimar na própria carne a bala disparada contra a filha, subiu sobre a mesa, derrubou os vasos aos coices e se pôs a gritar, como se enfim despertasse após tantos anos de hibernação.

– Ela não é limitada. Nossa filha nunca teve paralisia cerebral. Nunca.

– O que você está dizendo, sua doidivanas?

E Manuela esmurrava o peito, orgulhosa da farsa que, então ela percebia, havia sido a única obra relevante de sua vida.

– Eu inventei isso para tirar você da apatia, para te obrigar a trabalhar. Mas eu nunca pensei que você usaria isso para fazer sua carreira de escritor decolar. E que a sua vaidade te deixaria tão cego a uma coisa tão óbvia.

– E todos esses anos, você indo ao hospital com a Tula?

– Eu nunca a levava ao hospital. Fazíamos hora em parques, lojas.

– É verdade, papai. A mamãe dizia que eu não precisava, e eu achava mesmo que não. E eu confirmava as idas ao hospital para não preocupá-lo.

– E você nunca se interessou em conferir nenhum exame, não é, Altair?

– Isso não está acontecendo. Estou preso em um pesadelo kafkiano.

– Enquanto você tratava bem a nossa filha, eu decidi ficar quieta. Mas agora chega, ouviu? Chega. E você, Tula, saiba que o seu pai não pode criticar você porque o seu sonho já foi um dia o sonho dele. Sabe por que ele escreveu aquele primeiro livro difamando a Turma da Mônica? Porque ele tentou várias vezes ser roteirista do Maurício de Sousa e nunca conseguiu.

– Cale essa boca, sua cascavel.

– Toda essa erudição é puro ressentimento. Ou você acha que, se tivesse mesmo paralisia cerebral, o amor do seu pai a salvaria? Depender do amor dele seria o mesmo que depender de uma chuva ácida para lavar a alma.

Altair tentou vomitar um rugido e só o que conseguiu emitir foi uma pusilânime miada. Dilacerado, pulou a janela, agarrou as trepadeiras que revestiam a casa e, após algumas quedas, subiu ao telhado, onde passou a noite. Com o renascer do sol, Tula foi em direção ao pai com o auxílio de uma escada e o viu deitado sobre a dobra central das telhas, como fazia o Snoopy.

– Pai. Esquece isso.

– Não dá. Não posso. Não consigo.

– Como não? Sou eu, pai. Sua filha. Eu continuo aqui. Eu sou a mesma.

– Não. A minha filha era a outra. Você, eu não sei quem é.

– Olha pra mim. Olha e diz o que você sente ao olhar pra mim.

– Eu sinto vergonha. Do meu fracasso. Da criatura banal que eu botei no mundo. Porque a outra, a que tinha paralisia, era uma menina especial, uma vencedora, abençoada, um ser arrancado das trevas por mim. Mas você. Você não é nada. É só uma adolescente feia, sem graça e acima do peso.

Tula voltou para dentro de casa com os olhos secos e endurecidos de mágoa. Manuela fez as malas e partiu com a filha para a casa de seu pai. Lá, chamou a imprensa e revelou a verdade – a incrível e insólita verdade.

– A culpa não é do Altair. Menos ainda da Tula. A culpa é toda minha. Eu assumo a responsabilidade. Se alguém tiver de pagar por isso, que seja eu.

Mas ninguém acreditou que um homem sólido, altivo e brilhante como Altair pudesse ter sido enganado por uma pessoa de aspecto tão pouco significante, e o choque por aquela revelação levou as massas a direcionar seu ódio ao homem que amavam, já que o alvo de um sentimento apaixonado sempre inspira com facilidade o sentimento apaixonado oposto, e em poucas horas milhares de pessoas se juntaram em torno da casa de Altair e a destruíram com fogos, bombas e projéteis, como se estivessem diante da caverna de um terrorista islâmico. É provável que Altair tenha fugido a tempo, já que nenhum corpo foi achado sob os destroços, mas Tula, após ver a reportagem na televisão, sentiu que seu pai estava morto, que sua família estava morta e que ela também havia se extinguido. Seu Firmino bufou com total desdém.

– Ainda bem que minha mulher não está mais aqui para ver isso.

Manuela ficou de vez na casa do pai e passou a se envolver com muitos homens, todos violentos, a quem se submetia a todas, todas as agressões. Tula trancou-se no quarto de hóspedes do avô e ali ficou para nunca, nunca mais sair. Altair ainda não foi encontrado, mas a polícia suspeita de que ele seja o autor de uma recente onda de atentados contra bancas de jornal, tendo explodido mais de vinte. As investigações continuam.

A MORADA DA ALMA

ler ao som de *Never on Sunday*, com Lena Horne

Dona Assunta Pereira Neves nunca mais conseguiu dormir desde que presenciou, na calçada defronte à sua casa, um vizinho bêbado e forte, o Botelho, pondo a jorrar pelo zíper aberto de sua calça um riacho caudaloso, diabólico e exuberante, cujo aroma que ascendia aos céus em forma de vapor levou seu coração a disparar contra o sol e a sua alma a abocanhar as próprias beiradas, como se estivesse viciada, dependente do nojo que a premia. Nas poucas vezes em que cochilou desde então, teve sonhos insalubres, nos quais via-se como uma planta seca e sedenta clamando pela água íntima dos anjos bêbados e fortes que a sobrevoavam, ou então como uma navegante singrando com um barco inexistente por aquele riacho tão vivo e luzidio, quebrando a correnteza rumo à nascente, à fonte, à bica vasta, acolhedora e agridoce que tão obstinadamente almejava. Ao se libertar desses sonhos, porém, agarrava o terço e não o largava até que as contas entrassem debaixo das unhas.

– Mais forte é o poder da fé.

Era, em verdade, possuidora de uma castidade inexpugnável. Tinha repulsa a qualquer possibilidade, insinuação ou enunciação sexual desde o dia em que flagrou os pais, um diretor e uma editora de filmes religiosos, brincando de sushi erótico na sacristia com a câmera ligada – e, como lá não havia sushi, a brincadeira se deu com as hóstias sobradas da última missa. Assunta então ateou fogo à igreja e jurou em brados rútilos jamais colocar seu corpo a serviço daqueles atos recreativos bárbaros e asquerosos. Tinha na época seis anos.

– O corpo é a morada da alma. E a morada da alma é sagrada. Sagrada.

Era o que sempre dizia para Gutinha, sua sobrinha, de quem cuidava desde que um boeing despencou dos céus sobre uma loja de artigos sexuais na qual estavam os pais da menina. Dona Assunta se valia do exemplo para inculcar na cabecinha dela que o castigo sempre vinha dos céus e que o sexo só trazia ruínas, tragédias e desespero. Mas Gutinha parecia possuir um irresistível instinto para a autodestruição, já que, quanto mais os dias corriam, com menos pudores a menina empurrava a moradinha de sua alma em direção ao penhasco da concupiscência. E, quando percebia dona Assunta suando pelos dentes diante de suas indirimíveis inclinações, Gutinha argumentava com a candura de uma raposa.

– Eu preciso saber o que é o mal para escolher o bem com convicção.

– E o quanto você já conhece o mal?

– Eu? Eu ainda não seria capaz de reconhecê-lo nem se estivéssemos a sós em uma sala de espelhos.

Dona Assunta, no fundo, nutria a esperança de que seus conselhos, tão exaustivamente repetidos, tivessem erigido um muro eletrificado em torno da morada de Gutinha, de forma que, mesmo que o instinto a impelisse a abrir as portas para as vilezas que a assediassem, a sólida muralha da moral pulverizaria esse instinto. Porém, dona Assunta se deu conta de que não deveria subestimar a sagacidade do instinto ao flagrar Gutinha oferecendo de bom grado a sua morada para a visita brutal do Botelho, que esquadrinhou e aviltou cômodo por cômodo, e isso no meio da rua, no mesmo lugar em que ele havia trazido à luz aquele riacho que encharcava sua mente. Tal imagem levou o coração de dona Assunta a cuspir bílis. Não bastava o Botelho adentrar seus pensamentos, tinha também de adentrar sua sobrinha? Teve ódio dele, e mais ainda dela – um ódio espesso como o rabo de belzebu. Quando Gutinha voltou, esbodegada e sorridente, dona Assunta, fazendo o terço sangrar em suas mãos, sorriu como quem sorri a um assassino posto em liberdade.

– E agora que você conheceu o mal, que tal? Gostou?

Gutinha jogou-se ao chão e pôs-se a estralar como um ovo frito.

– Muito. Muito.

– Então imagino que você já tenha feito a sua escolha.

– Escolhi, sim. De tanto a senhora falar no inferno, eu sempre quis conhecer. E agora eu vi que lá é bem mais divertido do que o céu, esse lugar em que a senhora vive, esse tédio onde nunca acontece nada.

– O mal é tão tedioso quanto o bem. É tudo uma questão de rotina.

– Pois é essa rotina que eu quero. Quero viver disso. Quero tirar o meu sustento disso. Só assim serei feliz e completa.

– Como assim? Você está pensando em se prostituir?

– Ou ser atriz pornô. O Botelho disse que eu levo jeito.

Ao ouvir isso dona Assunta se lembrou do filme sacrílego de seus pais, a função erótica dada às hóstias consagradas, e constatou que o incêndio, no final das contas, nada purificou. Afinal, seus pudores, conselhos e contrições nem a salvaram dos pesadelos nem colocaram a sobrinha em um bom caminho. Ela não vivia provocando, dizendo que era preciso conhecer o mal? Pois talvez fosse mesmo o caso de conferir o que, de fato, o mal tinha a oferecer.

– Então você quer ser uma atriz pornô. Para que todos possam ver a morada da sua alma se transformando num lixão. Pois bem.

Foi até o Botelho. Sua carne bufava e rangia debaixo do xale.

– Ela aceita.

– Perdão?

– A Gutinha quer ser uma estrela pornográfica e vai aceitar a sua ajuda. Tenho apenas uma condição. Eu faço questão de assistir a todas as gravações. E de participar da edição de todos os filmes.

O Botelho espalhou a língua grossa por entre os beiços e estendeu-lhe a mão. Ela recuou, temerosa de que o aroma e o toque dele a paralisassem como o veneno de uma serpente. E ele sorriu, lambendo a mão recusada.

– Fechado.

Na semana seguinte, já estava tudo pronto para a gravação do primeiro filme. Dona Assunta participou de todos os detalhes: o cenário, a escolha do elenco e até do título: *Essa veterinária é um animal*. Gutinha, porém, sentia-se desconfortável com a presença da tia, além de espantada com a naturalidade desta diante de atos, imagens e palavras tão escabrosos para os seus padrões. E a própria dona Assunta tinha dúvidas, a princípio, sobre se daria conta de tão extremada missão. Só que o mal contido naquele universo, como ela previra, era um mal natural e calculado, um mal cujo excesso de incentivos havia liquidado qualquer malícia, e a ausência de ardores e ímpetos levou dona Assunta a transitar naquele novo mundo com surpreendente desenvoltura. A ponto de dar a Gutinha algumas dicas de ordem cênica.

– O momento em que você tira a temperatura do dono do cachorrinho é fundamental. É a partir disso que o resto do roteiro se desenvolve.

No final da gravação, dona Assunta cumprimentou o ator.

– Muito talentoso. Acreditei em você do primeiro ao último minuto.

Em seguida, dirigiu-se à sobrinha com espessa decepção.

– Onde estava a sua verdade? Então é só isso o que você tem para dar? É isso o melhor que pode fazer?

Gutinha chorou a noite inteira. No dia seguinte, foi gravar um filme ao vivo, exclusivo para exibição na internet. Dona Assunta foi e participou dos bastidores. A menina, então, desdobrou-se em centenas de posições. No entanto, sempre que olhava para a tia, via em seu rosto a pálida sombra da decepção. Agoniada, Gutinha concluiu o filme aos prantos, levando tanto o parceiro de cena quanto os espectadores a uma amarga frustração prostática. Mais tarde, já em casa, Gutinha sacudia-se de tal forma enquanto gritava diante da madrinha que seus cabelos, em contato com aquele temporal de saliva, grudaram-lhe por toda a cara.

– Me deixa viver a minha vida. Eu quero a senhora longe de mim.

– Você escolheu o oposto de tudo o que eu queria para você e ainda assim eu te apoiei. E nem assim você faz direito o que te pedem.

– Com a senhora por perto, não consigo ser eu mesma.

– Pois eu lhe digo o que você vai ser. Você vai ser uma grande atriz. Você fará história na indústria pornográfica. Assim como seus avós fizeram na filmografia cristã.

– A senhora só pode estar louca ao me dizer uma coisa dessas.

– A dignidade exige que você assuma e seja fiel à escolha que fez, seja ela qual for. E, da forma como você vem atuando, você tem se mostrado indigna da promiscuidade pela qual optou. Quer ir para o inferno, tudo bem. Mas tem que ir de primeira classe. Porque nada, ouviu bem?, nada é mais desprezível do que o mal cometido pela metade.

As palavras de dona Assunta tomaram posse do espírito de Gutinha, e esta, provocada na vaidade de sua imagem e de sua libido, decidiu aceitar o desafio. Dois dias depois, foi gravar um novo filme, *Sinhá não é mais Moça*, e arrancou aplausos e urros de toda a equipe técnica, que nunca viu uma atriz se livrar de um espartilho com tamanha destreza. O diretor do filme, Maurinho Assunção, a quem dona Assunta considerava um jovem muito promissor, chegou a chorar de emoção na cena em que Gutinha se distraía com a sombrinha enquanto aguardava atrás da moita pelo capitão-do-mato.

– Estamos diante de uma obra-prima.

Dona Assunta enfim reconheceu o talento da sobrinha.

– Você tem mesmo o sangue de seus avós correndo nas veias.

E o Botelho, que alugava o estúdio para a equipe de filmagem, sentiu ganas de vasculhar com ainda mais ênfase a moradinha agora bastante arejada de Gutinha. Mas esta não lhe concedia mais novas visitas.

– Amanhã eu gravo. Tenho de guardar energias.

E novos e excelentes filmes foram feitos. Maurinho Assunção evoluiu na arte da direção e começou a considerar a ideia de filmar uma história na qual os personagens permaneceriam do começo ao fim na posição vertical. Dona Assunta adquiriu experiência ao cuidar da produção e gerenciar a carreira da sobrinha, e se tornou uma respeitada empresária do mundo pornô. E Gutinha se tornou a musa suprema da cultura erótica.

Homens de todo o país, de todo o mundo, dariam a vida em troca da posse daquela moradinha amplamente enxovalhada, nem que fosse por cinco minutos. O Botelho, obcecado, era o primeiro da fila. Mas o hábito e a constância da rotatividade exterminaram em Gutinha o frêmito que acomete os seres sexuais diante da iminência de uma nova conjunção. Suas expectativas, seus ardores, suas ânsias, tudo parecia fazer parte da composição de um personagem já havia muito interpretado e esquecido. O mal havia, em suma, perdido a graça.

– Você está dizendo que vai desistir da carreira?

– Cansei, tia. Agora, vou dar um novo rumo à minha vida.

Ninguém ficou mais arrasado com a decisão de Gutinha do que o Botelho. Quem o consolou foi justamente dona Assunta, cuja segurança e desenvoltura adquiridas na indústria pornográfica lhe haviam dado um novo contorno, com traços mais sutis e curvilíneos, por dentro e por fora. E o Botelho, ao sentir o cheiro vaporoso desses novos contornos, tão diferente do cheiro cru que dona Assunta exalava meses atrás, considerou a hipótese de substituir as atenções voltadas à sobrinha para a tia. E esta, cuja rotina empresarial a havia tornado impermeável a qualquer tipo de tabu, decidiu enfim aceitar a excursão rumo à nascente do riacho com o qual ela tanto tinha sonhado. E confirmou a lição aprendida pela sobrinha: o permitido nunca tem o mesmo sabor do proibido.

– Não chegou nem perto do que eu imaginava.

Quando Maurinho Assunção se desligou da produtora para filmar documentários, dona Assunta passou a gerir sozinha o negócio, sempre orientando seu *casting* para agarrar o mal sem pudor. Afinal, quem sabe dali sairia a próxima santa, o futuro papa? Gutinha, por exemplo, parecia muito feliz e em paz, pelos postais que enviava do convento. E aquilo animava dona Assunta a ceder o espaço anteriormente ocupado pelo temor do mal ao desejo voluptuoso de salvar mais almas, de uma forma bem mais eficaz do que a escolhida por seus pais.

– Um exército de Marias Madalenas. É isso o que eu vou fazer.

Foi para casa e viu o Botelho trazendo outro riacho à tona em frente à sua calçada. Acenou a ele sorrindo, entrou em casa, tomou um banho de sais, concluiu o roteiro de um novo filme e dormiu o sono de um bebê no ventre.

A CATACUMBA DA ALMA

ler ao som de *Disse-te adeus e morri*, com Amália Rodrigues

Alma Veronez tinha absoluta certeza de ser uma mulher feliz, embora nunca tivesse de fato se sentido assim. Era casada havia treze anos com Rafaelo, um homem concentrado e gentil que trabalhava em casa como redator de palavras cruzadas, e tinha um casal de filhos razoavelmente bonitos e inteligentes. O apartamento em que moravam não tinha infiltrações e o carro que compartilhavam nunca havia dado problemas, embora morresse vez por outra. Jantavam todos os dias na hora do telejornal, e Alma, temendo pela integridade da baixela de porcelana, já que seus dedos suavam sempre que se via diante da família reunida, delegava ao marido a tarefa de pôr a mesa.

– E então, Luquinha? Como foi o caratê hoje?

– Legal.

– E você, Michele? Tudo bem na aula de balé?

– Tudo.

– Vamos almoçar na casa de minha irmã este domingo, Alma? Ela me telefonou, disse que tem se sentido sozinha, não sai mais de casa.

– Claro, vamos fazer um pouco de companhia a ela.

Um dia, após embrulhar os sanduichinhos dos filhos e colocá-los em suas respectivas lancheiras, Alma explodiu num pranto larval e destruiu a baixela de porcelana com o ímpeto de quem luta com um urso polar. E foi após concluir uma página de palavras cruzadas que precisava entregar à editora no dia seguinte que Rafaelo se deu conta de que a esposa estava pulando ao redor dele, carimbando com a ponta de seus saltos os sensíveis tacos de madeira do piso da sala.

– Alma. Está acontecendo alguma coisa?

Alma arrancou os saltos e os quebrou como duas nozes.

– Eu amo vocês. Não há nada no mundo que eu ame mais do que a minha família. Eu sou a mulher mais feliz deste mundo.

– E você precisa gritar isso inclinando o corpo para fora da janela?

– Eu só quero que você acredite em mim. Você e o mundo inteiro.

No dia seguinte, Alma deixou o jantar posto à mesa e avisou.

– Vou sair. Não esperem por mim.

– Aonde você vai, mamãe?

– Eu me inscrevi em um programa de trabalho voluntário e fui designada para distribuir sopa aos desabrigados no centro da cidade.

As crianças acharam o passeio interessante.

– Queremos ir junto.

Alma deu um murro na mesa, rachando-a ao meio.

– Esse momento é meu. Só meu.

Rafaelo, como sempre, apoiou a esposa.

– Acho que isso vai fazer muito bem a você, meu amor.

Quatro horas depois, Rafaelo estava exausto após armar dez palavras para cruzar com "assembleia" e convencer a irmã pelo telefone de que prender a própria echarpe nas rodas de um carro conversível e estrangular-se ao dar a partida, como fizera Isadora Duncan, não era algo tão chique a ponto de ser admirado, muito menos imitado. Então, Alma chegou, com uma expressão de evidente exaustão e alívio, apesar do rosto um pouco inchado, e pela primeira vez em muitos anos ela sorriu para ele sem que os dedos gotejassem.

– Você parece ter alimentado a cidade inteira.

– Não fale nada, meu amor. Venha dormir abraçadinho a mim.

No dia seguinte, Alma atravessou as horas amparada por uma arquejante leveza; porém, quando a noite chegou, a necessidade de repetir as sensações obtidas na noite anterior deixaram seus nervos ainda mais indóceis.

– Preciso ir distribuir o sopão.

Na noite seguinte, o mesmo texto.

– Os desabrigados, coitados, se apegaram a mim.

Alma continuou saindo na hora do jantar e voltando com as emoções envolvidas em algodão e um sorriso que parecia patrocinado pela Associação de Produtores de Morfina. Tamanha doçura sentimental, entretanto, derretia ao longo do dia seguinte como um caramelo à beira de um vulcão, o que a levava a sair à noite cada vez com mais urgência e a voltar cada vez mais extenuada. Ao fim de um mês, as crianças confessaram suas dúvidas ao pai.

– Será que a mamãe está mesmo fazendo serviço voluntário?

– Será que ela não está metida com outro homem?

– Ou com vários outros homens?

– Ou com o sequestro de um embaixador?

Rafaelo admirou a criatividade dos filhos.

– Vocês é que deveriam criar palavras cruzadas, não eu.

A verdade é que, a partir de então, Alma não apenas era feliz como passou a de fato parecer feliz. Uma felicidade exasperada, solavancada, mas vívida, colorida. Diferente da felicidade pétrea e tumular de antes. Nunca a comida fora tão saborosa, nunca a casa esteve tão limpa. Mas as crianças permaneceram intrigadas. Após ver a mãe fazendo acrobacias com a baixela nova e cantarolando a *Carmina Burana*, Luquinha decidiu insistir com o pai.

– Nenhuma dona de casa é feliz assim se não estiver escondendo um segredo. Lembra a mãe do Leco, que vivia cantando pra lá e pra cá? Então. Um dia, pegaram ela pelada, junto com a tia que vende leitinho fermentado.

– Elas estavam apenas fazendo palavras cruzadas. Inclusive, era o que o senhor também deveria fazer, para deixar de pensar bobagem.

Alma veio da cozinha com uma travessa de vatapá light.

– O que vocês estão cochichando aí?

– Mamãe, hoje nós vamos com você entregar o sopão dos pobres.

Alma sorriu e meneou a cabeça levemente.

– Não vão, não.

– Vamos, sim.

Então, ela arremessou a travessa de vatapá contra a parede, esborrachando-a em centenas de cacos que ricochetearam como tiros de estilingue.

– Já disse que esse momento é meu e só meu.

Lançou, para o marido e para os filhos, um olhar de megera de folhetim colombiano, amarrou um guardanapo na cabeça como se fosse um turbante e saiu. O pai e os filhos se entreolharam.

– Eu vou ver o que está acontecendo.

– Nós vamos com você, pai. Você pode precisar de testemunhas.

– É melhor não. Não quero traumatizar vocês.

– Os traumas também são necessários ao nosso amadurecimento.

Rafaelo espiou a mulher cruzar a rua a pé e foi atrás dela. Luquinha e Michele seguiram o pai, excitados com a aventura. A surpresa começou quando Rafaelo imaginou que a esposa tomaria o ônibus e ela atravessou a avenida, seguindo rente à muralha de um cemitério.

– Será que ela pretende ir até o centro da cidade a pé? É muito longe.

Caminhando em linha reta e em passos largos, Alma alcançou o portão principal do cemitério e entrou rumo às salas de velório. Enquanto Rafaelo não sabia o que pensar, Luquinha e Michele iam levantando diversas hipóteses.

– Levar sopa pros mortos ela não foi.

– Será que a mamãe virou gótica?

– Ou uma violadora de túmulos?

– Ou uma ladra de lápides?

Rafaelo penetrou o corredor das câmaras-ardentes, apertando o braço dos filhos para conter a empolgação deles. Pescoceou ao redor discretamente, até que ouviu um berro familiar vindo da última sala. Foi até lá e, da porta, encontrou Alma chorando abraçada a uma mulher de sua idade. Perplexo, Rafaelo passou os olhos por todos os presentes naquele velório e constatou nao conhecer ninguém. Quem eram aquelas pessoas? O que Alma estava fazendo ali? As crianças tiveram o impulso de chamar pela mãe, mas Rafaelo calou-as a tempo. Então, ouviu a esposa dizer entre soluços à desconhecida.

– Eu sei a dor que a senhora está sentindo. Também eu perdi um filho. Aliás, um, não. Dois. Perdi meus dois filhos.

Tirou da bolsa um retrato de Luquinha e Michele e o empunhou como a prova cabal de sua desgraça, enquanto prosseguiu pranteando aos berros.

– Meu marido e meus filhos morreram anteontem em um acidente. Eles eram a razão da minha vida. E agora, o que vai ser de mim?

Todos no velório se entreolharam pudorosamente. Ninguém conhecia aquela desequilibrada. A mãe do falecido em questão, porém, se apiedou.

– Eu sei que não deveria estar aqui, sei que estou faltando com o respeito à sua dor, mas eu estou desesperada, eu enterrei meu marido e meus filhos ontem, eu não consigo ir embora, preciso que alguém entenda a minha dor.

– Nós entendemos, minha filha. Fique com a gente.

E Alma, de fato, ficou. Não apenas ficou como foi consolada por todas as pessoas presentes, narrou histórias verídicas da infância dos filhos, interrompeu o padre para fazer um discurso sobre suas memórias conjugais e, num acesso de histeria suprema, destruiu com todas as unhas e todos os dentes uma coroa de flores que lembrava a ela o buquê de seu casamento. Assim, após chorar ininterruptamente ao longo de três horas e meia, Alma pediu licença para ir ao banheiro, foi, lavou o rosto, recompôs-se, saiu pela porta traseira e partiu sem se despedir de ninguém. Chegou a casa com o rosto inchado, esgotada, leve e plena, como sempre. Entrou no banho e nem se deu conta de que o marido e os filhos não estavam. Foi somente ao sair do seu doce banho que encontrou a família a postos diante dela com ar inquisitorial.

– Então nós três morremos anteontem em um acidente?

– Como vocês sabem disso?

– É bom você ter uma ótima explicação, Alma. Ou então vou ser obrigado a internar você. Porque o que nós vimos hoje não é uma coisa normal.

– E você ainda levou as crianças?

As crianças olhavam a mãe fascinadamente.

– Você quer que a gente morra, mamãe?

– É claro que não, meus amores. Mas eu não sei se posso explicar.

– Tente.

– Não existe nada que eu ame mais neste mundo do que vocês. O problema é que não consigo sentir esse amor que eu sei que existe, que eu sei que está aqui dentro. E eu me odeio por isso, eu me acho uma pessoa menor, mesquinha, indigna desta família, indigna de vocês. Então, quando me passa pela cabeça que vocês morreram, eu sofro. Eu sofro sinceramente, sofro muito. É por causa desse sofrimento que eu consigo sentir todo o meu amor por vocês. E com isso também eu me perdoo, eu me sinto uma pessoa melhor, por ser capaz de sofrer tanto, por sentir tanto amor por vocês.

– Mas é só nos matando que você consegue nos amar? Por quê, Alma?

– É, mãe. Por que você precisa nos matar para sentir esse amor?

– Porque é só assim que eu me sinto viva.

Com ânimo e raciocínio deformados, Rafaelo mudou-se para a casa de sua irmã Eglantine, uma jovem igualmente deformada, só que no rosto, e, por isso, não conseguia mais trabalhar como modelo. Como Rafaelo também não conseguia mais executar seu ofício, decidiram trocar de papéis, e, assim, ela se tornou uma ótima redatora de palavras cruzadas, e ele, com sua digna e agradável figura, passou a estampar catálogos de lojas de departamentos, sempre no papel do pai jovem e esportivo. Dessa forma, os dois irmãos, apoiando-se mutuamente, reconstruíram sua vida.

– Vida, minha irmã. Essa é a palavra de ordem, ouviu? Vida.

O mesmo, porém, não aconteceu com Alma. Ela sofreu com a separação, mas sofrer por algo real não lhe trouxe a redenção que imaginava. Ao contrário, sentiu-se ainda mais torpe e vazia do que antes, e nada nunca mais a preencheu. Já Luquinha e Michele, fascinados pela morbidez materna, procuraram e descobriram em si uma fonte muito pura de angústias, o que os levou a forrar o quarto de velas negras e a decorá-lo com motivos fúnebres.

– Sabe de uma coisa, mamãe? Quando você e o papai morrerem, nós vamos sentir muita, mas muita falta de vocês.

RASCUNHO DO DESTINO

ler ao som de *Que reste t'il de nos amours?*, com Charles Trenet

Geneviève era uma jovem horrivelmente bela e miseravelmente rica, e tinha muita vergonha de ambas as características. Graças ao pai, o notável capitão de indústrias Mathieu Roussillon, que tinha grande prazer em exibir a beleza e a saúde de sua cria, Geneviève estava sempre nas listas das mais belas e elegantes, com suas joias fabulosas e seus vestidos Cremilda Rockfeller, e se desprezava fortemente por isto. Assim, para mitigar a culpa que percorria sua alma como ácido sulfúrico, entregou-se ao caridoso ofício de ler para cegos pobres, uma forma de provar mais a si mesma do que ao mundo o fato de possuir um coração debaixo de tão grossas camadas de luxo e formosura. Afinal, os pobres cegos não poderiam consumir seu delirante aspecto físico nem teriam como se valer dos atributos bancários de sua estirpe. Mas, se não podiam ver Geneviève, os cegos podiam decifrá-la pelos inúmeros sentidos que lhes restavam.

– Você tem uma voz muito cheirosa.

– E muito macia.

Logo Geneviève descobriria que aqueles cegos eram todos muito sensuais. Condicionados à escuridão desde o nascimento, os deficientes proscritos naquela instituição utilizavam o excessivo tempo ocioso não para explorar os canais que lhes permitiriam a comunicação com o mundo externo, e sim as sensações que tornavam os seus túneis escuros mais aconchegantes, estreitos e deleitosos. Ao prestar atenção em Stephanie, a outra voluntária que atuava na instituição, Geneviève reparou que todos os cegos a tocavam de um modo aparentemente inapropriado, e que ela não apenas aprovava como correspondia de modo ainda mais condenável. Um dia, depois de testemunhar a colega ensinando sete cegos a ler em braille com a língua, sendo o livro em questão o próprio corpo dela, Geneviève decidiu conversar com Stephanie.

– Por que você permite que estes cegos abusem de você?

– Não é abuso nenhum. Na verdade, eles me fascinam.

– Como assim? Por quê?

– Pense bem. São homens que não me veem, não sabem como eu sou e ainda assim me desejam. O que mais uma mulher pode querer?

Geneviève achou o ponto de vista interessante e começou a enxergar a questão por esse prisma. Não a ponto de estimular os sentidos baixos daqueles seres sem luz; isso jamais. Mas quem sabe ter um cego para amá-la, um cego para chamar de seu? Um homem conectado apenas com sua alma, imune aos perversos estímulos visuais de sua beleza e riqueza? Seria um sonho, um lindo sonho. Porém, ao voltar para o solar da dinastia Roussillon, foi chamada ao gabinete do pai.

– Filhota. É hora de me dar um neto.

– Mas eu nem terminei o colegial, papai.

– Isso é um detalhe. Você é minha única filha e eu preciso de um herdeiro varão. Portanto, prepare seus melhores óvulos.

– Ora, papai. Não fale assim. Tenho vergonha.

– Pois vai deixar de ter e em breve eu lhe direi com quem.

– É pelo fato de o senhor me dizer essas coisas abomináveis que eu detesto minha vida. Eu merecia outra família. Merecia outra história.

– Acontece, filhota, que, para o bem e para o mal, nós só temos aquilo que merecemos. É sempre assim.

No dia seguinte, Geneviève chegou à instituição e, sensibilizada com as palavras do pai, chorou um pouco antes de iniciar sua função. Mas um cego sentiu o aroma de suas lágrimas e se aproximou, apoiando-se na parede.

– Uma moça tão bonita não deve chorar.

– Como você sabe que eu sou bonita?

– Por fora, não tenho como saber. Mas, por dentro, eu sei que é.

Geneviève deu o braço ao cego e o sentou a seu lado.

– Como você se chama?

– Maicou. Eme, a, i, cê, o, u. Você escreve como fala. Mais fácil, né?

Geneviève olhou para Maicou e o achou o cego mais feio de toda a instituição. Não eram apenas os olhos que lhe faltavam. Faltava-lhe altura, faltavam-lhe dentes, faltavam-lhe dedos, faltavam-lhe ossos. Nada em Maicou parecia inteiro, rematado. E Geneviève sentiu que poderia se apaixonar.

– Você deve ser um homem muito sensível para saber como é a minha alma apenas me ouvindo chorar.

Maicou pousou, calmo e firme, a mão entre as coxas de Geneviève.

– Você tem a alma mais pura de todas as mulheres.

Geneviève entrelaçou as coxas, prendendo a mão de Maicou.

– Fala mais. Fala mais.

E a paixão explodiu. Geneviève entregou-se a esse sentimento, a um só tempo tão doce e voraz, tão límpido e luxurioso, tão terno e exuberante.

– Você é o homem da minha vida.

E Maicou fez planos.

– Vamos nos casar e morar aqui. Porque eu não posso trabalhar nem te oferecer nada melhor do que isso.

– Vamos, vamos, vamos.

Geneviève voltou para casa exultante e se deparou com Émile Girardot, o jovem, pulcro e excitante herdeiro do grupo industrial concorrente. Mathieu Roussillon deixou de lado o copo de scotch e os aproximou.

– Você se lembra do Émile, não lembra, Geneviève?

– Claro. Brincávamos juntos na infância.

– Brincavam, sim. E de médico. O Émile foi o primeiro a descobrir esses peitinhos, não foi, Émile?

Geneviève ficou roxa como um repolho graúdo, e o sorriso de Émile, pleno da mais nostálgica malícia, a desconcertou ainda mais. Jantaram juntos e nunca Geneviève esteve tão próxima de um homem tão estupidamente culto, tão inexoravelmente gentil, tão desgraçadamente belo.

– O que você achou do Émile, filhota?

– O homem mais repugnante que eu já vi.

– Então prepare-se, pois este manga-larga será o pai do meu neto.

– Oh, não. Oh, não. Oh, não.

– Uniremos as famílias e os impérios. Seremos indestrutíveis.

Geneviève não podia tolerar a ideia de ser tocada por um homem como Émile. Ainda mais depois de entregar sua alma e seu corpo a Maicou. Mas como contrariar o pai, como desafiar o poder de um homem que tinha nações inteiras a seus pés? O amor lhe concederia essa força, e munida dessa convicção Geneviève correu ao gabinete do pai e confessou em brados que ecoaram por todo o solar.

– Eu amo outro homem.

Mathieu Roussillon seguiu lendo o *Wall Street Journal*.

– Você pode amar quem quiser. Mas terá um filho de Émile Girardot.

– Você não entendeu, papai. Eu vou me casar com outro homem.

– Você é que não entendeu, Geneviève. Você pode se casar com quem quiser. Mas terá um filho de Émile Girardot.

Geneviève caiu esparramada na célebre *chaise-longue* na qual sua tetravó havia se suicidado com vinte e nove facadas (alguns historiadores costumavam arredondar esse número para trinta) por ser impedida de ficar com os charreteiros por quem era apaixonada, e Mathieu Roussillon então tirou os olhos do jornal e os pousou na imagem angustiada da filha.

– Eu já sei dessa sua história com o ceguinho, o tal Maicou. Aliás, não há um passo seu, desde que você começou a andar, do qual eu não esteja a par. E eu decidi que não vou me intrometer em sua vida.

– Quanto mais o senhor fala, menos compreendo, papai.

– É tudo muito simples, filhota. Eu gostaria que você se casasse com Émile. Afinal, tanto você quanto ele são dois legítimos puros-sangues. Mas, se você não quer, basta apenas que tenha um filho de Émile e me entregue para que eu cuide de sua educação.

O importante é que esse herdeiro tenha o sangue das duas famílias. Depois, você faz de sua vida o que quiser.

– Papai. O que o senhor me pede é um absurdo.

– Absurdo por quê? Não estou privando você de ficar com o homem que ama. Você não está sofrendo o impedimento que sua tetravó sofreu. Estou apenas solicitando sua colaboração para todos os lados terminarem bem. Você me dá o neto de que preciso e depois vai viver com o seu ceguinho.

– E se eu me recusar?

– Respeitarei sua decisão. Mas, se você não facilitar as coisas para mim, também não poderei facilitar as coisas para você. E aí nosso bom Maicou talvez acabe perdendo os poucos sentidos que ainda lhe restam.

Ao longo da semana seguinte, Geneviève se liquefez em febres e suou o mais gelado terror ao sonhar com Émile Girardot enfiando seu gameta dentro do gameta dela. Porém, de alguma forma aqueles pesadelos prepararam o espírito de Geneviève e propiciaram a ela um olhar mais lúcido e prático sobre a proposta feita pelo pai. Após considerar prós e contras, procurou Maicou e explicou a ele a situação.

– Dou esse filho a meu pai e ficaremos livres para sermos felizes.

Maicou tossiu por uma das orelhas.

– Gente rica é muito estranha. Mas, se é assim, né?

Geneviève ficou aliviada com a compreensão de Maicou e teve ainda mais certeza de que ele era o amor de sua vida. E Émile, ao ser convocado para o ato reprodutivo, sentiu que todas as extremidades de seu corpo sorriam.

– Vamos providenciar esse herdeiro de um jeito bem gostoso.

– Vamos. Através de uma inseminação artificial.

– De jeito nenhum. Nossas famílias são muito tradicionais.

– Nós podemos armar um plano.

– Acontece, minha bela Geneviève, que eu também sou um homem tradicional. E faço absoluta questão de fazer com você o que o primeiro homem fez com a primeira mulher para conceber o primeiro bebê.

– Mas entre nós não há amor, Émile.

– O amor é só uma gotinha diante desse oceano que é a natureza. Agora venha e vamos aprender juntos tudo o que a natureza tem a nos ensinar.

E, durante os dez dias seguintes, Geneviève confiou seu corpo a Émile, e a cada vez que Émile entrava em seu corpo a alma da jovem se ausentava, o que de certa forma anestesiou os sentimentos desesperadores que aquela sordidez ditada pela natureza lhe inspirava. Foram dias que Geneviève sentiu não ter vivido nem sonhado, e de tal forma sua existência se suspendeu que ela chegou a tomar um susto ao se perceber grávida. Contudo, ao voltar a si, ela imediatamente se libertou do corpo candente de Émile e correu para os precários braços de Maicou.

– Mais oito meses e seremos um do outro para sempre. Eu juro.

Stephanie achou a maior graça ao saber da história.

– Com essa cara de santa, nunca me enganou.

E os outros internos do instituto atormentaram Maicou com intrigas e insinuações indignas da bondade que o senso comum julga haver no coração dos cegos pelo simples fato de serem cegos.

– Ama você e vai ter filho de outro.

– Isso, sim, que é gostar de ser corno.

Os meses se passaram e Geneviève deu à luz.

– É uma menina.

Mathieu Roussillon não teve clemência.

– Não serve. Tem que ser menino.

– Mas o que o senhor quer que eu faça, papai?

– Comece tudo de novo e faça outro filho com Émile Girardot.

– O trato não foi esse.

– O trato foi você ter um filho homem com Émile Girardot. E, enquanto isso não acontecer, você não terá cumprido a sua parte.

Ao procurar Maicou para explicar novamente a situação, Geneviève o encontrou nu, deitado no chão de barriga para cima, com Stephanie agachada sobre ele ensinando-lhe os números romanos através de um método muito pouco ortodoxo, o que causou em Geneviève um sofrimento mais atroz do que as carícias impostas por Émile sobre sua pele.

– Oh, Maicou. Como você pôde? E não venha dizer que eram apenas estudos. O que eu vi diante de mim foi uma traição.

– Já eu posso não ver nada, mas entendo tudo muito bem. Ora, Geneviève. Você teve um filho de outro cara, veio aqui dizer que vai ter mais um, e eu é que estou te traindo?

– É diferente. Eu estou apenas cumprindo uma obrigação em nome da minha família. Mas eu não sinto desejo nenhum pelo Émile. Nenhum, nenhum, nenhum. É você que eu amo. É você que eu quero. Você, você, você.

E Maicou também a amava. Mas estava ressabiado demais com todos aqueles compromissos familiares de Geneviève.

– Vamos fazer assim. Você dá aí o que o seu pai quer que você dê e, enquanto isso, eu vou tomando mais umas aulas com a Stephanie. Depois a gente vê como é que fica.

Muito magoada com aquela proposta, embora também fosse capaz de compreender a mágoa de Maicou, Geneviève novamente colocou sua carne à disposição de Émile, e este a possuiu ainda mais vezes e com ainda mais gana. E Geneviève desta vez não expulsou a alma do corpo ao receber dentro de si o pedaço impudico de Émile; pelo contrário, fez questão de conjugar todos os sacrifícios físicos e emocionais sem paliativos, como se esse empenho pudesse lhe garantir o varão que sua relapsa entrega anterior não tornou possível. Uma nova gravidez se revelou e, sem querer ver Maicou nos meses que se seguiriam, Geneviève passou o tempo dedicando-se à sua filha, e a mistura dos genes do pai e da mãe havia resultado numa menina de insuportável beleza, o que levava Geneviève a adorar e temer aquela criança. Logo os meses se passaram e Geneviève deu novamente à luz.

– Enfim, o menino que o senhor tanto queria, papai.

– Ótimo. Dê-o para mim e considere-se livre.

– E a minha filha?

– Leve com você.

Geneviève se viu então aprisionada por um pavoroso dilema. Por um lado, tudo o que mais queria era viver entre aqueles cegos pobres e horrendos. Por outro, não podia tolerar a filha habitando esse mesmo universo. Ela, Geneviève, não merecia ser bela e rica, mas sua filha merecia. Talvez o seu grande amor por Maicou pudesse ajudá-la a tomar uma decisão. Mas onde estava mesmo esse grande amor? A partir do momento em que Maicou optou por buscar o prazer físico com outras mulheres, a relação que ela julgava ideal, sublime e escrita nas estrelas se revelou uma ilusão. Mais uma vez, o berro da carne havia sufocado a música do espírito. E, carne por carne, era preciso ser honesta: a de Maicou não era lá grande coisa.

– Nós nos magoamos demais, Maicou. Foi um sonho. Um sonho lindo. Mas é hora de acordar.

Maicou se consolou sem tristeza junto de Stephanie.

– Agora vamos aprender o alfabeto grego.

E Geneviève procurou Émile Girardot com o estômago trincado de fome e o coração ardendo de náusea.

– Você tinha razão. O amor não é nada diante da força da natureza.

– E o que você sugere?

– Vamos ter mais filhos. Muitos filhos. Me faça um monte de filhos.

Eufórico, Émile a arremessou sobre o legítimo mármore de Carrara do terceiro piso de sua cobertura e a encaçapou numa tacada única e brilhante. E Geneviève o segurou contra si, sentindo a polpa rija e hostil daqueles músculos reluzentes e malditos, e sentiu, enfim, que tinha o que merecia.

FEIJOADA NAS ESTRELAS

ler ao som de *Jesus não tem dentes no país dos banguelas*, com Titãs

Então, em um dia como outro qualquer, enquanto Feijoada Diniz cheirava deleitada os sanduíches esmagados no fundo dos sacos pretos da lixeira externa do McPluto's, os quais revirava todos os dias em busca de alimento e satisfação sensorial, o jovem cineasta Maurinho Assunção aproximou-se da faminta mendicante com o seu indefectível sorriso, do qual não se despia nem ao lavar os dentes.

– Dona Feijoada? Muito prazer. Meu nome é Maurinho Assunção.

E Feijoada, de costas para Maurinho, enfiou com pressa na boca o pedaço de Cheddar McPluto que havia colhido.

– Este lixo tem dona.

– Eu estive observando-a nestes últimos tempos e gostaria de fazer um filme com a senhora e sobre a senhora. Sua vida é muito interessante, dona Feijoada. A senhora é um retrato do país.

Feijoada, então, virou-se bruscamente na direção de Maurinho e empunhou um Pluto Nugget como se brandisse uma espada.

– Está falando isso aí por quê? Como é que sabe meu nome?

– Eu andei pesquisando, me informando sobre a senhora. Mas não se preocupe: minhas intenções são as melhores possíveis. Garanto que, com esse filme, a sua história e a história deste país mudarão para melhor.

– Vou ter que ficar pelada?

– A princípio, não. Mas me diga: Feijoada é nome ou apelido?

O apetite de Feijoada reagiu com espanto à pergunta e contraiu-se como uma esponja. Frustrada com a deserção de seu fiel companheiro, Feijoada enfiou o Pluto Nugget entre os seios e cerrou os punhos, movida por sentimentos belicosos que somente a solidão gástrica era capaz de despertar. Porém, ao olhar para os dentes de Maurinho – dentes de uma alvura histórica e sagrada –, Feijoada absorveu-se em uma funda e doce hipnose, e respondeu com o apetite batendo na porta do coração.

– Nome. Meu pai que me batizou.

– Ele devia adorar feijoada.

– Adorava. Mas minha mãe detestava.

– E ela concordou com o nome?

– Não. Mas ele me registrou antes de ela sair do hospital.

– E qual foi a reação dela?

– Quebrou uma panela de pressão na cabeça dele. A tia Nena disse que nós nunca mais tivemos uma panela tão boa como aquela.

– Mas ficou tudo bem depois?

– Ficou. Quero dizer, tirando o fato de a minha mãe ter saído para conseguir outra panela e nunca mais ter voltado e de o meu pai ter ficado com algumas sequelas, como andar sempre de babador e só conseguir pronunciar uma sílaba, ficou tudo bem.

– Você se expressa muito bem, Feijoada. Gosta de ler?

– Adoro. Tenho uma coleção de livros de culinária no meu cantinho. Todos roubados da biblioteca municipal.

– E onde fica esse seu cantinho?

– É aqui perto, onde moro com minha família. Somos em nove; às vezes dez, quando o tio Pardal traz algum filho perdido que ele diz ter achado. Mas os garotos sempre acabam indo embora no dia seguinte, não sei por quê.

– Quero conhecer sua casa, sua família, quero saber tudo sobre você, Feijoada. Agora quero ver você comer. Coma. Tire desse lixo toda a comida que você puder. Vá, não se acanhe. Finja que eu não estou aqui.

Maurinho ligou a câmera e posicionou a lente na direção de Feijoada. A luz azul do céu, combinada com a luz vermelha emanada pela câmera e a luz branca que vazava dos lábios entreabertos de Maurinho provocaram uma combustão no estômago de Feijoada, e essa ardência levou a ávida mendiga a engolir sem muita mastigação o máximo de comida encontrado no interior dos sacos pretos. Maurinho, porém, não ficou muito satisfeito com a sequência inicial e solicitou.

– Mais emoção, Feijoada. Isso. Lambe os dedos. Não tira o papel de dentro do lanche, não; come o papel também. Espera, eu quero fechar nesse detalhe. Isso, deixa o papel bem visível. Agora morde. Vai. Com emoção.

Ao anoitecer, foram ao barracão de Feijoada, onde estavam os nove parentes e mais um filho perdido do tio Pardal. Maurinho cumprimentou a todos e explicou o projeto que tinha em mente.

– Farei um filme sobre a Feijoada como uma metáfora da falência do Brasil. Quero registrar as condições aviltantes em que vocês vivem. Quero ver miséria, dor, lágrimas, brigas, tudo com muita emoção.

Os parentes de Feijoada, que não se encantaram minimamente com o sorriso de Maurinho – e a própria Feijoada, que, por causa do estômago atulhado, já era capaz de compreender que o sorriso de Maurinho exercia poder de atração não sobre ela, mas sobre seu apetite –, não gostaram da ideia. A tia Nena explicou, enquanto passava um pouco de batom no rosto.

– Somos pobres, mas somos educados. Aqui ninguém briga nem chora. E condição aviltante é da sua avó. A nossa casa é simples, mas é limpa.

O pai de Feijoada anuiu.

– Bi. Bi. Bibi.

Maurinho, então, apelou.

– Mas eu bem que ouvi a tia Nena falar pro tio Pardal que a Feijoada tem as unhas feias e tortas.

Feijoada sacudiu a tia Nena como se ela fosse um frasco de ketchup.

– Quem tem unha torta aqui?

Em poucos segundos, o vômito espumante do horror se espalhou, trazendo à tona todos os ódios e desesperos latentes de seus moradores, para júbilo de Maurinho, que imediatamente ligou a câmera. Todos os irmãos e primos e filhos e sobrinhos de Feijoada evacuaram uns sobre os outros todos os socos e desgostos e ressentimentos armazenados desde o nascimento do mundo. O pai de Feijoada jogou o babador no chão e esbravejou todas as mágoas que era capaz de exprimir com a única sílaba disponível. A tia Nena tentou arrancar os próprios olhos; não conseguindo, extraiu alguns cílios, atirados com fúria na face de Feijoada. Ferida de morte, esta arremessou a tia contra uma parede, estremecendo o casebre e multiplicando em mil o horror no qual estavam imersos – com exceção do tio

Pardal, que, esquecido do filho encontrado, ajoelhou-se aos pés de Maurinho e pôs-se a esfregar a cabeça contra o abdômen deste, destilando todo o seu óleo capilar e emitindo um mole e sufocado ronronar, gesto esse que Maurinho não percebeu, obcecado que estava em registrar todos os ângulos daquela odisseia de sangue.

– Mais emoção, minha gente. Mais emoção. Tem que gritar mais alto. Tem que bater com mais força. Vamos lá, eu sei que vocês conseguem.

Quando o filme estreou, toda a crítica foi unânime ao encharcar Maurinho de louros e aclamar *Feijoada Brasileira* como um dos melhores filmes nacionais da história.

– Maurinho Assunção é o novo Glauber Rocha. Um autêntico prodígio.

– Um retrato poético e sincero da barbárie em que vivemos.

Após estrear, o filme foi assistido somente por membros do topo da pirâmide social. Alguns se comoveram um pouco, outros se melindraram um pouco, e todos, após sair das salas de exibição, inalaram um fundo suspiro de alívio e conforto por pertencer a uma realidade tão longínqua.

– Onde vamos jantar esta noite?

Alguns foram ao McPluto's, na esperança de encontrar, a uma distância segura, a famosa Feijoada entre os sacos de lixo. Feijoada, porém, não comia mais o lixo do McPluto's. Desiludida com o assédio, ela passou a colher seus alimentos no aterro sanitário da cidade.

– Quem sabe aqui eu encontro um pouco de paz.

Um dia, Feijoada deparou-se, em meio ao lixo, com uma página de jornal na qual Maurinho Assunção, sustentando uma taça de champagne tão pródiga quanto seu sorriso, declarava na manchete:

“A cara de Feijoada é a cara do Brasil”. Tomada de indignação, Feijoada tremeu no ímpeto de rasgar o jornal. Porém, seu apetite, adoecido e expelindo os últimos estertores, reconheceu na fotografia aqueles ossinhos reluzentes que Maurinho trazia dentro da boca, o que o levou, num esforço derradeiro, a comprimir com seus esmaecidos tentáculos o sistema nervoso de Feijoada. Esta, consciente de estar diante do último desejo de seu apetite, abocanhou e engoliu o jornal. O apetite faleceu com o sorriso de Maurinho servindo-lhe de manto e Feijoada pranteou, em meio aos abutres, o êxtase mais triste de sua vida.

BIANQUINHA MAIA, MÃE DE SEU PRÓPRIO FILHO

ler ao som de *What it feels like for a girl*, com Madonna

Bianquinha Maia era uma garota ajeitadinha e comum, dessas que bebem água quando sentem sede, atravessam a rua sempre de olhos abertos e, entre lençóis limpos ou sujos, preferem dormir nos limpos. Após largar no meio um aborrecido curso de informática, decidiu procurar algum emprego que pagasse o aluguel da casinha na qual morava com vinte e uma tias. Ao ver uma placa com os dizeres "Precisa-se de vendedora" na vitrine de uma loja de equipamentos de mergulho, tirou o chiclete da boca, escondeu-o dentro de uma das narinas e entrou na loja.

– Quero me candidatar à vaga.

O dono da loja, Tomé Sardinha, um ex-bailarino que desistiu de integrar o Ballet Bolshoi para se dedicar ao que dizia a todos ser o grande sonho de sua vida – tornar-se o proprietário de uma loja de equipamentos para mergulho –, deu alguns passos vacilantes na direção de Bianquinha e perscrutou a barriga dela como uma girafa diante de um arbusto azulado.

– Você está grávida?

– Oh, não. É que estou um pouco fora de forma mesmo.

– Sendo assim, obrigado e passe bem.

– Como assim? Eu estou gorda para o cargo?

– Não. É que aqui só trabalhamos com mulheres grávidas.

– Por quê?

Tomé mostrou para Bianquinha a atual vendedora, que estava grávida de oito meses e, portanto, prestes a sair de licença. Ela ofereceu um snorkel a um cliente e este, envolvido pelo halo de veludo que a gestante exibia em sua beatífica condição, acabou por levar cinco.

– Está vendo? As grávidas comovem, enternecem. Quem vem aqui acaba levando mais do que realmente precisa.

Bianquinha retirou o chiclete da narina com a ponta da língua e o trouxe de volta à boca, estalando-o desaforadamente.

– Como se alguém precisasse de equipamento de mergulho numa cidade que não tem mar nem rio.

Voltou para casa e se apressou em servir o jantar. As vinte e uma tias, todas vestindo toucas de borracha cor de amora e camisolas amarelas com grandes estampas de melancia, rugiam e se esgargalavam de fome, arrastando-se pelo apartamento como fantoches agônicos. Como nunca saíam de casa, e o tempo apodrecido havia criado entre elas uma intimidade dura e compacta semelhante a um pão anterior a Cristo, elas só conseguiam se comunicar com Bianquinha na cadência do rap.

– Dá arroz feijão / purê macarrão / dá arroz feijão / purê macarrão /

Porém, tudo o que Bianquinha pôde lhes servir foi um mingau de laranja, resultado das últimas sobras da despensa. As vinte e uma tias lamberam os pratos e, como seguiam famintas, saíram lambendo umas o prato das outras, terminando por roer as pantufas alheias. Aborrecida com o retrato da pobreza doméstica, Bianquinha decidiu.

– Não se preocupem. Amanhã mesmo vou estar empregada.

As vinte e uma tias se entreolharam, grudaram as pálpebras nas sobrancelhas, mastigaram com ainda mais gana as pantufas umas das outras, cuspindo para o lado os solados de couro, e adormeceram estalando os dedos e murmurando a frase "ande, Edna, ande" de trás para a frente, como sempre faziam. No dia seguinte, Bianquinha voltou à loja de equipamentos de mergulho e comunicou a Tomé Sardinha.

– Estou grávida.

– Como assim? De um dia para o outro?

– É que eu já estava grávida de quatro meses quando vim aqui. Ontem, tive a confirmação. O que é o destino, não é mesmo?

Tomé sorriu, sentindo os ossos do quadril fraquejando sobre as pernas.

– Você deu sorte. A outra funcionária entrou em trabalho de parto hoje cedo. O emprego é seu.

– E eu fico só até ela voltar?

– Não se preocupe. Ela não está mais grávida, logo, não vai mais voltar.

Bianquinha vestiu o uniforme largo e pôs-se diante dos clientes. Como precisava comovê-los, pôs-se a alisar o ventre vazio e tentou forjar alguma doçura em seu sorriso de látex. Os clientes, porém, não se encantaram.

– Não sei. Acho que não vou levar nada hoje.

Bianquinha voltou para casa preocupada.

– Se não gostarem de mim, perco o emprego. E agora?

As vinte e uma tias deixaram de lado sua gincana, na qual pulavam dentro de sacos plásticos umas sobre as outras, e refletiram sobre a questão imitando com a boca o som de instrumentos de percussão. Então, recolheram o couro roído das pantufas e, em cinco minutos, confeccionaram uma barriga falsa para a sobrinha.

– Bota barriga, barriga / quem não se liga não se liga /

Quando Bianquinha voltou, Tomé percebeu com tímido espanto.

– Sua barriga cresceu de ontem para hoje.

– Impressão sua. Eu já estava assim ontem.

Os clientes começaram a se enternecer.

– Que mágico indício de vida. Que portento da natureza.

– Vai um par de nadadeiras hoje?

– Um, não. Dois.

As vinte e uma tias de Bianquinha, então bem alimentadas e de volta aos cursos de sapateado e muay thai que tanto apreciavam, costuravam em conjunto um pano novo por semana, para a sobrinha acrescentar à sua barriga. O tempo passava e o ansioso carinho dos clientes crescia na proporção do ventre rijo e enfunado de Bianquinha.

– Mais uma máscara hoje?

– Já tenho várias, você sabe. Mas como posso resistir a esse sorriso? Você está cada dia mais radiosa. Posso sentir o bebê?

– O patrão não permite. Que tal um cinto de lastro? Está na promoção.

Tomé Sardinha estava zonzo de maravilhamento. Nunca sua loja havia faturado tanto. Pessoas que não tinham nenhuma intenção de praticar mergulho arrebatavam os estoques graças à magia que Bianquinha expandia de sua barriga empanada. Os meses se sucederam e os clientes passaram a frequentar a loja diariamente, no afã de testemunhar os últimos dias daquela gestação tão bem-aventurada.

– É como se esse filho fosse meu. Como se essa barriga fosse minha.

– Jamais haverá outra grávida como você. Jamais.

E a loja foi tragada por uma fumaça grossa e triste quando a gravidez entrou em seu derradeiro mês. Bianquinha, que não conseguia mais remover da cara o seu sorrisinho bondoso, temia secretamente perder o emprego. Tomé, que equilibrava com grande esforço o pescoço entre os ombros, temia secretamente perder os clientes. E os clientes, cujas vidas passaram a gravitar em torno daquela promessa de vida, temiam secretamente que, após o parto, a promessa se realizasse e, com isso, toda a esperança construída em função daquela expectativa perdesse o sentido e caducasse no baú dos fatos consumados, sempre tão tediosos e medíocres.

– Você deveria continuar assim. Grávida. Para sempre.

Muito intrigada com a frase dita pelo último cliente, Bianquinha voltou para casa e se deparou com as vinte e uma tias zumbindo e tentando fabricar mel a partir das próprias enzimas digestivas, armazenando em fôrmas para gelo a pasta esverdeada por elas coletada. Atarantada demais para se importar com aquilo, Bianquinha meteu dentro da boca o sétimo chiclete do dia, esquecida de cuspir os seis anteriores.

– E agora? O que será de nós depois que eu perder esse emprego? Posso até conseguir alguns meses de licença. Mas vou acabar na rua de qualquer jeito, feito a funcionária anterior. E aí?

As vinte e uma tias zumbiram em torno de Bianquinha e a aconselharam com a gravidade e a sapiência dos que haviam aprendido tudo sobre a vida por meio dos programas vespertinos da tevê aberta, nos quais mulheres enlouquecidas costumavam travar, com risonha naturalidade, diálogos de cunho socrático, aristotélico e platônico com aves de pelúcia tomadas por um *spleen* byroniano que às vezes as tornava um pouco sarcásticas.

– A esperança não pode morrer / tem que dar mais um dia pra esperança / mais um dia pra esperança / mais um dia pra esperança /

Bianquinha olhou para elas como se, subitamente, a resposta para todos os mistérios da vida e da morte dançasse diante de si como uma cigana em chamas. As vinte e uma tias acharam que Bianquinha estava apreciando o conselho e, vaidosamente, acentuaram o compasso do rap.

– Um dia por vez / só mais um dia por vez / pra esperança não morrer /

No dia seguinte, Bianquinha voltou ao trabalho e agiu naturalmente. Seguiu voltando ao trabalho no resto da semana, e na semana seguinte, e na semana seguinte. O fascínio dos clientes começou a se converter em uma mórbida curiosidade.

– Esse bebê já era para ter nascido no mês passado, não?

– O médico diz que é normal. A qualquer momento, ele nasce.

Mais um mês se passou, e mais um, e mais um, e Bianquinha permaneceu ali, solidamente grávida, lidando com os clientes com impecável naturalidade, como se completar um ano de gestação fosse algo tão casual como colecionar frasquinhos de colírio. Mas o frasco de espanto no qual os clientes pingavam uma gota por dia estava prestes a transbordar, e, numa obcecada expectativa pelo desfecho daquela fantástica gestação, eles não podiam suportar, não podiam sequer considerar a hipótese de que aquela vendedora pudesse estar fazendo-os de idiotas. Assim, continuaram indo à loja, comprando os equipamentos e dizendo belas palavras a Bianquinha, mantendo dentro de uma caixa de silêncio todas as ansiedades, aflições e angústias que a extensão sobrenatural daquela gravidez lhes infundia. Até que, no dia em que Bianquinha completou seu décimo quarto mês, Tomé Sardinha, sentindo suas dobras físicas rangendo de apreensão, decidiu fazer a temida pergunta.

– Você está mesmo grávida?

E Bianquinha, com o sorriso que somente um fórceps arrancaria dela.

– Nunca estive tão grávida em toda a minha vida.

A situação se estendeu de tal forma que o limite da racionalidade dos clientes se esgarçou como um elástico de cabelo. Parte deles sucumbiu à insanidade e passou a promover romarias e peregrinações em louvor à nova santa, cujo filho estava condenado a habitar para sempre seu ventre por causa do corrompimento do mundo. Outros enxergaram naquele não-nascimento um indício do final dos tempos e saíram saqueando supermercados. E outros acamparam diante da loja de Tomé Sardinha e imploraram que Bianquinha os deixasse entrar na nova arca.

– Que nova arca?

– Bem, se o milagre aconteceu dentro de uma loja de equipamentos de mergulho, é porque um novo dilúvio se aproxima, não é verdade?

Bianquinha estava farta. Como se não bastasse o achatamento de sua coluna graças àquela barriga elefântica, também não recebia mais salário, pois os clientes, submersos em suas resplandecentes loucuras, não mais consumiam. E Tomé Sardinha, que não mais andava em razão do estado farinhoso de seus ossos, nada mais fazia além de chorar. Era hora de acabar com aquele suplício, pensou Bianquinha. Assim, arrancou a blusa e, diante de todos, revelou os muito panos que compunham sua louvada gravidez.

– Não tem criança nenhuma. Eu menti.

A violência da revelação esmagou os sentidos dos clientes, atirando-os bruscamente do penhasco dos sonhos para o abismo da realidade. Caíram todos de olhos fechados e, incapazes de abri-los, saíram rastejando pelas ruas, disparando murros e maldições a esmo, condenados a um sonambulismo maligno e eterno. Tomé Sardinha olhou para Bianquinha com os olhos quebradiços e disse a ela com a voz quebradiça.

– Ninguém tem o direito de matar as ilusões de um homem. Nem Deus.

Bianquinha deixou Tomé Sardinha a sós com o pó de seus ossos e partiu, leve e apaziguada ao se desfazer daquela horrível barriga, daquele horrível emprego, daqueles horríveis clientes. Chegando a casa, encontrou suas vinte e uma tias de pé, todas muito sorridentes e engalanadas, vestindo chapéus de plumas e vestidos de veludo verde com lantejoulas douradas.

– A sobrinha chegou / olha a surpresa das titias / a surpresa das titias /

E apresentaram a Bianquinha sua vigésima segunda tia, Edna, que havia acabado de chegar para morar com elas. Edna vestia-se igual às irmãs e tinha o mesmo sorriso oco e esbugalhado. Bianquinha encarou-a como um jacaré que identifica um antepassado na figura de um sapato, tirou uma massa de chiclete grudada atrás de seu ouvido e tornou a mordê-la plangentemente.

– Vou ter que arranjar outro emprego.

DAS TRIPAS, CORAÇÃO

**ler ao som de *I want you (she's so heavy)*,
com The Beatles**

Cremilda Rockfeller era uma celebrada estilista de moda que teimava em semear a bondade e o amor pelo mundo, na esperança de que o mundo dispusesse a ela uma farta colheita. Esta, porém, não veio fácil, já que Cremilda pesava algo em torno de duas centenas de quilos e os demais habitantes do mundo costumavam julgar pessoas com tal aspecto como relapsas, asquerosas, fracas de ânimo e de caráter. Por meio da constante e robusta qualidade artística de suas roupas, Cremilda aos poucos conseguiu suplantar as exabundantes contingências físicas e se tornou sinceramente querida e admirada; porém, enlanguescida pelo calor da estima coletiva como uma musse sob o sol, ela foi gradativamente afrouxando a criatividade e reduzindo suas peças outrora estupendas a coisinhas práticas e banais. Isso era compreensível, já que, para Cremilda, era impossível e até desnecessário deixar ainda mais bonito um mundo que havia se tornado tão sublime e acolhedor, mas o carinho que o público lhe tributava não tardou a afrouxar na mesma proporção – o que também era compreensível, por causa da natureza mandriona e instável das admirações coletivas –, e ela logo voltou a ser, aos olhos do mundo, apenas mais um ser obeso e inconveniente, o que a encheu de amargura e a levou a compensar o esvaziamento do guarda-volume dos afetos preenchendo-se com tudo que pudesse ser engolido. Em poucos meses, Cremilda já havia acrescido cinquenta quilos às duas centenas já existentes, e, quanto mais se desesperava com aquele incoercível aumento de peso, mais engolia, engolia e engolia.

– Sou uma gorda imunda. O mundo me odeia e eu também me odeio.

E Cremilda, presa num círculo de aço, fogo e vergonha, engordava cada vez mais, era cada vez mais desprezada e vendia cada vez menos roupa. Quando a imprensa descobriu que duas de suas lojas tiveram de ser fechadas para pagar dívidas com comida, deu ao fato um destaque cômico, enfatizando a condição ridícula da gulodice de Cremilda e ocasionando dezenas de piadas fáceis, charges depreciativas e comentários degradantes. Incapaz de suportar a mastodôntica humilhação e sem mais poder contar com a mãe, que havia falecido devido a um enfarte após trinta horas seguidas de trabalho voluntário em uma instituição de amparo a compulsivos sexuais, Cremilda pediu o apoio da filha, a ex-bela Crimelda, que tivera o rosto desfigurado em um incidente nunca bem explicado. E Crimelda, viciada em morfina e autopiedade, sentia certo alívio diante de grandes sofrimentos alheios – e, em se tratando do sofrimento da mãe, seu alívio chegava quase a se tornar prazer.

– Eu preciso fazer alguma coisa, filha. Preciso me controlar, ter de volta o respeito das pessoas, preciso emagrecer. Me ajuda, filha. O que eu faço?

Crimelda observou a água amarela e sebácea que a mãe jorrava pelos olhos, percebeu que não eram lágrimas e sim a banha extraída da gordura torcida pelos tremores do pranto, e concluiu que a obesidade materna tinha atingido, assim como no caso de sua deformidade, um ponto sem retorno. Sorriu da única forma que lhe era possível, ou seja, repuxando os cantos da boca para baixo, e pousou o antebraço no ombro de Cremilda.

– Você não vai emagrecer, mamãe. Ao contrário. Você vai engordar mais. E mais, e mais. Até se tornar a mulher mais gorda do mundo.

– O quê? Mas como assim?

– Enquanto você for apenas uma gorda descontrolada e continuar implorando para ser tolerada apesar da sua fraqueza, ninguém vai te respeitar. Mas você pode virar esse jogo apresentando sua gordura com alegria e convicção, como se fosse fruto da sua escolha.

– E eu vou dizer que sou gorda porque gosto? Pelo prazer de ser gorda?

– Exato. E as pessoas vão admirar sua atitude. Pois é preciso muito amor-próprio para ser indiferente ao gosto e aos valores comuns. As pessoas vão ficar surpresas e você vai voltar à mídia não como uma vítima chorona, mas como uma mulher satisfeita consigo mesma, com o próprio corpo.

– Mas como ser feliz com um corpo desses? É impossível. E não falo só de beleza, mas também de saúde. Eu me sinto mal, estou adoecendo.

– Quando você recuperar a estima das pessoas, vai se sentir tão bem que sairá pulando corda pela casa. Passe a demonstrar mais autoconfiança. Não há nada mais agradável do que uma pessoa confiante e bem-humorada.

– Se você acredita mesmo no que está dizendo, por que desistiu de trabalhar e nunca mais saiu de casa depois do acidente no seu rosto?

– Eu já me acostumei à minha condição e, se não saio e não trabalho, é por mero comodismo. Sinto-me bem sem precisar do apreço de ninguém, ao contrário de você, que só gosta de si mesma quando os outros a aprovam. Sendo assim, confie em mim e torne-se uma gordinha bonachona e espirituosa. Diga e faça coisas surpreendentes, instigue as pessoas em vez de se lamentar. Elas redescobrirão seu talento e gostarão de você como nunca.

– Não sei, filha. Ainda acho que o melhor seria emagrecer.

– Você nunca vai emagrecer, mamãe. Essa é uma batalha perdida.

– Você às vezes é muito dura.

– Eu sou realista. E digo o que digo porque te amo.

– Eu sei bem o quanto você me ama, filha. Bem, vou pensar.

E Cremilda pensou; e, enquanto pensou, comeu; e, ao seguir comendo após a exaustão do pensamento, concluiu que a filha estava certa em tomar tal batalha como perdida. Àquela altura, lutar para emagrecer seria como lutar contra os Ursinhos Carinhosos: algo tão inútil e ridículo que a mera cogitação de uma tentativa a desmoralizava e a diminuía. E, se a filha tinha razão na conclusão de seu discurso, devia ter razão em todo o resto. Então, aceitou o convite de um programa sensacionalista de tevê, pesou-se em uma balança diante das câmeras, expectorou uma gargalhada digna de Hades ao arrebentá-la, devorou durante a entrevista uma feijoada completa com um prazer que horripilaria os mais estoicos hedonistas, e manifestou um êxtase ruidoso, contagiante e solar, como se fosse feita da mesma gordura dos hipopótamos – a qual, por ser mais leve que a lama, lhes permite flutuar.

– Ah, já me chamaram de cada coisa. Cremilda Supersize, leitoa mutante. Mas não ligo. Até acho graça. Para que me aborrecer? Não preciso ser magra para ser feliz. Eu gosto muito de mim, da pessoa que me tornei, da vida que levo. E, quanto maior fica meu corpo, maior também fica minha alma.

– E você pretende mesmo se tornar a mulher mais gorda do mundo?

– O que pretendo com isso é chamar a atenção do mundo para o fato de que somos livres para levar a vida como quisermos e não devemos nos curvar aos preconceitos e às imposições da sociedade.

– E você acha que comer até morrer é o melhor modo de provar isso?

– Mas não vou comer até morrer. Pelo contrário. Vou comer para viver. Ou vocês pensam que eu como por compulsão, por necessidade? Eu como por prazer, e, se nunca emagreci, é porque nunca quis. Amo comer, gosto de me entregar imoderadamente a tudo que amo e, quando uma pessoa é livre e feliz da forma como eu sou, é impossível não ter boa saúde. Porque este é o tripé da vida: felicidade, liberdade e saúde. E é essa a mensagem que eu quero deixar. Não se importe com o que a sociedade acha, com o que os outros dizem. Só você sabe o que é melhor para si mesmo.

Graças à enorme polêmica gerada por seu projeto de vida, Cremilda imediatamente subiu ao ranking das celebridades mais comentadas no país. Havia quem achasse a proposta válida e havia quem achasse aquilo uma insanidade digna de internação. Porém, como era de praxe na história do mundo moderno, o individualismo e a rebeldia do lema *seja você mesmo* empolgou e inspirou os mais jovens, e estes, ávidos por revoluções imaginárias, não tardaram em elegê-la um ícone contemporâneo da contracultura, um ídolo cult no mesmo patamar de Che Guevara e Jim Morrison. Muitos equivocadamente dispararam a comer e a engordar em sua homenagem, mas a verdadeira mensagem de Cremilda ficou mais clara no desfile de sua nova coleção, no qual um rapaz trajou uma adaptação do vestido de noiva de Lady Di, uma gordinha expôs o corpo coberto por fotos de homens magros e nus, uma garota meteu uma cueca por cima de uma saia plissada e só, um homem vestiu uma camiseta lilás e só, um travesti usou um macacão de plástico transparente com água e peixes forrando seu interior, e por aí foi, tudo sob o lema *seja você mesmo* – modificado para *be yourself*, que soava mais arrojado –, e Cremilda nunca foi tão aplaudida e exaltada em sua carreira. A polêmica inicial foi se tornando uma encorpada unanimidade, e Crimelda alertou a mãe para o fato de que toda a nação havia passado a apoiá-la.

– Você não pode desapontar o país. O Brasil inteiro torce para você se tornar a mulher mais gorda do mundo. Você é o nosso orgulho, mamãe.

E Cremilda passou a empregar todo o tempo que possuía no ofício de comer, e pesquisou na internet sobre suas principais adversárias na disputa pelo título, a americana Happiness Smith e a ucraniana Klodi Kurylenko. Segundo constava, Happiness desde pequena era obrigada pelo pai, intolerante a qualquer tipo de desperdício, a comer todas as sobras de sua rede de restaurantes, e manteve o hábito depois de adulta, mesmo a rede crescendo de três para dezenove unidades. Já Klodi, depois que o marido a trocou por uma dona de casa húngara que havia tirado o sétimo lugar no tradicional concurso federal de bolos e o terceiro no ilustre campeonato semestral de felação, desembestou a comer para comovê-lo e convencê-lo a voltar para casa. Ambas já haviam ultrapassado os trezentos quilos (o autor pensou em classificá-las como "adversárias de peso", mas, em respeito a seus leitores, conteve-se diante do horrível trocadilho), e Cremilda, que ainda não havia chegado lá, ficou receosa. A competição, porém, logo se encerrou: Happiness morreu como um tamagotchi em meio a um bloco gelado de *spaghetti alla carbonara*, e Klodi, ao receber de volta o marido, ou o que havia sobrado dele, decidiu parar de comer para se esmerar nos talentos da húngara multivalente. E o otimismo de Cremilda foi coroado com a chegada de Dâmaso Quental, um dedicado admirador com quem ela vinha se correspondendo havia alguns meses. Dâmaso tinha um metro e doze centímetros de altura, e algumas línguas insensíveis se referiam a ele como anão, embora ele não parecesse propriamente um anão, e sim um bonito e confiante espécime masculino numa versão em miniatura, devido à sua compleição muscular enxuta, definida e harmônica. Moreno claro, dotado de olhos esmeraldeados, uma dentição pré-clássica e aquele charme suavemente perfurante, típico dos belos que fingem desconhecer o poder que sua beleza exerce, Dâmaso ofereceu auxílio à Cremilda.

– Eu estudei gastronomia em Portugal e fiz cursos sobre nutrição e ciência dos alimentos na Inglaterra. Posso ajudar você não apenas a adquirir o peso desejado, mas também a se manter o mais saudável possível.

Bravamente excitada por ter aquele homúnculo sensual e picante debaixo de seu teto, Crimelda, cujo pudor e receio em relação à sua condição física foram totalmente obliterados pela abrasão que havia meses lhe corroía o canal uterino, convenceu a mãe a aceitar os préstimos de Dâmaso. Assim, pela primeira vez Cremilda permitiu que um homem penetrasse sua intimidade, e ele não apenas lhe preparava pratos com todas as vitaminas e calorias necessárias como também lhe servia, ajudava-a a se levantar, a ir de um cômodo a outro e até mesmo a se deitar, já que Cremilda não podia mais se locomover sozinha. A princípio, ela temia esmagar ou sufocar Dâmaso num momento de distração, pelo fato de ele ser tão menor que ela. Aos poucos, porém, Cremilda se tornou naturalmente atenta à presença dele, graças a seu contínuo contato físico, e seu cheiro, e seu hálito, e seus dentes sorridentes, e tudo o mais que ele possuía e que a perturbava, incitando nela uma gastura insistente e boa, um apetite diferente, para o qual nenhuma comida bastava. Ela, que sempre havia se mantido desligada para qualquer tipo de impulso sexual, não sabia como converter seu desejo primitivo de fundir sua carne com a de Dâmaso em uma fantasia adequada, e passou a sonhar que o abocanhava, engolindo-o e acomodando-o em suas entranhas, e acordava aos berros, temendo perder o domínio de si mesma e sair por aí devorando pessoas como uma canibal insensata, e o pequeno Dâmaso ali continuava, suave e alheio ao enlouquecimento sexual que calcinava a mãe enxundiosa e a filha danificada, pois estava começando a dar entrevistas, a ser conhecido como o "assessor nutricional" de Cremilda, e precisava, portanto, de toda a lucidez disponível para estudar e analisar as vantagens trazidas por aquela visibilidade. Um dia, porém, uma feroz ameaça externa os obrigou a esfriar seus vapores pessoais em prol do que realmente importava.

– Tem uma mulher pesando 350 quilos, e ela não está nos Estados Unidos ou na Europa. É brasileira, e mora a cinco quarteirões daqui.

Dâmaso ligou o computador e mostrou a elas o site de Tula Velasco.

– Mas essa moça é conhecida. Filha daquele escritor que ficou famoso escrevendo sobre a paralisia cerebral dela. No final, descobriu-se que a menina era perfeita e que o pai usou de má-fé para promover a própria carreira.

– Pois é. E, depois disso, a garota se trancou no quarto do avô e nunca mais saiu. Desde então, ela come, e é só o que faz: comer. Agora ela mantém uma câmera ligada vinte e quatro horas por dia para que o mundo a veja comendo. Vejam quantos acessos ela teve em uma semana.

Cremilda viu, pela tela do computador, a imagem de Tula roendo um austero pernil, e, enquanto ela mastigava com indolente perseverança, olhava para a lente da câmera por entre as frestas de suas pálpebras túmidas. Era triste a cor parada de seus olhos; aquele olhar fixo e concentrado, a encarar cada pessoa que lhe assistia, parecia desafiar e acusar, como se dissesse "vejam o que estou fazendo, sejam meus cúmplices, cúmplices do meu suicídio". Cremilda chorou com pena da moça, de si mesma e de todos os que sofrem no mundo, e Dâmaso enxugou a banha por ela pranteada.

– Essa moça não está concorrendo a nada, não quer título algum.

– Se não quisesse, não atualizaria o peso diariamente no seu blog.

– Não, Dâmaso, isso é só uma forma desesperada de chamar a atenção. Ela precisa de ajuda. Se nós não fizermos nada, ela poderá morrer.

– Pois que morra, e o quanto antes. Uma adversária a menos, mamãe.

– Você não sabe o que diz, Crimelda. Este computador também tem câmera, não tem? Pois bem. Vou tentar conversar com essa menina.

Ao longo das semanas seguintes, Cremilda enviou várias mensagens a Tula. Mas Tula não costumava responder a ninguém, nem à imprensa, nem a quem lhe assistia. Ela se dava a ser assistida, comia, e era só. Até que, um dia, Cremilda recebeu um chamado de Tula pelo correio eletrônico. E as duas, enfim, se conectaram através das câmeras de seus computadores.

– Cremilda Rockfeller. A famosa estilista. Quem diria.

– Que bom que você me respondeu, Tula. Pare enquanto é tempo.

Tula sorria com o mais pungente desdém e falava entre pausas áridas e altivas – pausas fortes o bastante para sufocar os gritos dos quais eram feitas.

– Está com medo que eu tome de você o título de mulher mais gorda do mundo? Não precisa se preocupar. A vitória é sua. Um brinde a você.

– Isso não importa. Estou preocupada, Tula. Eu tenho medo que você sofra. Medo que você morra. Tenho medo, Tula. Tenho muito medo.

Cremilda e Tula se olharam em meio a mais uma pausa, e a dor sôfrega da primeira e a dor defendida da segunda deram lugar a uma súbita mágica de transferência, que levou uma a compreender e sentir a dor da outra.

– Por que a gente está fazendo isso, Cremilda? Não estou falando das respostas que a gente dá para o mundo. O que eu quero saber é. Por quê?

Cremilda pensou no que sua vida fora até ali; pensou em tudo.

– Eu não sei, Tula. Eu não sei.

As duas se olharam profundamente e choraram durante muito tempo.

– Eu preciso desligar.

– Ainda temos tanto o que conversar, Tula.

– Amanhã.

Cremilda desligou o computador e dormiu um sono pesado, exausto e vazio. No dia seguinte, porém, Dâmaso e Crimelda vieram acordá-la.

– A Tula Velasco teve um derrame, um AVC, algo assim, esta noite.

– O que vocês estão dizendo? A Tula morreu?

– Não. Está em coma. Mas a coisa foi feia, Cremilda. Para você ter ideia, o avô precisou derrubar uma parede para tirá-la do quarto. Depois, ela não cabia na ambulância e teve de ir ao hospital no caminhão dos bombeiros. Chegando ao hospital, mais confusão ainda. É um milagre que ainda esteja viva. Em todo caso, se sair dessa, o mais provável é que ela vire um vegetal.

– Pensando bem, mamãe, até que é um final coerente. A vida toda, os pais disseram que ela tinha paralisia cerebral. Agora, de certa forma, ela tem.

– Agora, o jeito é torcer para que ela morra o quanto antes.

Que a filha não tivesse nenhuma empatia pelo drama de Tula, Cremilda não se espantava. Mas ver Dâmaso torcendo pela morte de Tula, e daquela forma tão objetiva, a chocou. Ela sempre havia imaginado que, quanto menor a pessoa, mais puro era seu coração. Um anão de coração gelado lhe parecia, portanto, mais assustador e revoltante do que um exército de mil Golias.

– Quero crer que sua torcida é para que a Tula não sofra tanto.

– Sim, sim, mas também temos de ser práticos. Se a Tula continua viva, mesmo que em coma, a mulher mais gorda do mundo será ela. E, pelo que já andei me informando, ficar deitada tomando soro não vai fazê-la emagrecer. Então, a não ser que você alcance o peso dela em tempo recorde, o jeito é torcer para ela morrer ou ter uma gangrena. Afinal, se ela perde um braço ou uma perna, são uns sessenta quilos a menos, o que é uma bela ajuda para nós. De qualquer maneira, daqui a pouco a imprensa vem aí e nós vamos dizer que estamos rezando por ela e essas coisas. Vou sair para cortar o cabelo e já volto.

Cremilda empurrou o corpo em direção à porta e a abriu para Dâmaso.

– Pode ir, Dâmaso. Mas faça um favor. Não volte nunca mais.

– O quê?

– Você cuidou de mim, eu te tornei famoso, não precisamos mais um do outro. Você já tem seus meios para abrir seu próprio restaurante. Agora saia, antes que eu vomite. E nunca mais apareça diante de mim.

Dâmaso olhou para Cremilda como quem olha para uma montanha de larvas, dirigiu-se a ela, subiu em uma cadeira e a encarou friamente.

– Eu poderia ter feito você chegar lá. Agora, você é apenas a segunda mulher mais gorda do mundo. E, sendo a segunda, você não é ninguém. Você destruiu seu corpo, sua saúde e sua vida para nada. Parabéns.

Desceu da cadeira e saiu, inflado e ereto, como um balão cheio de dignidade. E Crimelda, inconformada, retorceu os nervos mortos de sua face.

– Como você pôde expulsar esse homem lindo, sua gorda idiota?

– Por quê? Você tinha alguma esperança de ficar com esse nanico?

– Não chame o Dâmaso de nanico, sua balofa, nojenta, ridícula.

– Pois eu vou lhe dizer uma coisa, sua deformada. Você nunca mais vai conseguir homem nenhum. Nunca mais. Se nem eu consigo olhar para você, que dirá o resto do mundo. Agora vá e tire essa cara horrível da minha frente.

Chocada com as primeiras palavras rudes proferidas por Cremilda na vida, Crimelda foi para seu quarto, injetou morfina em todas as veias possíveis, ligou a torneira de sua banheira e desmaiou ali dentro enquanto a água subia. Cremilda pensou em ir visitar Tula no hospital, mas já não tinha como tomar banho, trocar de roupa ou mesmo andar sozinha, e não havia ninguém para ajudá-la. A mídia mundial, a par da tragédia de Tula, consagrou-a como a mulher mais gorda do mundo e, durante os muitos anos em que ela permaneceu em coma, ninguém superou seu peso. Reduzida a um insignificante segundo lugar, Cremilda teve sua mensagem esquecida, suas criações desvalorizadas, sua reputação menosprezada e tornou a ser, como previu Dâmaso, apenas um paquiderme incômodo e mal-amado, com a diferença de estar mais gorda, solitária e adoentada do que jamais estivera.

O HÁBITO DA CARNE

**ler ao som de *Space oddity*,
com David Bowie**

Sidcarlos sentia-se infeliz trabalhando como chapeiro na lanchonete McPluto's, e muitos eram os motivos para isso. O cheiro oleoso dos hambúrgueres já havia penetrado sua epiderme e impregnado seu sangue, o salário era tão miserável que pedir esmolas parecia mais digno, e a jornada de trabalho causaria horror até mesmo em seus tataravós escravos. Porém, continuava ali, fritando carne de segunda a segunda, numa devoção rancorosa e triste. Quando encontrou seu grande amigo Robnelson, desabafou.

– Às vezes, a impressão que tenho é de que eu estou virando um hambúrguer. Qualquer dia desses, eu acabo deitando naquela chapa e sendo frito por ela. E todos vão me comer e todo esse sofrimento vai acabar.

Robnelson o abraçou, e o aroma que a pele de Sidcarlos despregou abriu nele o desejo perverso por um daqueles hambúrgueres vilões. No ímpeto de sofrear o destrutivo anseio, afastou-se de Sidcarlos e declarou nervosamente.

– Isso não pode mais continuar. Você tem que pedir demissão.

– Não posso. Sem esse emprego, vou viver de quê?

– Eu ajudo você. Você sabe que pode contar comigo, não sabe?

Cansado do jogo da vida, Sidcarlos teve vontade de aceitar a oferta e se entregar ao auxílio carinhoso de Robnelson. Mas como faria com sua coleção de figurinhas das seleções mundiais de futebol? Robnelson seguramente não o ajudaria a completar seu álbum. Dizia sempre em tom de ameaça: "Ai de você se eu te pegar colecionando essas figurinhas". E Sidcarlos, para não decepcioná-lo, comprava as figurinhas escondido. Porém, como ainda faltava muito para completar o álbum, não podia abrir mão do salário.

– Não posso depender de você, Robnelson. Nós poderíamos nos decepcionar um com o outro, e eu tenho medo de que nossa amizade não sobreviva a isso.

Comovido com as lágrimas que queimavam no rosto de Sidcarlos, semelhantes a nacos de manteiga faiscando na chapa quente, Robnelson segurou o queixo do amigo e prometeu com enfática doçura.

– Nós vamos encontrar uma saída juntos.

Sidcarlos sorriu, pálido de gratidão, e a delicada coriza que vertia sobre seus lábios, inundando-os em toda a sua extensão, deu a Robnelson a ideia salvadora.

– Já sei. Já sei o que vamos fazer. Agora preste atenção. Você tem que fazer tudo o que eu mandar.

No dia seguinte, Robnelson foi à lanchonete na qual Sidcarlos trabalhava. Dirigiu-se a uma balconista suada e solicitou com elegância.

– Um McPluto Mix e uma batata *extrabig*.

Após receber o pedido, Robnelson sentou-se a uma mesa manca, descolou o sanduíche de dentro da embalagem de papel e deu duas mordidas em direção ao centro do lanche. Mastigou a carne com afinco e, assim que a engoliu, levantou-se e pôs-se a berrar para quem lá estava.

– Alguém cuspiu no meu lanche. Cuspiram no meu lanche.

Os demais clientes afastaram o lanche da boca, espantados com a veemência daquele rapaz. Robnelson correu ao balcão com o sanduíche aberto e esfregou o hambúrguer sebento no rosto sebento da balconista que o havia atendido. A balconista suportou o ataque com uma covardia travestida de serenidade e o gerente acorreu com uma simpatia que talvez não fosse inteiramente espontânea.

– O senhor deve ter se equivocado.

– Não me equivoquei coisa nenhuma. Veja aqui a saliva pingando do meu pão. Eu estou comendo a carne que o diabo fritou.

Então, Sidcarlos veio da cozinha para o balcão e bradou.

– É isso mesmo. E o diabo sou eu.

Os clientes, no temor pela compreensão literal daquele anúncio, encolheram-se debaixo das mesas, esquecidos dos lanches inconclusos. O gerente, que sempre sonhou em ter seu dia de Karatê Kid, agarrou Sidcarlos pelos cabelos e tentou empurrar a cabeça dele contra o seu joelho ereto. Mas Sidcarlos derrubou o gerente chutando a perna que o sustentava de pé, escalou o balcão como se este fosse o Monte Sinai e vociferou.

– Eu cuspi no lanche dele. Eu cuspi em todos os lanches. Há anos eu cuspo em todas as carnes que saem da chapa. E todos vocês engolem o meu cuspe, dia após dia, e ainda pagam por isso.

E explodiu numa gargalhada triunfal, o que levou os clientes, ainda encolhidos sob as mesas, a expelir em sibilantes golfadas o que haviam engolido nos últimos minutos. Então, Robnelson, com a afetação de um Hamlet de teatro infantil, dirigiu-se ao chapeiro macabro.

– Mas qual a razão de tamanha patifaria?

– Eu não suportava mais esse salário ridículo, essas condições de trabalho desumanas, essas jornadas massacrantes. Chega. Eu sou alguém. Eu sou gente. Eu sou mais do que um simples funcionário.

O gerente, estatelado no chão, corrigiu.

– Não. Você é menos do que um simples funcionário. Porque você está despedido. E por justíssima causa.

Enquanto o gerente e os clientes expulsavam Sidcarlos da lanchonete sob um dilúvio de cuspe, Robnelson aproveitou o bulício e roubou a fita da segurança, que havia registrado todos os detalhes do sórdido incidente. No dia seguinte, tais imagens foram despejadas na internet, e em poucas horas todo mundo tomou conhecimento da saga do chapeiro escarrador. A qualidade dos lanches da rede McPluto's foi posta em dúvida, e o diretor responsável pelas centenas de franquias espalhadas pelo Brasil veio a público esclarecer que tudo não passava de um "incidente isolado". Sidcarlos passou a dar dezenas de entrevistas por dia, enfatizando sempre sua condição de vítima, de oprimido, de vingador da sociedade. Quando reencontrou Robnelson uma semana depois, comemorou com o amigo o sucesso do plano.

– E pensar que eu nunca tive coragem de cuspir em um lanche.

– O que importa é que agora vou processar a rede e ganhar uma fortuna. Então, nós racharemos o dinheiro e nunca mais vamos trabalhar, Sidcarlos. E ainda vamos salvar a humanidade de comer esses lanches horríveis e de trabalhar nessas lanchonetes horríveis. A poderosa rede McPluto's vai falir. Graças a nós.

– Só é pena que nunca mais vamos poder ser vistos juntos.

– É um preço pequeno a ser pago diante do heroísmo que vão nos atribuir. Nós seremos heróis, Sidcarlos. Vamos ter que esconder nossa amizade para o resto da vida. Mas seremos heróis.

Porém, ao contrário da admiração que esperava recolher, Sidcarlos percebia as pessoas olhando para ele com um ressentimento quente, compacto e nervoso, como a carne da lanchonete que almejava destruir. Tanta hostilidade o assombrava, afinal, ele era um Davi, o oprimido que venceu o opressor; onde estavam as homenagens? Por que as pessoas não se identificavam com ele? Nem mesmo o dono da banca foi capaz de tratá-lo amistosamente.

– Não tem mais figurinha aqui pra você. Procure outra banca.

Perplexo, Sidcarlos constatou pairar sobre a cidade uma atmosfera lúgubre, uma depressão cinzenta e tímida, como se um pedaço da vida tivesse morrido. Alguns dias depois, passou diante da lanchonete na qual havia trabalhado e começou a entender o que estava acontecendo ao se deparar com uma multidão na calçada oposta à lanchonete, encarando-a com o peito esmagado de saudade. Alguns, mais destemidos, chegavam a atravessar a rua, mas não conseguiam entrar, bloqueados por um nojo irracional, e voltavam para a calçada às lágrimas.

– Nunca mais conseguiremos comer um McPluto Mix.

– Tudo por culpa desse maldito.

– Desse infeliz.

E Sidcarlos fugiu correndo das pessoas que queriam espancar a serpente responsável pela expulsão em massa do paraíso. Durante os dias seguintes, a tristeza e o desamparo continuaram se arrastando, até que, aos poucos, os sentimentos começaram a se ajustar à nova realidade. Não que o nojo houvesse arrefecido, mas as pessoas se acostumaram a senti-lo, o que as levou a voltar gradativamente às lanchonetes da rede McPluto's. Pois a felicidade provocada a cada mordida de um McPluto Mix não era algo tangível ou justificável; era uma verdade incontestável e anterior a quaisquer explicações. E se, a princípio, as pessoas mordiam os sanduíches com resistência e desconfiança, não foi preciso mais do que um mês para que todos voltassem a frequentar a lanchonete sem reservas, indiferentes à presença ou à ausência de saliva alheia nos hambúrgueres. E voltaram todos a ser felizes, com exceção de Robnelson e Sidcarlos.

– Desisti de mover o processo. Não quero ser linchado.

– Pelo menos podemos voltar a ser amigos publicamente. Ninguém se lembra mais da gente, mesmo.

– Eu não entendo, Sidcarlos. Como é que isso foi acontecer?

Sidcarlos refletiu e concluiu que os hábitos são forças poderosas que não devem nunca ser subestimadas. E a primeira coisa que fez ao receber o seu primeiro salário como balconista de papelaria foi comprar um maço de figurinhas, na esperança de completar o seu álbum.

MARISCOS DE AREIA

ler ao som de *Never say goodbye, say ciao,* com Liberace

Os irmãos gêmeos Arrigo e Cristóvão São Francisco pertenciam à terceira geração de uma família de catadores de mariscos, no litoral de Santa Catarina, e sentiam imenso orgulho da dinastia que representavam. Eram dois príncipes litorâneos, os olhos azuis queimados de sol, a pele salgada e luzidia, os músculos que mais pareciam anzóis a pescar corações. Não havia, na costa catarinense, quem não entoasse loas aos lendários irmãos São Francisco, e foi em um luau oferecido em homenagem a eles que Cristóvão conheceu Esmeralda, a filha do pescador mais antigo da praia em que haviam aportado.

– Você é linda. E esta manjubinha está deliciosa.

– Desde menina, eu ouço falar de vocês. Por que não conta uma de suas aventuras? Um catador de mariscos deve ter muitas histórias para contar.

Então, Cristóvão entoou sua voz grave e plana, ao mesmo tempo que limpava com as espinhas da manjubinha o sal dentro de suas unhas.

– Muito tempo atrás, dois anos antes do fim do século passado, o governo nos proibiu de catar mariscos. Falaram em contaminação ambiental, proliferação de organismos nocivos, enfim, motivos completamente insignificantes. Então, o que fiz? Lutei com todo o sangue que arranha minhas veias para que o governo garantisse a todos os catadores de mariscos um seguro-desemprego de vinte salários mínimos mensais. Não consegui, até porque duas semanas depois pudemos voltar a catar mariscos, mas jamais desistirei.

– Oh, Cristóvão, como você é forte e corajoso.

Beijaram-se com ambas as línguas, e a lua rapidamente espocou no céu, curiosa e maledicente como uma vizinha mal-amada. E Arrigo, que também viu o beijo, correu ao oceano e entornou nele toda a água de seus olhos. Dissolvida no mar, a água de Arrigo correu em direção a Cristóvão e Esmeralda e molhou os pés do casal enquanto ela mordiscava os pelos da orelha dele.

– Não me deixe perder o controle, Cristóvão. Sou virgem.

Então, Cristóvão foi até o pai de Esmeralda e proclamou.

– Quero me casar com sua filha.

Todos festejaram a paixão incontestável do príncipe dos mariscos e da princesinha praiana. O pai de Esmeralda sentiu uma voluptuosa inveja ao observar o belo casal, e todos os praianos puseram-se a dançar uma valsa havaiana em torno da fogueira. Apenas Arrigo não comungou daquela euforia.

– Isso não vai ficar assim.

No dia seguinte, aproveitando-se do fato de que Esmeralda havia botado Cristóvão para dormir longe dela, no temor de que ele roçasse o protuberante lacre de sua honra, Arrigo aproximou-se dela e entregou-lhe um envelope.

– São algumas fotografias do Cristóvão.

– É mesmo? Eu adoro fotografias.

Esmeralda abriu o envelope e se deparou com uma foto de Cristóvão nu agarrado a um marinheiro. Em outra foto, ele media a grossura dos bíceps de outro marinheiro usando partes de seu próprio corpo como fita métrica, e, em outra, cercado de uma dezena de marinheiros, Cristóvão fazia uso da língua que tinha habitado a boca dela na noite anterior de um modo que ela não era capaz de tolerar. O pai de Esmeralda, cuja contagem de batimentos cardíacos dobrou ao olhar as fotos, tremeu em sangrenta agonia.

– Não pode ser. Não pode ser.

Esmeralda correu chorando ao encontro de Cristóvão.

– Por que você não me disse que era gay?

Cristóvão trancou o ar dentro dos pulmões.

– Que pergunta é essa?

E Esmeralda revelou as fotografias com as mãos molhadas de sal.

– Não sou eu. Só pode ser meu irmão Arrigo.

– O Arrigo? Mas foi ele que me mostrou essas fotos.

– Ele fingiu ser eu para tirar essas fotos e nos intrigar.

Então, Arrigo surgiu, friccionando um punho fechado contra o outro.

– Você está dizendo que sou eu nessas fotos? Se eu fosse mesmo gay, por que eu as mostraria a Esmeralda, que interesse eu teria nisso?

– O interesse de nos separar. Você sempre me invejou.

– Eu fiz isso porque eu amo a Esmeralda.

Cristóvão pegou o queixo de Arrigo e balançou como um termômetro.

– E como você pode amar a Esmeralda se é gay? Sempre foi mais delicado, mais sensível, gostava de golfinhos. Agora, tudo faz sentido.

– O único gay aqui é você, Cristóvão. Assuma de uma vez.

– Seu enrustidinho. Sei muito bem o marisco que você gosta de catar.

Enquanto Arrigo e Cristóvão disparavam um ao outro diversas variações pejorativas da condição homossexual, Esmeralda concentrou seu olhar sobre um cesto de mariscos recém-colhidos. A cumplicidade piedosa dos mariscos fez Esmeralda enxergar uma luz violácea, opaca, inodora, e o medo dessa luz a impeliu a decidir antes que seus miolos concluíssem o parecer.

– O Arrigo tem razão, Cristóvão. Se ele fosse gay, por que me desejaria? Por que faria essas fotos, por que correria o risco? Não, basta de mentiras. Vou casar com o Arrigo, e você pode ir se divertir com seus marinheiros.

Esmeralda ficou noiva de Arrigo e a substituição ocorreu sem maiores traumas, já que ele havia saído do mesmo molde que Cristóvão e o sabor do interior bucal dos dois irmãos era o mesmo. Assim como havia feito com Cristóvão, Esmeralda exigia que Arrigo dormisse longe dela, zelando por sua castidade como quem alimenta um ganso vislumbrando o futuro patê. Eis que, um dia, Cristóvão surgiu diante de Esmeralda trazendo algumas fotos.

– Veja, Esmeralda. É muito importante.

Era uma sequência parecida com a anterior – com a diferença de que, desta vez, os marinheiros é que estavam nus. Esmeralda sorriu sardônica.

– Pelo visto, você sabe mesmo como aproveitar a vida.

– Esmeralda. Este aqui não sou eu. É o Arrigo. Eu o segui e registrei tudo para mostrar a você. Veja a data das fotos. Isso aconteceu ontem.

– Não é possível. Você mente. Você só sabe mentir.

– Eu juro, Esmeralda. O Arrigo é gay. Eu sou normal.

Esmeralda viu Arrigo se aproximando deles e, temendo mais um inevitável e inconcludente confronto, correu até sua casa, trancou-se em seu quarto e chorou. Pensou em escrever para sua prima, a latejante Tita Arafat, que vivia ateando paixões e suicídios nas areias nordestinas e certamente saberia o que fazer em seu lugar, mas o tremor de suas mãos e de seu cérebro inviabilizou a produção de uma carta. Pensou então em Cristóvão, em Arrigo, nos marinheiros, atormentou-se com as imagens esfregadas em seus olhos, sentiu algumas estruturas musculares se contrair em espasmos violentos e, por fim, dormiu um sono espesso. Quando acordou, viu diante de si um homem, que não sabia se era Arrigo ou Cristóvão.

– Esmeralda. Sou eu, Cristóvão. Eu conversei longamente com o Arrigo e acho que você precisa saber de toda a verdade. É o seguinte.

Então, Cristóvão ouviu o barulho da televisão à qual o pai de Esmeralda assistia na sala. Intrigado, foi conferir o que dizia o locutor do telejornal.

– Foi aprovado ontem o projeto que estende aos catadores de mariscos o direito ao seguro-desemprego de um salário mínimo por mês, no caso de proibição da coleta ou prejuízos causados por contaminação ambiental.

Cristóvão crispou-se ao ouvir a notícia, e seu corpo arrepanhou de tal forma que ele subitamente encolheu meio metro.

– Eu venci. Não são os vinte salários que eu exigi, mas é um começo. Eu venci. Essa vitória é minha. Eu lutei, eu batalhei, eu. Eu. Eu.

E caiu desfalecido nos braços do pai de Esmeralda, que tratou de retesar novamente o corpo de Cristóvão durante o desmaio. Quando ele acordou, viu Esmeralda, olhou ao redor e reagiu espantado.

– Onde estou?

– Na minha casa.

– Quem é você?

– Não se lembra de mim, Cristóvão?

– Quem é Cristóvão?

Esmeralda correu até Arrigo tropeçando em lágrimas.

– O Cristóvão perdeu a memória.

Arrigo jogou os mariscos para o alto e seguiu Esmeralda até a casa dela.

– Deixem-me sozinho com meu irmão.

Ficaram Arrigo e Cristóvão a sós. Esquecido de sua aparência, Cristóvão não atentou para a semelhança com Arrigo, mas sentiu-se intimidado com a forma como ele olhava fixamente para o vão entre seus olhos.

– Escute o que eu vou dizer. O seu nome é Cristóvão. Eu me chamo Arrigo. Nós somos os irmãos São Francisco, os catadores de mariscos mais conhecidos de todo o litoral. E tem mais uma coisa: você é gay.

– O quê? Não. É impossível.

– Você perde totalmente o controle ao ver um corpo masculino forte. Você não passa um dia sequer sem dar uma voltinha no cais. Essa é sua natureza, Cristóvão. E a natureza de um homem é mais forte que sua memória.

À noite, Arrigo foi chamar Esmeralda para passear na praia. Ela secou com uma toalha o corpo encharcado de secreção lacrimal, lembrou-se no último instante de vestir uma roupa, e então saiu. Quando já estavam a alguns metros da casa dela, encontraram Cristóvão seguindo adiante.

– É o Cristóvão. Você não vai chamar o seu irmão?

– Não. Na verdade, nós vamos segui-lo e ver aonde ele vai.

Ao ver Cristóvão entrando no cais e indo ao encontro dos marinheiros, que pareciam aguardá-lo, pela forma como arrancavam as calças, Esmeralda segurou o queixo e o apertou contra o coração. Arrigo sorriu triunfante diante da imagem de Cristóvão com o corpo dobrado ao meio, coletando prestimosamente todas as oferendas que lhe eram feitas aos berros.

– E agora, Esmeralda? Acredita em mim?

Depois que os marinheiros partiram, sob o alívio e a placidez de uma saborosa exaustão, Cristóvão foi ao píer lavar algumas partes de seu corpo. Incapaz de manter em silêncio a sua fúria de virgem, Esmeralda correu até Cristóvão, batendo com os sapatos em suas partes recém-lavadas.

– Seu tarado. Nem desmemoriado você abre mão da sua festinha.

– Esmeralda. Eu posso explicar. Não é o que você está pensando.

– Eu não estou pensando nada, Cristóvão. Eu vi.

– Como o meu irmão me disse que eu era gay, eu vim tirar a prova.

– E os marinheiros, pelo visto, te aprovaram com louvor.

– Espera aí. Como você sabia que eu estava aqui?

Então, Cristóvão viu Arrigo do outro lado do píer e não foi preciso mais do que cinco minutos para compreender o que tinha acontecido.

– Desgraçado. Você armou tudo. A culpa é sua.

Cristóvão pulou sobre Arrigo e carimbou seus punhos pesados de ódio em toda a extensão epidérmica do irmão. Desesperado, Arrigo agarrou-se às pernas de Cristóvão e eles rolaram pelo píer até cair no mar. Esmeralda gritou por ajuda aos marinheiros que iam adiante, mas eles seguiram caminhando absortos na canção de amor napolitana que um deles assobiava. Nenhum dos dois irmãos surgiu à tona, e Esmeralda e todos os praianos choraram a trágica morte de Arrigo e Cristóvão, tornando a lenda em torno deles ainda mais incrível. O governo, em homenagem, subiu para dois salários mínimos o valor do seguro-desemprego para os catadores de mariscos, e Esmeralda passou a ser reverenciada como a viúva dos irmãos São Francisco.

– Manterei meu luto e minha castidade para o resto da vida.

Até que, um dia, recebeu uma carta. Abriu-a e descobriu algumas fotografias que revelavam um dos irmãos São Francisco cercado de outros homens, numa celebração que deixaria os habitantes de Sodoma abismados. Junto das fotos, vinha um bilhete, que ela abriu e leu.

– "Esmeralda, bonita. Eu sobrevivi, quem morreu foi meu irmão. Mas não tive coragem de voltar. Não depois de todas as mentiras que contei a você. Espero que, um dia, você me perdoe e siga em frente com sua vida, assim como eu tenho seguido com a minha, como você pode ver. *Bjoka.*"

Esmeralda chorou. Mas seu pai chorou muito mais.

– Ah, se eu tivesse vinte anos a menos.

DE MÃO BEIJADA

ler ao som da ária *Il se fait tard*, da ópera *Fausto*, de Charles Gounod

Jandira Malva era uma mocinha de puríssimos propósitos que gostava de atravessar as noites na sacada de seu quarto desfolhando margaridas e sonhando com o homem que surgiria em sua vida e a arrebataria de paixão. Esse homem daria sentido à sua vida ainda não começada e a elevaria à plenitude de sua condição feminina. Gostava de imaginar as feições de seu príncipe, a cor dos olhos, o contorno das orelhas, a largura dos dedos, a espessura dos músculos voluntários. E assim, tepidamente aquecida em suas expectativas, deitava-se sem pressa sobre os dias, delirando e esperando.

– Onde estará o meu amado?

Até que ele aparecesse, muitas eram as tentações que ameaçavam emporcalhar sua pureza. A maior delas era Evaldo, um dentista sensual que enfiava suas mãos o mais que podia dentro da boca de Jandira, excitando-se explicitamente no contato com sua babinha fresca. Como Jandira tentava não se importar, o concupiscente dentista fazia-a abrir mais a boca a cada consulta, obrigando-a a salivar em maior quantidade, até que um dia uma grossa babugem escorreu pelos pulsos de Evaldo, afundando-o num êxtase tão intenso que o levou a apertar os dentes de Jandira com a gana de um viking, ferindo a sensibilidade e os ossos maxilares da moça.

– Não venho mais.

– Não diga isso, Jandira. Preciso confessar. Sou louco por você.

– Você diz isso para todas.

Mesmo que não dissesse, Jandira estava segura de que Evaldo não era o homem de sua vida. Ainda que ele fosse forte e bonito, o fato de ele a olhar como quem olha para uma piscina repleta de mulheres nuas magoava seu romantismo. O homem de sua vida teria de olhá-la com ternura, admiração e respeito, e não com aquela tara animalesca. E Evaldo não era o único a olhá-la dessa forma: também Aristeu, seu professor de violão, Nicholas, o engraxate da pracinha, e Jackleen, a vendedora de leitinho fermentado, expunham sem sutilezas o desejo de degustá-la com pimenta e mel. Mas Jandira sempre passava ao largo desses estorvos libidinosos, fiel ao sonho e à espera do amor.

– Vou me guardar. Vou ser só dele. Vai valer a pena.

E assim o tempo passou. Os dias se acumularam em meses, os meses se amontoaram em anos. E Jandira, no dia em que completou a idade de Jesus quando morreu, começou a suspeitar de que talvez o tempo não fosse tão amigo assim do amor. Seus admiradores haviam cansado de insistir, seus dedos haviam calejado de desfolhar margaridas, e a cadeira de balanço para a qual nunca havia dado atenção parecia lhe anunciar nos últimos tempos uma grande utilidade para os próximos anos.

– Será, meu Deus? Será que ele não vem? Será que ele não existe? Será que eu não nasci para o amor?

Jandira chorou muito naquela noite, mas a tristeza não a impediu de perceber, através dos olhos embaçados, um vulto desenhando-se aos pés de sua sacada. Cuidadosa e apreensiva, Jandira limpou os olhos e acentuou sua expressão de melancolia. Ao olhar para baixo, constatou que era, de fato, um homem, olhando para ela e sorrindo.

– Ei. Não chore. Você é tão bonita.

Jandira desviou languidamente o olhar para as estrelas.

– Eu me sinto muito só.

O rapaz também levantou os olhos para o céu.

– De solidão, eu entendo.

Absorvido pela imagem do céu granulado de estrelas, o rapaz levou um susto ao surpreender Jandira diante de si, cinco segundos após a última palavra trocada. Jandira havia pulado da sacada, na desgovernada esperança de estar finalmente diante de seu príncipe, e o rapaz se intimidou com a forma como ela o olhava, como se ele fosse uma piscina repleta de homens nus.

– O que você acha de nós cancelarmos nossas solidões?

O rapaz deu um passinho para trás.

– O que você acha de nos conhecermos melhor?

Jandira o puxou para dentro de sua casa, fez com que ele sentasse em sua cadeira de balanço e se adiantou a perguntar sobre a vida e as visões de mundo do rapaz para que ela pudesse, em seguida, adequar suas respostas às dele. No entanto, enquanto o jovem falava, Jandira pôde observar que ele não correspondia às imagens construídas em seus sonhos. Era um mocinho mais baixo do que ela, não possuía músculos visíveis e tinha uma voz ligeiramente fanhosa, além das orelhas pequenas e afastadas da cabeça.

– O meu pai era fã do Cid Guerreiro e a minha mãe, do Roberto Carlos. Daí o meu nome: Sidcarlos.

Decididamente, aquele não era o príncipe com quem Jandira havia sonhado. Mas ela estava saturada de sonho, precisava de realidade, *qualquer* realidade. Então, esquecida de prestar atenção no comovente relato de Sidcarlos sobre seu mais recente despejo e as injustiças cometidas pelo dono da papelaria na qual trabalhava, Jandira pôs-se de joelhos, agarrou-o pelas pernas, jogou-o ao chão, arremessou-se sobre ele e o envolveu como se sua boca fosse uma eficacíssima ventosa e seus braços fossem duas cobras amazônicas. Sufocado e atônito, Sidcarlos murmurou entre goladas de ar.

– Se você preferir, podemos esperar.

E Jandira, desabotoando as calças dele.

– Não precisa.

Tiveram uma noite infernal, e, no dia seguinte, Sidcarlos pegou sua pequena bagagem e a levou para a casa de Jandira, com quem iria morar. Jandira olhava para aquele homem cortando a unha do pé com sua tesourinha de nariz, encharcando o tapete do banheiro, salpicando o vaso sanitário de urina, e custava a crer que, de uma hora para outra, seu sonho houvesse se realizado. Estava certo que Sidcarlos não era um príncipe, mas era um bom companheiro, atencioso quando ela solicitava sua atenção, carinhoso quando ela solicitava seu carinho, ardente quando ela solicitava seu ardor. E, mais do que isso, era um homem que podia chamar de seu e apresentar às amigas como tal. Não era tudo, mas era o bastante.

– Você faz de mim a mulher mais feliz deste mundo.

Mas a felicidade durou pouco, como sempre acontece quando o motivo da felicidade é a realização de um sonho. Tendo Sidcarlos a seu lado, Jandira não tinha mais razões para sonhar, e a relação construída por eles era tão perfeita, tão exata, tão infalível, que não suscitava nela nenhuma emoção flamejante. As semanas corriam lentas e logo ela sentiu saudades do tempo em que sonhava com um príncipe. Não que desejasse sonhar novamente o mesmo sonho, mas sua recente condição de mulher comprometida a levou a olhar para os homens com um desejo tão intenso quanto impotente. Quantos homens havia deixado de beijar no propósito de se guardar para um a quem devesse eterna fidelidade? Não houve sacrifício algum de sua parte em recusar tais oportunidades quando solteira, afinal, seu sonho era muito mais vasto e todas as possibilidades, mesmo as desprezadas, estavam a seu alcance. Porém, agora que tinha o seu homem, que era, ao que tudo indicava, o homem certo, desejava voltar no tempo para experimentar alguns homens errados.

– Tantas coisas boas que eu não conhecia. Quanto tempo eu perdi.

Incapaz de suportar em silêncio a apavorante comichão, Jandira correu até Sidcarlos, tomou das mãos dele o seu precioso álbum de figurinhas das seleções mundiais de futebol, e expectorou, num pranto espetaculoso, seus mais inconfessos desejos. Todos os homens lhe provocavam suores e calafrios, não importando idade, cor de pele, cheiro ou quaisquer condições físicas. Ela própria não sabia explicar o motivo daquela volúpia tão ausente de controle e critério e temia que a brasa de sua neurose terminasse por consumir sua razão e seus sentidos, afundando-a em uma loucura selvagem. Impressionado com a enérgica confissão, e temendo pela integridade do álbum que permanecia nas mãos dela, Sidcarlos tentou acalmá-la.

– Diga o que você espera de mim.

– Querido, você é o homem que eu amo, eu não quero perder você. Mas eu necessito conhecer outros homens. E você tem que entender que isso não diminui em nada meu amor por você; ao contrário. O meu desejo por outros homens é a maior prova de amor que eu poderia dar.

– Não entendi.

– Quando eu era solteira, não tinha essas vontades porque não conhecia essas coisas. Foi com você que eu vi o quanto é bom estar com um homem, fazer as coisas que se faz com um homem. Você me abriu esse apetite.

– Então agora a culpa é minha.

– Não, meu amor. Não é culpa de ninguém. Mas eu entendo a sua incompreensão. Eu imaginava que seria assim. Fique tranquilo, pois farei de tudo para reprimir meus instintos e ser a esposa fiel que você merece.

Sidcarlos aproximou-se de Jandira, tomou suavemente o álbum das mãos dela, colou as figurinhas que restavam, enquanto ela chorava, demorando o olhar sobre os retratos dos jogadores um pouco mais do que de costume, e foi tomar um banho. Ao retornar, duas horas depois, com a pele perfumada e enrugada por causa da espuma da banheira, olhou Jandira nos olhos e disse.

– Que tipo de homem eu seria se não entendesse o coração da minha mulher? O importante para mim é ver você feliz. Pode ir. Vá ser feliz. Apenas não se esqueça de que o seu amor sou eu.

– Não vou esquecer.

Jandira desceu as escadas, abandonou a casa, esquecida de fechar a porta, e correu descalça ao consultório de Evaldo. Ali chegando, atirou-se de bruços sobre a cadeira reclinável e ganiu, sacudindo o quadril empinado.

– Quero que você trate dos meus canais. Todos eles.

Quarenta minutos depois, com a boca semelhante a um deserto, correu à casa de Aristeu, saltou para dentro da janela, expulsou aos berros a jovem que ali tomava aula e atirou-se em seu colo exigindo que ele a dedilhasse.

– *It's only rock n'roll. But I like it.*

Aula concluída, correu à pracinha, onde encontrou Nicholas engraxando o sapato de Jackleen em troca de um leitinho fermentado. Imediatamente, arrastou os dois para trás da árvore da pracinha, e nunca o centenário vegetal tremeu tanto. Ao voltar para casa, esfalfada de felicidade, deixou-se cair sobre o corrimão da escada e ali ficou o resto da tarde, rindo e mordendo os braços. Quando Sidcarlos voltou da papelaria, ela pulou da escada e agarrou-se nele, mole, doce e grudenta como uma pasta de amendoim.

– Vou dar um jantar para alguns amigos. Eles devem estar chegando.

– Tudo bem. Estou sem fome. Vou ver televisão e dormir.

– Te amo.

– Eu também.

Ao desligar a tevê, Sidcarlos ouviu um barulho de murmúrios abafados no jardim e foi conferir o que estava havendo. Da janela do quarto, viu a piscina de Jandira repleta de homens nus. Perturbado, Sidcarlos foi até a sacada, viu as luzes da casa em frente apagadas, viu o céu também apagado, sentou-se na cadeira de balanço resignado diante da festa para a qual o mundo todo havia sido convidado menos ele, e decidiu inventariar suas figurinhas repetidas.

A PUREZA DOS CABIDES

ler ao som de *Morgenstemning*,
da suíte *Peer Gynt*, de Edvard Grieg

O sonho do menino Torresminho era ter um closet, e não haveria nada de incomum nesse desejo, não fosse ele morador de um barraco de papelão, zinco e madeira, que dividia com outros nove parentes. Enquanto estes passavam o dia a revirar lixos em busca de comida, Torresminho preferia alimentar seus sentidos com as revistas recolhidas no lixo do salão de beleza frequentado pela sua musa, a retumbante socialite Bluma Lancaster.

– Olha este closet. Quero um assim, igualzinho, para sair em todas as revistas. Coisa mais linda.

Torresminho não tinha amigos, não estudava e só comia quando sua mãe, a endurecida Feijoada, trazia para ele alguns alimentos coletados no aterro sanitário, os quais não inspiravam nem o falecido apetite dela nem o inascível apetite dele.

– Esquece esse negócio de closet, moleque. Você precisa comer.

– Eu não vou mais comer enquanto não tiver o meu closet.

Feijoada reuniu-se em caráter de urgência com os demais familiares.

– E se nós fizermos um puxadinho para ele?

A tia Nena afundou a testa na mordaça de plástico que usava para esconder a calvície de suas gengivas.

– Assim não dá. Você mima demais esse garoto.

Decidiram que não iam fazer puxadinho nenhum e que Torresminho, a partir de então, sairia para pedir esmola e pegar comida dos lixos, com os outros. Era a única forma de colocar um pouco de juízo na cabeça dele. O tio Pardal, que tratava o sobrinho com um súbito e excessivo carinho desde que este tinha completado oito anos, tentou consolá-lo.

– Você pode não acreditar, mas nós só queremos o seu bem.

E Torresminho, de fato, não acreditava. Uma família que boicotava o seu sonho, o sustentáculo de sua existência, não era uma família que o merecesse. Não podia tolerar a degradação da conformidade, não aceitaria o desdém que o mundo insistia em lhe oferecer em uma bandeja de espinhos. A vida era um elefante selvagem, e ele estava disposto a arrancar-lhe o marfim com as próprias unhas. Assim, munido de suas convicções, Torresminho resolveu surpreender a família num sábado, dia em que todos os parentes costumavam se banhar juntos na mesma tina, cantarolando alegremente o repertório de Roberto Carlos, e invadiu o barraco acompanhado de uma dezena de policiais.

– Foram eles, seu policial. Foram eles que me molestaram.

Os parentes de Torresminho levantaram-se da tina e dois deles chegaram a parar de cantar, tamanho o impacto causado por aquela entrada. Feijoada foi tomar satisfações com o filho, brandindo aos policiais sua furiosa nudez.

– Que palhaçada é essa?

– Eu contei, mãe. Eu tomei coragem e contei toda a verdade para a polícia. Todas as noites, vocês se juntam e me molestam até o sol nascer.

O tio Pardal olhou o próprio reflexo na água da tina e desatou a chorar.

– Mentira. Eu nunca molestei ninguém.

A tia Nena escondeu o corpinho calvo atrás de um cano de PVC.

– Esse menino que é um perturbado. Quer se vingar da gente porque a gente não quis dar um closet para ele.

E puseram-se todos a cantar *Detalhes*, de mãos dadas e nus, em sinal de protesto. Os policiais, aproveitando para se exibir com a chegada da imprensa, atiraram a parentalha do menino no camburão, desferindo cacetadas de acordo com o ritmo da canção por eles entoada. Muito orgulhoso pela comoção provocada, Torresminho deixou-se pegar no colo por uma sorridente jornalista e chorou um choro infantil e plangente do qual jamais seria capaz em um momento sincero.

– Esses monstros não vão mais fazer mal a você. Agora me conte tudo o que eles fizeram, com todos os detalhes possíveis.

Torresminho chorou mais um pouco, inventou mais algumas verdades escabrosas, comoveu os jornalistas tanto quanto é possível comover jornalistas, e então perguntou, esfregando o rostinho molhado em um gravador. – Onde está ela? Onde está ela?

– Está falando da sua mãe? Aquela desalmada já está presa.

– Estou falando de Bluma Lancaster. Eu queria tanto que ela cuidasse de mim. Eu queria tanto que ela me protegesse.

No dia seguinte, Bluma Lancaster leu os jornais e decidiu consultar sua mentora, a célebre empresária e ex-embaixatriz Catherine Goldmayer.

– Ora, Bluma. Basta você receber o menino em sua casa e dar a ele alguns presentes. Isso, com toda a imprensa registrando, naturalmente.

Bluma coçou a cabeça com a piteira e ordenou aos trinta e três criados.

– Tragam aqui o Torradinho.

Quando Torresminho chegou, acompanhado de meia centena de jornalistas, Bluma Lancaster o abraçou com todo o afeto que as câmeras fotográficas eram capazes de registrar, e o menino borrifou lágrimas na echarpe com motivos agrestes que ela julgou adequada à ocasião.

– Oh, Bluma. Eu sempre sonhei em conhecer você, sua casa, seu closet.

Bluma sorriu economizando os lábios e arriscou uma coçadinha com a ponta dos dedos na cabeça de Torresminho.

– Nada me faz mais feliz do que realizar o sonho de uma criança.

Após o receoso carinho, Bluma apresentou a Torresminho os vinte e seis cômodos de sua *penthouse*, conduzindo-o por fim ao magnificente quarto de vestir. Os jornalistas os seguiam, empunhando as câmeras como arcos ávidos por flechas. Ao entrar no closet, porém, Torresminho trancou-se ali dentro com Bluma, deixando os jornalistas do lado de fora. Estes, que costumavam lidar mal com eventuais contrariedades, puseram-se a esmurrar a porta e a gritar, ameaçando incendiar a cobertura de Bluma e matá-la carbonizada caso não os deixasse entrar. Mas Bluma, que estava acostumada a ouvir coisas muito piores de seu professor de ioga, não se importou. Acendeu as luzes sobre as colmeias de calçados e sapateou graciosamente, o que encheu Torresminho de um fascínio insuportável.

– Sei por que você os deixou do lado de fora. Você queria ver minha coleção de sapatos e estava com vergonha que eles soubessem. Já entendi tudo, Torradinho. Acho que nossos pés têm quase o mesmo tamanho. Se quiser experimentar algum sapato, fique à vontade.

Torresminho olhava com olhos boquiabertos para o closet de Bluma, com seus armários intimidantes, seus cabides prateados, suas colmeias iluminadas, suas gavetas enigmáticas, seus cofres fesceninos. Porém, como estava ansioso demais para desfrutar daquelas imagens e daquele momento, substituiu a forjada inocência por uma melíflua casualidade.

– Você também foi molestada quando criança, Bluma?

– Eu? Ah, meu anjo, não lembro.

– Quem foi molestado nunca esquece, Bluma.

– É que minha infância, além de ter sido há muito tempo, foi muito agitada. Muitas festas, muita bebida, essas coisas. Então, não guardo uma lembrança muito nítida desse período. Mas por que o interesse em compartilhar seu trauma comigo, Torradinho? Aliás, por que, depois de todos os horrores pelos quais passou, você quis conhecer a mim? O que você quer comigo, afinal?

– Eu quero que você me adote.

– Eu adoraria, mas acho melhor deixarmos isso para outra ocasião. Quem sabe para daqui a dez anos.

Torresminho, desesperado, trepou nas colmeias do closet e chutou da mais alta a coleção secreta de gargantilhas de vinil de Bluma.

– Você não entendeu, Bluma. A minha família inteira foi presa. Eu não tenho mais ninguém. Se você não me adotar, eu vou parar no juizado. E, se isso acontecer, aí sim coisas horríveis vão mesmo acontecer comigo.

Bluma contemplou Torresminho com a melancólica malícia de quem contempla uma garrafa de uísque sabendo que ela está cheia de chá.

– E se eu não quiser te adotar?

– Eu saio daqui e digo para todo o mundo que você me molestou.

– Bem, você pode fazer isso agora mesmo. É só olhar para aquela luz.

E apontou para ele uma luz vermelha próxima ao armário de roupas velhas e rotas, porém caras demais para serem doadas.

– Sorria, Torradinho. É uma câmera. Tudo o que você disse foi registrado.

O susto levou Torresminho a dar um berro surdo e a cair de cabeça no chão, em meio às gargantilhas de vinil.

– Então você não foi molestado coisa nenhuma, não é? Você mandou sua família para a cadeia só para se aproximar de mim. Bem, eu me sinto lisonjeada, e não nego que você me desperta uma grande admiração. Porém, não é porque eu admiro a astúcia de uma cobra que eu vou aninhá-la no meu closet.

– Bluma. Por favor.

– Adeus, Torradinho. Foi um prazer conhecê-lo. Se quiser, pode levar algumas gargantilhas de vinil como recordação. Ficarão ótimas em você.

Atordoado de raiva, desencanto e medo, como uma lagartixa na iminência de perder o rabo, Torresminho arrombou a porta do closet com os dois ombros e saiu correndo, derrubando dezenas de jornalistas pelo caminho. Cruzou a cidade debaixo de chuva e só parou de correr quando chegou a seu barraco. Ensopado de água e ódio, vedou a porta e a janela com os arremedos de móveis que existiam ali e decidiu.

– Aqui vai ser o meu closet. E daqui ninguém vai me tirar. Nunca.

Enquanto a chuva espancava a cidade e os vizinhos abandonavam com grande ruído suas moradias, na certeza de que o barranco desmoronaria a qualquer momento, Torresminho montava seu closet. Improvisava um grande armário com a madeira da tina desmontada e fazia dos panos com os quais sua família se vestia e limpava pratos uma grande variedade de roupas. Então, a chuva persistiu, um barranco próximo começou a ceder e o casebre sacudiu. Os últimos vizinhos a partir ainda bateram na porta de Torresminho.

– Deslizamento. Deslizamento.

Torresminho ouviu e suspirou. Só a chuva, com sua raiva, o compreendia. Quando a terra e a lama arrebentaram as paredes e esmagaram o zinco do teto, o menino abraçou o guarda-roupa e sorriu pacificado.

– Meu closet. Meu.

COISA DE AMIGO

ler ao som de *I left my heart in San Francisco*,
com Tony Bennett

Robnelson e Sidcarlos eram grandes amigos, e a amizade deles era um pacote largo, profundo e colorido que continha os mais nobres sentimentos de que dispunham, como admiração, lealdade, uma suave e feliz inclinação à servidão, confiança, respeito, gratidão e, por que não dizer?, amor. Para comemorar o aniversário daquela amizade, como faziam todos os anos, foram a um bar em frente ao colégio onde se conheceram.

– Primeiro dia de aula. Você morrendo de medo.

– Ainda bem que você segurou minha mão.

Lembraram-se de todas as bagunças feitas no colégio, as brincadeiras da infância, os colegas de apelidos esdrúxulos, e riam e bebiam e socavam a mesa de tanto rir, como faziam todos os anos. As garrafas de cerveja vazias se avolumavam sobre a mesa, formando um bonito arranjo que incitava os amigos a reprisar as mesmas lembranças e a rir novamente de todas elas, e assim eles fizeram repetidas vezes, até que as vinte e duas tias da esposa de

Robnelson surgiram no bar, todas elas trajando a mesma camisola amarela de algodão com estampas de melancia e entoando na cadência de um rap.

– Quem casa vai pra casa / quem casa e quer casa / já pra casa /

Robnelson e Sidcarlos atiraram as garrafas na direção das vinte e duas senhoras, mas elas saltavam muito bem e desviaram-se de todas. Então, eles as agarraram e rasgaram-lhes as camisolas. Elas se deixaram despir às gargalhadas e foram embora de mãos dadas.

– Que coisa, não, Sidcarlos? Eu casei com a Bianquinha e você logo depois se juntou com a Jandira, que mora em frente.

– E assim nós continuamos sempre perto um do outro.

– Melhor a gente pagar e ir embora. Senão, as patroas vão reclamar.

Robnelson levou a mão ao bolso de trás da calça e tomou um susto. Apalpou-se por inteiro diante do olhar tremulante de Sidcarlos e concluiu.

– Perdi minha carteira. Você vai ter que pagar.

– Sem chance. Não tenho um tostão.

– E agora? Como vamos fazer?

Então, Sidcarlos segurou a nuca de Robnelson com uma das mãos, enlaçou-o pela cintura com a outra, e beijou-lhe a boca com a convicção sôfrega e úmida dos ébrios. Robnelson tentou empurrar o amigo, mas tropeçou e caiu, e Sidcarlos prontamente deitou-se sobre ele e o imobilizou. Robnelson tentou resistir cerrando os lábios, porém, sem conseguir respirar, não viu outra saída a não ser receber dentro de sua boca o frenético músculo bucal de Sidcarlos. E assim, com a rendição de Robnelson, ficaram ali os dois, no chão do bar, friccionando as línguas uma contra a outra em movimentos regulares e macios. Os demais frequentadores explicitaram em berros infames a ojeriza que a cena lhes infundia, e o dono do bar, temendo a depredação do seu estabelecimento, empurrou com uma vassoura o casal masculino para a calçada.

– Fora daqui. Não apareçam cá nunca mais.

Enxotados e entontecidos, os dois rolaram pela calçada e pousaram no meio-fio. Robnelson apoiou-se em um poste e levantou, enquanto Sidcarlos continuou estirado no asfalto, o olhar perdido entre as estrelas.

– E nem precisamos pagar a conta.

Ao ouvir isso, Robnelson expeliu uma risada marota.

– Então foi isso, malandro. Você me agarrou só pra gente sair na faixa.

E Sidcarlos, mantendo o olhar nas estrelas.

– Foi. Foi isso mesmo.

No dia seguinte, Bianquinha exigiu uma explicação de Robnelson.

– Minhas vinte e duas tias foram te chamar no bar e voltaram para casa nuas. Isso sem falar no senhor, que chegou bêbado e passou a noite toda trancado no banheiro. Quer me explicar o que é que aconteceu ontem?

– Depois, amor. Já volto.

Robnelson atravessou a rua e bateu à porta do amigo tomado por uma euforia incomum. Quando Sidcarlos abriu, mergulhado em uma depressão alcoólica que talvez justificasse o fato de seus olhos não mirarem nada acima do chão, Robnelson compartilhou com ele, ali mesmo, o seu mais oculto desejo, nunca antes confessado ou realizado.

– Sempre sonhei em ir a bons restaurantes. Nunca me atrevi porque nunca tive dinheiro. Mas agora, graças a você, posso realizar meu sonho.

– Como é que é?

– Presta atenção. A gente vai aos lugares, come e bebe tudo o que quiser e aí, no fim, a gente se beija. Daí, em nome da moral e dos bons costumes, nós somos expulsos, como fomos ontem. E saímos dos lugares sem pagar nada. Não é o máximo? O que você acha?

Sidcarlos ergueu o rosto e sorriu.

– Eu topo.

Foram então a um restaurante francês muito elegante, pediram um pato com laranja servido em panela de cobre, acompanhado de uma cremosa polenta de maçã, e aceitaram a sugestão de vinho do maïtre. Não gostaram muito da comida, mas liquidaram o estoque do vinho indicado. Ao chegar o momento de pedir a conta, olharam-se nos olhos, respiraram fundo, seguraram o ar dentro dos pulmões por alguns instantes e sentiram o coração intumescer.

– É agora.

Então, num gesto precipitado e desajeitado, abraçaram-se e beijaram-se, muito pródigos em gestos e gemidos e ranger de cadeiras. Com o senso de tempo anestesiado pelo excesso de vinho, não puderam precisar se o beijo durou dez segundos ou uma hora, e se afastaram apenas quando o gerente do restaurante os interpelou com uma indelicada colher de pau.

– Perdão, senhores. Aqui não é lugar para isso.

Robnelson e Sidcarlos foram logo se arrastando até a porta.

– Tudo bem, já estamos indo embora.

– Não sem pagar a conta antes.

Robnelson e Sidcarlos encararam-se aflitos e também não puderam precisar quanto tempo durou tal hesitação, até que Sidcarlos pôs-se a gritar.

– Como é que é? Então nós estamos sendo expulsos só porque estávamos nos beijando? Mas é o cúmulo do preconceito.

– Não se trata de preconceito. Apenas de bom senso e

– É preconceito, sim. E fique sabendo que eu vou denunciar essa truculência. Vou mover um processo contra vocês e fechar essa espelunca.

– Esperem, senhores. Vamos conversar.

Por fim, saíram sem pagar e convidados pelo gerente para voltar e jantar de graça. Exultantes, Robnelson e Sidcarlos abraçaram-se aos pulos.

– Deu tudo certo, Sidnelson. Vamos nos preparar para o próximo.

– Vamos. Mas olha. Eu sou o Robnelson. Você é o Sidcarlos. Lembra?

– Desculpa. É que, às vezes, a gente parece que. Ah, sei lá. Estou bêbado. Mas muito legal tudo isso, muito legal mesmo, muito bom, muito.

Assim, criaram uma rotina de sair para jantar todas as quintas. O programa repetia-se sem alterações: Robnelson escolhia um restaurante nobre, comiam o que havia de melhor, bebiam até o limite da saturação etílica e beijavam-se com estardalhaço. Com isso, ou eram expulsos sem pagar, ou o jantar saía como cortesia após a ameaça de processo por preconceito. E, apesar do amedrontado convite de algumas casas para voltarem e comerem por conta do gerente, eles nunca retornavam aos lugares já conhecidos, pois Robnelson desejava com crescente avidez conhecer todos os bons endereços gastronômicos, ao passo que Sidcarlos, indiferente à comida, acompanhava-o apenas pelo prazer da aventura.

– Se você quiser, podemos sair juntos mais vezes por semana.

Bianquinha estranhava cada vez mais a ansiedade de Robnelson pelas quintas-feiras, o rigor em não desmarcar sob hipótese nenhuma os jantares com Sidcarlos. Aquela amizade parecia cada vez mais estranha.

– Por que você não me leva para jantar?

– Já falei que isso é programa de homem.

As semanas se passaram e Bianquinha ficava cada vez mais intrigada ao perceber o marido voltando para casa cada vez mais bêbado e cada vez mais alegre. Muito nervosa, decidiu pedir a ajuda das tias.

– Sigam Robnelson, vejam o que ele faz, o que acontece nesses jantares. Mas, por favor, sejam discretas. Ele não pode perceber.

Muito concentradas na missão, as vinte e duas tias de Bianquinha embrulharam os cabelos com tecidos de seda lilás e vestiram ternos e gravatas para aparentar a necessária discrição. Ficaram assim em absoluto silêncio, esperando no lavabo, até que viram pela janela Robnelson encontrando Sidcarlos na porta de casa e os dois saindo juntos a pé. Então, saíram do lavabo e seguiram os dois, cuidando para não serem percebidas e para não tropeçarem, pois, se uma tombasse, todas cairiam. Ao ver os dois amigos entrando em um fino restaurante, as vinte e duas senhoras entraram em seguida e se amontoaram em torno de uma mesa de quatro lugares localizada nos fundos, mantendo o olhar fixo sobre Robnelson e Sidcarlos e disfarçando vez por outra com o único cardápio disponível. Quando o garçom lhes perguntou o que queriam, elas responderam cheias de ritmo.

– O que pedir aquela mesa / mesa com mesa, tá na mesa / que beleza /

Robnelson e Sidcarlos comeram, beberam uma, duas, três garrafas de vinho, e então, conforme o programado, puseram-se a beijar doidamente um a boca do outro. Isso levou as vinte e duas irmãs a berrar com ainda mais furor do que no dia em que haviam ido ao show do Lobão, e, como o impacto causado por elas foi muito mais contundente, os dois amigos não conseguiram desta vez se livrar do dever de pagar a conta, o que os deixou mais constrangidos do que propriamente aborrecidos. Já em casa, após trazer consigo as vinte e duas idosas que, graças à potência desumana de suas cordas vocais, foram convidadas a sair sem pagar, Robnelson teve de enfrentar a cólera de Bianquinha.

– Então você tem um caso com o Sidcarlos.

– É claro que não, meu amor. Nós combinamos de nos beijar nos restaurantes porque é a única forma de sair sem pagar a conta.

– E você quer que eu acredite nisso.

– É a mais pura verdade. É tudo teatro, é tudo mentirinha. Beijo técnico. Além do mais, você sabe que eu sou homem, não sabe?

Atormentada pela dúvida, Bianquinha foi conversar com Jandira, a namorada de Sidcarlos. Jandira ouviu as lamúrias da vizinha enquanto provava um baby-doll laranja com o qual pretendia ir passear na pracinha, e, ao ter sua opinião solicitada, limitou-se a dizer.

– Eu acho que nesta vida a gente tem mais é que ser feliz.

Ao voltar para casa, Bianquinha chorou, serviu o almoço das tias, lavou as cortinas, chorou mais um pouco, e, quando Robnelson voltou, recebeu-o com um abraço.

– Jura que você não tem nada com o Sidcarlos?

– Juro, meu amor. É que eu sempre sonhei em conhecer esses lugares finos, sabe? E foi a única forma que eu encontrei de sair sem pagar nada. A gente se beija, arma um escândalo e é expulso. Mas eu e o Sidcarlos só nos beijamos nessas ocasiões e por esses motivos. Eu nunca beijaria outro homem por beijar. Ainda mais o Sidcarlos, que é como se fosse meu irmão.

Bianquinha refletiu a respeito e acabou concordando que o fato de seu marido beijar outro homem na boca por motivos oportunistas não configurava uma traição. Além do mais, quando comparava o seu caso com o de suas amigas, que viviam disputando a atenção do marido com futebol, sinuca, outras mulheres, era impossível não se sentir uma felizarda. O único capricho de seu marido era gostar de comer bem. Que mal havia nisso?

– Comprei uma camisa nova e uma calça social azul, pra você ir bem bonito pros restaurantes.

– Ô Bianquinha. Você é um presente de Deus.

E assim Robnelson e Sidcarlos continuaram saindo todas as quintas para jantar. Voltavam para casa embriagados e satisfeitos, acenavam um para o outro da sacada do quarto e entravam para dormir cada qual com sua esposa. E Sidcarlos nunca mais voltou a colecionar álbuns de figurinhas.

A BARRIGA QUE PREVARICA

ler ao som de *Bonzo goes to Bitburg*, com Ramones

O autor de telenovelas Otacílio Pupo intitulou sua nona obra como *Barriga*, apenas isso, *Barriga*, o que alguns executivos da emissora interpretaram como um atrevimento, já que tal palavra significava capítulos preenchidos com cenas desimportantes, como personagens pobres sambando ou personagens ricos caminhando na praia ao som de uma bossa-nova. No quesito musical, porém, Otacílio era rigoroso: suas tramas eram sonorizadas apenas por valsas vienenses, e todas as sequências de amor, de sofrimento, de discussões, eram pontuadas de forma muito pertinente por esse gênero erudito. Graças a isso, o grande público, aparentemente dotado de bom gosto musical, prestigiava em massa as obras de Otacílio, chegando ao ponto de relevar algumas cenas que dizia repugnar, como os constantes ataques de nudez dos personagens, que se despiam sempre que iam tomar banho, dançar na rua ou chorar na praia. E Otacílio achava interessante tal repercussão.

– Então gostam das valsas. E não gostam de ver os atores nus. Ok.

Seguiu, ao longo de suas obras, dando ao povo o que ele dizia gostar e o que ele dizia não gostar, e sempre havia dado certo. Em *Barriga*, porém, ao contrário de seus sucessos anteriores – *Dinheiro*; *Espiritismo*; *Leucemia*; *Cultura Exótica*; *Vingança*; *Loteria*; *Adoção*; e *Carolina morre no final* –, a audiência vinha se mostrando inexplicavelmente hostil. Como também era inexplicável a ascensão da audiência do canal concorrente, que apresentava no mesmo horário um *reality show* com dançarinos que concorriam a duas vagas na banda Fura Calcinha. Esse programa tinha de sobra o que o público repudiava – a nudez de corpos jovens e talhados para a mais estreita indecência – e nada do que os espectadores de telenovela apreciavam, já que a natureza sonora da banda não tinha muita proximidade com as músicas concebidas pela família Strauss. Otacílio explicou à direção artística da emissora que o público precisava de tempo para se acostumar à história, que a barriga do título dizia respeito à comodidade dos protagonistas em relação ao casamento, e que a luta de ambos para emagrecer o ventre era o símbolo da busca por uma vida nova. Depois que ambos desbarrigavam, a mulher passava a se assanhar para o elenco masculino, e o marido se revelava homossexual e também passava a se assanhar para o elenco masculino. Uma trama relevante, provocante, atual. Mas tal originalidade não assanhou a audiência. Pior: esta caía a cada dia mais. Otacílio, então, apelou para banhos coletivos de mangueira, brigas brutais em que os personagens rasgavam as vestes, um campeonato de valsa numa praia nudista. Nada, porém, surtiu efeito. Alguns telespectadores, convocados pela emissora para explicar o fracasso, foram incisivos: a novela era imoral.

– A minha novela é imoral? E aquelas dançarinas esfregando o útero na câmera? E aqueles dançarinos revelando a próstata em flor?

– Acontece que eles choram na hora de ler a cartinha da família.

– E aquela música pavorosa que eles dançam, como o público suporta?

– Claro que o público prefere as valsas vienenses. Mas, como os participantes do *reality show* são pessoas doces e sensíveis, o público prefere ouvir uma música de menor qualidade do que tolerar a indecência da sua trama.

– Mentira. O público é que é indecente. Que gosta de baixaria, erotismo.

– Controle-se, Otacílio. Pare de bater no computador com esse bastão. E não ouse jogar a culpa no público. O público é soberano e quer moralidade. Portanto, trate de moralizar sua novela.

Otacílio viu seu ímpeto criativo ser amordaçado e espancado diante de si sem que nada pudesse fazer, e nas cento e sessenta e seis horas seguintes o ímpeto reduzido a molho pardo não demonstrou nenhuma reação. O pânico se instalou nos bastidores da novela quando a produção descobriu que nem uma linha dos seis capítulos que deveriam chegar naquela semana havia sido escrita. Otacílio tentou escrever algo sem a ajuda do ímpeto desfalecido, mas não conseguiu fazer nem uma cena de café da manhã. O que o público queria, afinal? Baixaria ou moralidade? Que rumo deveria tomar? Otacílio já não sabia. A angústia o paralisou de tal forma que os seus dedos se escondiam no fundo das palmas das mãos sempre que ele se aproximava do computador, e não havia força no universo capaz de arrancá-los da toca improvisada.

– E agora, e agora, e agora?

As coisas iam mal também na redação das revistas especializadas em tevê. Sem os capítulos, não havia notícias, e, ainda que a audiência andasse a passos de minhocuçu, boa parte do público queria saber o que Otacílio Pupo inventaria para salvar a novela do colapso. Josué Batista, o jornalista que cobria a área de novelas, queria mais era que a emissora explodisse: abominava aquelas novelas ímpias que só serviam para destruir a família brasileira, corromper os corações fracos e disseminar a torpeza e a sordidez. No entanto, como precisava do trabalho, pôs-se a bramir cânticos, clamando aos céus por uma solução, qualquer que fosse, e uma luz súbita se estabacou no meio da redação, consternando os colegas portadores de marca-passo e enchendo Josué de uma graça um tanto lamosa.

– Compreendi o recado e cumprirei a minha missão.

Sentou-se e suas mãos escreveram o resumo dos capítulos no mesmo fluxo que pensavam. Seria uma semana bombástica: a mocinha apanharia de metade do elenco masculino para deixar de ser prevaricadora, e seu marido apanharia da outra metade do elenco masculino para que tomasse vergonha e retornasse à condição de heterossexual. "Os capítulos foram entregues em sigilo, mas será tudo exatamente como contamos. A menos que o autor mude de ideia na última hora", concluiu Josué, eximindo assim a publicação de qualquer responsabilidade quando o público constatasse que nada daquilo iria ao ar. Mas sua missão, ainda que pequenina, tinha sido realizada: ele estava contando aquela história como ela deveria ser. O chefe da redação, ao ler a matéria, iluminou-se como um rato com uma lâmpada no estômago.

– Mas como você conseguiu esses capítulos, Josué?

– Desculpe, mas não posso revelar minhas fontes.

E deu uma piscadela para o alto, gesto que o chefe não entendeu, mas o importante era que a revista vendesse, e, ao chegar às praças, ela de fato estourou o recorde. O público ficou impressionado com tais rumos, e Otacílio, ao ler aquilo, teve ganas de enfiar a revista dentro do forno com sua cabeça e assar ambos na mesma vasilha. Foi quando, ao tentar descobrir como se ligava o forno, a diarista surgiu com um sorriso cheio de justiça.

– Seu Otacílio, eu li o resumo da novela na revista. Que virada, hein? Agora que aqueles safados vão ter uma lição, eu não perco mais um capítulo.

Otacílio parou, tirou a revista da vasilha, releu a matéria, considerou. Saiu à rua para espairecer. Cruzou com os vizinhos no elevador, com o porteiro, com os transeuntes, com a vendedora de leitinho fermentado, e todos lhe tributaram o mesmo sorriso da diarista, numa forte e sudorífica expectativa.

– Agora é que essa novela vai estourar.

– Que virada. Que virada.

Ao voltar para casa, Otacílio percebeu os dedos descolando das palmas das mãos e agitando-se, eriçadinhos. Sentou-se e escreveu seis capítulos em três dias, tendo ao lado a matéria da revista, que consultava vez por outra para não esquecer nenhum detalhe. O elenco pôs-se a gravar imediatamente e o capítulo em que a protagonista era fisicamente castigada por sua conduta sexualmente libertária foi ao ar naquela mesma noite e registrou o dobro da audiência da semana anterior. Quando foi ao ar o capítulo em que o marido afeito à sodomia levava pau de forma punitiva, a audiência triplicou.

– Que virada.

– É mesmo um gênio esse autor, hein?

Na redação da revista, o êxtase era semelhante ao observado nos bastidores da emissora. Josué era abraçado e beijado por todos os colegas e também pelo chefe, que o apertava contra si com o furor de uma pantera, e tais demonstrações de ternura só não o abalavam mais do que o fato de sua matéria bater exatamente com o conteúdo da novela exibido. Resolveu fazer um teste. Escreveu o resumo da semana seguinte, continuando sua trama. A mulher, arrependida, suplicava o perdão dos homens a quem havia seduzido, e o marido, com força de vontade, livrava-se da tara imunda. Otacílio então redigiu mais capítulos baseado no novo resumo, e estes foram ao ar com a audiência roçando os píncaros. Em duas semanas, a novela que só despertava indiferença se tornou um sucesso consagrado. E ninguém mais quis saber da banda Fura Calcinha.

– Enfim, uma novela para toda a família.

– E que transmite mensagens educativas e valoriza os bons costumes.

O coração de Josué batia no compasso da mais beatífica vaidade. Então a novela estava tomando os rumos planejados por ele. E o tal escritorzinho era apenas um instrumento que levaria ao grande público suas mensagens. Ele era o novo profeta, que enganaria a besta valendo-se do seu veículo de transmissão para salvar o mundo. Pensou se não era o caso de reivindicar a autoria da obra evangelizadora, mas concluiu que o inevitável escândalo distrairia o público do que realmente importava e optou por seguir adiante com a missão que lhe fora destinada. Na semana seguinte, escreveu um resumo no qual os protagonistas eram assolados por novas tentações: ela tinha diante de si um homem totalmente sedutor, belo e maldito, e o marido também tinha diante de si um homem totalmente sedutor, belo e maldito. Otacílio redigiu os capítulos e o público se desesperou: será que eles conseguiriam resistir? Sete dias depois, a continuação: o casal vencia as tentações em nome do sagrado matrimônio, ela convencia o maldito sedutor a entrar para um seminário e ele salvava o outro maldito sedutor da gula pederástica assim como havia se salvado. O tal jornalista era mesmo criativo, pensou Otacílio, que, embora considerasse cada capítulo mais asqueroso que o anterior, permanecia emocionalmente interrompido diante do cadáver de sua força criadora e seguia trabalhando e sobrevivendo como um personagem secundário de si mesmo. Já o público torcia, vibrava, chorava, aplaudia, abraçava-se diante da tevê.

– Isso é que é novela. Isso é que é novela.

Mas Otacílio observou que, com o passar das semanas, a repercussão do público já não era mais tão apaixonada. Era estranho, pois a novela continuava a conter ação e emoção: a mulher, para impedir que os filhos fossem arrastados ao mundo das drogas, largava o emprego para ficar em casa, cumprindo o dever de uma boa mãe, enquanto o marido dedicava-se a ensinar prostitutos de todos os sexos a plantar alfaces para daí tirarem seu provento, lutando para dissipar os vícios que os levavam a se relacionar entre si de forma obscena durante o ato do plantio. A audiência, porém, começou a desertar – uma deserção lenta e crescente que preocupou Otacílio. O que estaria acontecendo? A trama seguia exibindo valores moralmente sólidos, as valsas continuavam pontuando a história. Faltava algo? Então ele se deu conta de que, sim, faltava dar ao público aquilo de que ele não gostava: a nudez dos personagens, elemento esquecido na redação dos novos capítulos. Assim, incluiu cenas em que os filhos bonitões da protagonista andavam de skate nus sob o olhar reprovador e fixo da vizinhança, e a turma da plantação de alface, tomada por uma súbita alergia a fertilizantes, passava a rejeitar qualquer tipo de tecido sobre a pele. A audiência reagiu como se tomasse um choque de desfibrilador, mas Josué teve engulhos de horror ao perceber Otacílio conspurcando a excelsa torre narrativa por ele construída. Deixou isso claro no resumo seguinte, no qual o ex-sedutor e atual seminarista palestrava aos demais personagens sobre a importância de cobrir o corpo, a turma da plantação curava-se da alergia e comemorava tomando um banho de mar devidamente vestida, e o casal de protagonistas concluía que a vaidade física era uma heresia, optando por deixar a barriga novamente crescer. Ao ler aquele novo resumo, porém, Otacílio intumesceu de fúria, e tal intumescimento ressuscitou seu ímpeto criativo, que voltou à vida com o vigor e a impenitência dos sobreviventes. Assim, ele retomou o controle sobre os rumos de sua novela e não fez nada do que dizia a revista. Insistiu na nudez coletiva e levou o seminarista a participar de um ato de prevaricação explícita e coletiva na praia, após o qual os participantes se arrependiam, puniam-se e voltavam para casa, sempre nus. Ao assistir àqueles capítulos, Josué viu seu templo de gelo santo derreter sob o sol do demônio e sentiu sua carne interna se rasgar de desespero. Também o chefe da redação não ficou nada satisfeito.

– Seus resumos não estão batendo com a novela e os leitores andam irritados. E não adianta vir de novo com essa história de que o autor pode mudar tudo em cima da hora. Ou publica o resumo certo na próxima semana, ou rua.

Fora de si, Josué invadiu a casa de Otacílio de revólver em punho.

– Você desvirtuou a minha obra salvadora. Morra, cão dos infernos.

E atirou, mas o revólver não disparou, pois Josué o havia mantido dentro de um copo de água benta. Otacílio então lhe meteu uns tapas na cara.

– Então é você o tal jornalistinha. Pois fique sabendo que vou dizer ao seu chefe que você violava o meu computador por intermédio de um hacker. Por isso, e só por isso, você dava os resumos certos.

– Mentira. Você é que copiava o que eu escrevia, o que eu inventava.

– Em quem você acha que vão acreditar? No autor da novela de maior sucesso dos últimos anos ou num sujeito que ninguém sabe quem é?

Otacílio despejou sobre a cara de Josué mais alguns tabefes e cumpriu a promessa: ligou para a redação da revista e disse ter descoberto o seu computador sabotado por um hacker ligado à publicação. Temendo um processo, o chefe de redação demitiu Josué, que terminou literalmente com os pés molhados na sarjeta. A novela foi esticada por mais dois anos, sempre mostrando atores jovens, belos e quase sempre nus em personagens que mutilavam seus desejos na busca da tão almejada castidade, e o público jurava de pés juntos que não perdia a novela por causa dessa trama de superação com forte cunho moral e excelente trilha musical, e Otacílio compreendeu que era preciso dar ao público não apenas o que ele apreciava, mas também motivos nobres para que ele pudesse justificar a si mesmo sua preferência. Assim, *Barriga* se tornou a novela mais assistida das últimas duas décadas. Já Josué passou a coletar material reciclável pelas ruas, ressentido contra aquele desígnio tão injusto. Então, a besta havia triunfado mais uma vez? Talvez não – foi o que pensou ao encontrar um jovem de cabelos escorridos e pintados de verde-agrião espancando barbaramente dois rapazes que haviam acabado de sair de um restaurante aos beijos.

– Isso é pra vocês virarem homens. Igual o cara da novela.

E cuspiu nos corpos despedaçados, sob os aplausos dos transeuntes que conferiam a cena. E Josué se deu conta de que, sim, havia conseguido plantar sua semente; sua missão não havia fracassado de todo. Comovido, deu uma piscadela cúmplice para o céu e sorriu, cheio de gratidão à vida.

PRECISAMOS FALAR SOBRE O AGRIÃO

ler ao som de *Chavão abre porta grande*, de Itamar Assumpção

Donizete Alves tinha dezessete anos, pele acinzentada, cabelos escorridos e pintados de verde-agrião, um metro e sessenta de altura e um destino já traçado: o de ser um *serial killer* crudelíssimo, perigosíssimo, capaz de botar Jack, o Estripador, na mesma prateleira dos guardinhas de trânsito que ajudam crianças a atravessar a rua. Porém, o destino de Agrião – era como exigia ser chamado – estava comprometido por um sério bloqueio: um trauma que desligava seu motor sanguinário e paralisava a execução dos atos para os quais estava voltado seu talento. Agrião, em suma, não conseguia matar ninguém, e o pior era que suas únicas vítimas até então, dois rapazes com quem havia cruzado na rua e que o irritaram por terem se beijado na boca ao sair de um restaurante, haviam sobrevivido à enxurrada de murros desferidos por ele – pois, para Agrião, arma era coisa de gente covarde; o que o satisfazia mesmo era sentir seu corpo tocando com força o corpo do outro, seus punhos, pés e dentes moendo a presa até o total aniquilamento, e nunca Agrião se sentia tão vivo quanto ao perceber o suor da vítima grudando em sua pele, e talvez no futuro alguém se lembrasse do seu desprezo por armas e o apontasse como o primeiro *serial killer* politicamente correto do país – quiçá do mundo. Porém, ao se sentir psicologicamente incapacitado de iniciar para valer sua vocação, Agrião nada mais era do que um *serial killer* virgem e impotente, o que o levava a chorar sob a luz do luar.

– Por que isso está acontecendo comigo? Por quê?

Mas nem a esse momento de solidão e recolhimento Agrião tinha direito, pois logo sua madrinha, dona Evelina, subia à laje.

– O que você tá aí resmungando, peste? Desce e vem lavar a louça.

E Agrião descia, lavava a louça, varria a casa, recolhia do varal a roupa seca, cozinhava o arroz e mantinha a própria cama sempre arrumada. Detestava as tarefas domésticas que a madrinha lhe impunha, mas sempre se sujeitava, com o corpo contraído e o coração doendo. Dona Evelina era uma grande mulher: tinha mais de dois metros de altura e o triplo do peso de Agrião, e seus berros vulcânicos seriam capazes de provocar em Átila, o Huno, uma imediata incontinência urinária. Criado por ela desde bebê, Agrião nunca conheceu os pais, que moravam a alguns quarteirões em uma cobertura duplex com os outros filhos e nunca demonstraram interesse em vê-lo. Na verdade, eles haviam decidido deixar o primogênito aos cuidados da ex-empregada após analisarem o mapa astral dele, feito no dia seguinte ao seu nascimento.

– Tua mãe disse que você não ia prestar e tua vida, muito menos. Mas comigo não tem essa de astrologia, não. Comigo é no estalo do chicote. Enquanto você tiver morando aqui, vai me obedecer. E trata de sorrir, que, se não fosse por mim, aí sim você tava lascado.

O som do estalo do chicote era alto, e doía mais do que o estalo em si. Agrião era marrento, enfrentava a madrinha, jogava a vassoura no chão e o arroz no teto, mas sempre acabava aos prantos depois da vigésima chicotada.

– Me bate com a mão. Me bate com a mão.

– Eu não vou me sujar encostando num verme feito você.

Foi dona Evelina a responsável pelo trauma a inutilizá-lo para o cumprimento de seu destino. Ao saber, pela diretora do colégio, que o afilhado havia obrigado um colega a vestir na cabeça uma cueca propositalmente usada por Agrião ao longo de uma semana e a permanecer com ela na cara durante toda a aula, sob pena de uma surra assassina, dona Evelina perdeu a paciência. Esperou Agrião voltar para casa e, ao recebê-lo, descolou de entre suas coxas assadas uma calcinha frouxa, acre, amarelenta e úmida, enfiou-a na cabeça do afilhado, exigindo que ele passasse o dia todo com ela e cumprisse todos os deveres domésticos sem pronunciar uma sílaba. Agrião obedeceu, tremendo muito, e só se deu conta de que a madrinha o havia filmado com o celular e baixado o vídeo na internet depois que voltou ao colégio e encontrou os colegas e professores extenuados de tanto rir da cara dele.

– É cyberbullying o nome disso, não é? Então toma, desgraçado. Se você é ruim, eu também sou. E você trata de ficar esperto. Que tudo o que você fizer eu faço com você também, e duas vezes pior.

Desse dia em diante, sempre que Agrião se via na iminência do bote, o cheiro das peças privadas de sua madrinha arrebentava dentro de suas narinas como granadas. A lembrança do vídeo exibido para todo o mundo arrochava seu espírito na mais inexcedível vergonha, e tudo isso o levava a sentir, com o desespero de uma cobra picada por outra ainda mais peçonhenta, os músculos petrificando e travando. Para tornar o quadro ainda mais terrível, Agrião estava apaixonado por uma coleguinha, Shalimar, menina religiosa, obstinada, e que, se fisicamente flertava com a banalidade, espiritualmente era regida por mecanismos curiosos e complicados. Como tudo o que é terrível sempre pode ficar pior, Shalimar sentia grande satisfação em contar a ele os pormenores de sua vida romântica, e a tristeza provocada por tais relatos fazia-o se sentir tão ínfimo e pútrido quanto um átomo de flato vacum.

– Ele é lindo, Agrião. Meio coroa, mas tão charmoso, inteligente. Você sabe da história dele, não sabe? Deu no *Jornal Nacional* e tudo. Ele era escritor, famoso, aí teve uns problemas com a família, endoidou e explodiu não sei quantas bancas de jornal até ser preso.

– E esse já é o terceiro namorado que você arruma dentro da cadeia. Então é pra isso que você fica visitando presídio? Pra galinhar?

– Eu vou com os meus amigos da igreja levar a palavra de Deus àquelas pessoas presas na escuridão. Agora, se Deus me escolheu para salvar esses homens perdidos e sem luz com meu amor e carinho, o que eu posso fazer?

– Ô, Shalimar. Então me salva. Eu também sou perdido e sem luz.

– Por quê? Você é algum criminoso, assassino, psicopata, por acaso?

– Sou tudo isso e muito mais. É verdade, Shalimar, eu sou um monstro.

– Ai, Agrião. Você ia ter que tomar muita gemada para chegar aos pés dos homens que eu já namorei.

Indignado, Agrião decidiu surpreender Shalimar e, como sabia que não poderia errar, planejou driblar seu bloqueio apelando para algo inferior ao que seu dom o capacitava, embora tivesse de ser impressionante o bastante para que ela se convencesse de sua perversidade. Assim, pôs-se diante da casa de Shalimar para que ela o visse, pregou lantejoulas de diversas cores em pombos vivos usando cola e uma agulha quente. Shalimar, porém, não enxergou nisso um grande feito, já que os pombos, mesmo sangrando um pouco, logo escapavam das mãos dele, tremelicando por causa da insistência daquele cheiro imaginário a lhe invadir as narinas – embora desta vez, como havia previsto, não o paralisasse de todo, já que suas vítimas eram bichos, e não pessoas. Ao ver os pombos alçando um voo trôpego e dando ao céu um colorido patético, Shalimar bufou, mostrando grande emburramento.

– Olha o que eu fiz com esses pombos, Shalimar. Você acha pouco?

– Você é um tonto. Tão bobo, tão banal. Você é um calçolão mesmo.

Calçolão era o intolerável apelido dado a ele após o vídeo divulgado por sua madrinha, e Agrião, com a alma empesteada por ter violentado sua vocação com um ato tão mísero, sentiu uma necessidade urgente de provar não apenas a Shalimar, mas também e, principalmente, a si próprio, que ele era, sim, um *serial killer* dos mais dotados e truculentos. Então, valendo-se do próprio descontrole, correu a uma loja de fogos de artifício, comprou todos os explosivos à venda, foi ao presídio em que estava detido o namorado de Shalimar, esperou-a entrar para a visita semanal com centenas de outras mulheres e cercou o edifício pondo uma bomba em cada esquina. O evento não seria no corpo a corpo que caracterizava seu estilo, mas teria proporções grandiosas e dignas. Contudo, na hora de acionar as bombas, as lembranças do odor dos panos íntimos de dona Evelina e do constrangimento sofrido tornaram a assomar, e a voz da madrinha ecoou nos ouvidos dele num volume de gravidade ensurdecedora: *tudo o que você fizer eu faço com você também, e duas vezes pior*. Lutando contra a paralisia que o convertia em uma estátua, Agrião começou a gritar de desespero, sufocado por um nojo, uma vergonha e um medo elevados a um nível quase insuportável, e ele teve a nítida impressão, enquanto gritava, de que não seriam as bombas que explodiriam, e sim ele; ele explodiria e não restaria pedra sobre pedra num raio de mil quilômetros. Logo seus berros agônicos chamaram a atenção dos guardas do presídio, e estes, ao acudir o rapaz, descobriram ao lado dele o explosivo.

– Tem uma bomba aqui.

– E não só aqui. Olha. Tem uma em cada ponta do quarteirão.

– Vamos desativar isso, rápido.

– Ainda bem que esse garoto viu e nos chamou a tempo.

Agrião chorou ao receber a massagem de um policial, e eram tantas e tamanhas as emoções que, por um instante, não soube mais como ordená-las.

– Eu não chamei ninguém. Quem colocou essas bombas fui eu. Quem queria explodir esse prédio era eu. Por favor, acreditem em mim.

– Coitado, está em estado de choque. Não sabe o que está dizendo.

Quando o levaram para casa de viatura, dona Evelina supôs o óbvio.

– Se ele aprontou, podem levar e bater à vontade.

– De forma alguma. Seu afilhado é um herói.

– Isso aí, herói? Que é isso, alguma brincadeira?

– É verdade. Ele salvou a vida de centenas de pessoas.

– Eu não salvei ninguém. Não sou ninguém. Não quero ver ninguém.

E disparou a correr, como se assim pudesse desprender de si fragmentos de sua essência infeccionada dissolvidos no vapor que vazava de sua pele com uma consistência de vidro em pó. Tudo era desesperança e desilusão, e nada mais dava indício de nenhum sentido, até que Agrião se deparou com Jackleen, a vendedora de leitinho fermentado, e Jackleen deduziu, pelo tanto que o rapaz esbofava, que ele devia estar fraco e com sede.

– Quer suco de maçã? Feito com leite de soja. Pura qualidade de vida.

Agrião encarou Jackleen a princípio com um olhar vazio. Depois, subitamente, seu olhar se encheu de vida; uma vida neurótica e suicida.

– Você é muito bonita, sabia, Jackleen? Por que não me deixa tirar umas fotos suas? Vem comigo ali no terreno baldio, vem. Vai ficar lindo.

Contente com o elogio, Jackleen aceitou segui-lo, pois adorava tirar fotos. Ao chegar ao beco em questão, porém, achou feios os lixos expostos, os muros escurecidos de sujeira e os urubus a sobrevoar aqueles cantos ermos, e começou a achar aquela ideia um pouco esquisita.

– Você quer tirar fotos minhas aqui? Esse cenário não ajuda em nada.

– Eu não quero tirar foto nenhuma, Jackleen. Eu trouxe você aqui porque quero te matar. Aliás, quero, não. Eu vou matar você. E vai ser agora.

Num golpe, agarrou o pescoço dela com as duas mãos, mas paralisou antes de conseguir apertá-lo, e ali ficou, inerte e impotente, e Jackleen, ao ver diante de si aquele olhar tão sofrido, afastou delicadamente as mãos de Agrião e fez um carinho fraternal no rosto dele.

– Um assassino, quando vai matar alguém, não fica com esse olhar tristinho. Por que você não desabafa? Conta pra mim o que está acontecendo.

Agrião abriu o berreiro e contou, entre ganidos e lágrimas, o quanto se sentia perdido e confuso, que a garota que ele amava o desprezava, que a madrinha o oprimia, que ele queria matar as pessoas e não conseguia, e que talvez a solução fosse matar a si mesmo, pois, somente assim, ele superaria seu bloqueio e traria fim a tamanho sofrimento. Jackleen fez uma leitura figurada e compreensiva daqueles dramáticos impulsos homicidas e pontuou seus conselhos com docilidade, inspirada nos padres-celebridades dos quais ela era fã e nos livros de autoajuda que eles escreviam e ela avidamente consumia.

– O que você precisa matar aí dentro é esse monte de mágoas. É isso o que está paralisando você, impedindo você de mostrar ao mundo as suas qualidades, o que você tem de melhor.

– E o que eu faço, Jackleen?

– Procure as pessoas que lhe fizeram mal e fale como você se sente. Mesmo que elas não digam o que você quer ouvir, ainda assim, perdoe. Só desse jeito você vai poder superar essa sensação de abandono e incompreensão. É uma jornada difícil, mas necessária para o seu amadurecimento. E, por mais que doa crescer, é só assim que você conseguirá resgatar sua autoestima para mostrar tudo isso que você tem aí guardado e não consegue trazer à tona.

– Puxa, Jackleen. É isso aí. Vou fazer tudo o que você disse. Agora me dá um suco que eu fiquei com sede. Aliás, um suco, não. Dois.

– Gostei de ver. Mas vamos sair daqui, que, se esses urubus derem outra rasante em cima do meu aplique, acho que quem vai sair matando sou eu.

No dia seguinte, Agrião vestiu a armadura da coragem e foi bater à porta dos pais. Ao ser recebido pela mãe, uma mulher que exalava noventa por cento de louridão e dez por cento de misticismo, o rapaz surpreendeu-se.

– Eu conheço você. Já nos esbarramos várias vezes no supermercado.

– É porque às quartas-feiras fica tudo mais em conta. Afinal, não é porque somos ricos que deixo passar uma promoção. Mas entre, fique à vontade. É bonitinho o seu cabelo. Vejo que a Evelina cuidou bem de você. Adoraria te fazer um afago, pena que o esmalte ainda esteja um pouco úmido.

– Você não devia ter me abandonado por causa de um mapa astral.

– Ah, meu bem, eu era muito jovem, imatura. Levou tempo até que eu entendesse que nada é imutável em astrologia, que a gente pega a nossa matéria-prima e transforma no que quiser, de acordo com a energia que rolar.

– E por que, sabendo disso, você não me pegou de volta?

– É que o tarô, as runas e o I-Ching me advertiram a não fazer isso de jeito nenhum. Portanto, desculpe, mas você não pode vir morar conosco.

– Não quero morar com vocês. Só quero que você olhe para mim e diga que se arrepende de não ter ficado comigo. E que você acredita no meu talento, na minha força e na minha capacidade de conseguir tudo o que eu quero.

– ...

– Você não precisa ser sincera. Pode mentir. Mas diga, mesmo assim.

A mãe de Agrião reproduziu cada uma das palavras solicitadas por ele e ofereceu-lhe um muffin de grãos bentos para que ele esperasse o esmalte secar e o pai voltar para casa com os irmãos, mas para Agrião bastou o que a mãe havia dito e ele partiu significativamente menos desgostoso da própria existência. Ao cruzar com Shalimar aguardando o ônibus que a levaria à escola, recebeu dela um abraço quente e efusivo.

– Você salvou a minha vida e a de mais um monte de gente.

– Não, Shalimar. Quem botou aquele monte de bomba ali fui eu.

– Que besteira é essa, Agrião? Tá doido?

E Agrião então a empurrou até a loja de fogos de artifício, onde o proprietário confirmou a ela a compra vultosa feita por Agrião no dia anterior e a nota assinada que comprovava a transação.

– Isso é pra você saber, Shalimar, que eu não sou esse bobo que você pensa. Também tenho um lado escuro, bem escuro. Só que essa coisa de explodir bomba vai contra tudo o que eu quero, tudo em que eu acredito. Mas aí tem esse cara que explodiu não sei o quê e você gosta tanto dele. E olha o que eu quase cheguei a fazer para te mostrar o que eu sinto por você e a pessoa que eu sou. Mas tudo bem, não precisa dizer nada. Só queria que você soubesse.

Voltou para casa com o ânimo ainda mais ereto e não se intimidou nem ao se deparar com a expressão de ferocidade de dona Evelina.

– Fique sabendo que não engoli essa história de herói, não. Te conheço, moleque, tou de olho. E não esquece. O que você aprontar por aí, eu apronto em dobro com você. Que comigo não tem lereia. Agora vai lavar a louça.

– Não lavo mais nada. Não faço mais nada. Vou embora desta casa.

– Repete que eu te dou uma surra de criar bicho.

– Você só é durona porque tem minha energia para sugar, porque acha que pode fazer o que quiser de mim. Só que, sem mim, você não é nada. É só uma velha aposentada, burra e fraca. E agora chega. Vou cortar esse laço infeliz, vou atrás da minha vida, do meu destino, e você nunca mais vai me ver.

Agrião então ligou para um ex-namorado da madrinha, que morou com eles enquanto durou a amarração feita por dona Evelina com o pai de santo da rua de baixo e partiu para o mais longe possível após a extinção do feitiço. Agrião pediu a ele um abrigo e um emprego, e o homem, que não morria de amores pelo rapaz, mas tinha alguma pena por ele ser afilhado de quem era, disse que havia uma vaga de emprego no frigorífico em que trabalhava.

– Só que o lugar é pequeno, sem muita tecnologia, e, pra matar os bois, ainda é na pancada. E, como ninguém quer fazer isso, é a única vaga que tem.

Naquela mesma noite, Agrião fez as malas rumo a Ribeirão Velho, a cidade do interior em que ficava o frigorífico. Sentia o coração convertido em éter e uma certeza calma e feliz de que tudo daria certo, pois aquele emprego era o indício mais auspicioso da bem-aventurança que o aguardava. Ao ceifar a vida daqueles bois na força bruta, teria a oportunidade preciosa de depurar seu instinto e seu estilo, além de estudar e aprender as mais variadas formas de abater uma vítima, e tudo isso com direito a salário no final do mês. Lembrou-se dos pombos em que havia pregado lantejoulas e compreendeu que a humildade era fundamental para se tornar um grande *serial killer*. Primeiro, os animais; depois, a humanidade. Ele adquiriria autoconfiança, autocontrole, destreza física e solidez emocional, e nunca mais seria paralisado por bloqueios ou medos de nenhuma espécie. O mundo seria dele. E tal conclusão o fez recordar uma música doce e melodiosa que tocava dentro de um carro próximo a ele enquanto surrava na rua suas primeiras vítimas.

– E lá vou eu. E lá vou eu. Flor de ir embora, eu vou. E agora esse mundo é meu.

Saiu de casa com a mala, deixando para trás a madrinha ardendo em febre, e foi à rodoviária. Antes que ele embarcasse, porém, Shalimar surgiu correndo, alcançou-o, abraçou-o e tocou a boca dele com seus lábios, cuja fricção macia provocou um estalo que o comoveu. Ela sorriu, colocou um bilhete nas mãos dele e se afastou. Agrião subiu tremendo para o seu ônibus, acomodou-se e leu o bilhete, que dizia: "Tenho certeza de que você vai se tornar a pessoa que sempre quis ser. Nunca vou te esquecer. Um beijo". Asfixiado de emoção, Donizete Alves, o Agrião, sorveu com a boca aberta o máximo de ar possível e olhou para a estrada através da água que cobria seus olhos.

– E agora esse mundo é meu.

A MELHOR IDADE

ler ao som de *Fucking in rhythm and sorrow*, com Sugarcubes

O município de Águas Passadas, localizado no interior profundo de São Paulo, era conhecido, com outras cinquenta cidades brasileiras, por possuir o terceiro melhor clima do mundo. Graças ao título ostentado, a região possuía uma salubérrima infraestrutura, e os muitos sanatórios ali erigidos nos séculos passados para abrigar tuberculosos se tornaram hotéis e spas, para onde os membros da Classe Média de todo o estado passaram a enviar os entes idosos de sua família, como se a velhice também fosse uma enfermidade curável. Entretanto, com exceção de alguns sentimentos de amargura, desamparo, revolta e extrema angústia, os idosos encerrados em Águas Passadas não tinham do que se queixar. Os dias lá eram sempre frescos, claros e extravagantes. O sol cantava, dançava e dava cambalhotas como um astro da Broadway. O verde explodia do solo com implacável pujança, não importando se fosse terra, asfalto ou o interior das casas. Os pássaros voejavam em velocidade incendiária e não raro estouravam os miolos contra as vidraças. As crianças brincavam e rolavam na rua aos gritos, tão fortes e felizes que comiam as pedras que os idosos atiravam nelas. De fato, o clima excessivamente tônico e vivificante da região contaminava com um vigor extremo e compressor tudo o que entrasse em contato com sua atmosfera enxuta e dilatada. O prefeito, na tentativa de divulgar a todo o país as maravilhas de sua cidade, orquestrou a gravação de um comercial com atores e atrizes internados no Retiro dos Artistas ali construído, exigindo a presença de todos no coreto da praça central – inclusive dos que não podiam mais falar ou andar, sob pena de serem exilados para fora dos limites da cidade, tivessem ou não família. E assim as pobres e deterioradas estrelas gravaram o *jingle* composto pelo filho do prefeito, uma das crianças comedoras de pedra.

– Águas Passadas. Águas presentes. Águas futuras.

Mas o que tornou Águas Passadas realmente famosa no restante do país não foi o sensível comercial, e sim uma sucessão de crimes inusuais, a começar pelo furto cometido por Gládis Pratini, uma pequena senhora depositada na cidade por insistência da nora e que ali residia havia pelo menos duas das oito décadas de sua existência. Gládis foi cercada pelos seguranças de um empório após ser flagrada enfiando em sua bolsa cinco caixas de chocolates belgas, uma dúzia de potes de caviar iraniano e outra dúzia de latas de *foie gras*. Constrangida e furiosa diante dos seguranças a impedir sua saída, Gládis abraçou sua bolsa e imprecou com o furor de uma matriarca judia.

– Malditos sejam vocês. Que humilhação. Vou processar todo mundo. Isso é preconceito. Só porque eu sou idosa, vocês querem me aviltar.

Os seguranças lhe tomaram a bolsa e trouxeram à tona os itens furtados. Gládis então entortou a boca, enrolou a língua e se atirou ao chão, retorcendo-se de modo abjeto e comovente. Uma criança aproximou-se e chutou para longe a peruca de Gládis, e ela, num reflexo que desmascarou seu número, agarrou a perna do menino e o arremessou pelo pé contra a vidraça mais alta do empório, já muito rachada pelos crânios da passarada. Diante disso, os seguranças a arrastaram à delegacia, e, ao longo do percurso, ela se debateu, cuspiu, rugiu, chutou e só não mordeu porque sua dentadura havia se perdido no caminho. Ao ser posta diante do delegado, porém, Gládis praticou um pranto miúdo, débil e infantil, revelando uma súbita fragilidade.

– Eu tenho Parkinson, eu tenho ausências, surtos, não sei o que faço.

– Para quem tem Parkinson, a senhora demonstrou ter muita força.

– Eu disse Parkinson? Não. É Alzheimer. Está vendo? Eu confundo tudo, não sei o que falo, o que faço. São os medicamentos. Eu tomo muitos.

– Quais?

– Não sei, não me lembro, quem é o senhor, quem sou eu? Onde estou?

– Vamos fazer assim, dona Gládis, enquanto eu puxo sua ficha no asilo em que a senhora está internada, a senhora descansa em uma de nossas celas.

– Eles vão mostrar uma ficha falsa. Eles nos usam como cobaias, nos deixam sem comer. Foi por isso que eu fiz o que fiz, eu estava com fome.

– E a senhora resolveu matar sua fome com caviar e *foie gras*. Claro. Isso explica como, apesar de ter Parkinson e Alzheimer, a senhora se articula de modo tão claro e lúcido. Ô Garibe, recolhe a velha.

Diante dessa ordem, Gládis se esbagachou num riso tonitruante e convulsivo, riso de bruxa eletrocutada, e grudou-se à parede como se cada prega de sua pele revelasse uma ventosa. Os guardas a retiraram dali com o auxílio de uma espátula e penaram para arrastá-la, já que Gládis, comprovando a tese de que são das aranhas velhas as teias mais resistentes, aderia-se com trêmula firmeza a qualquer parede ou móvel em que encostasse a caminho da cela. Finalmente aprisionada, Gládis seguiu rindo e praguejando por dezenas de horas seguintes, com a sanha de um Conde de Monte Cristo.

– Vocês não perdem por esperar. Vocês não perdem por esperar.

E não perderam mesmo. Na madrugada do dia seguinte, todos os bons mercados da cidade foram invadidos e todos os comes e bebes internacionais foram saqueados. O prefeito minimizou o caso e explicou à população que os estabelecimentos foram arrombados por uma revoada de pássaros nervosos por causa de um desvio equivocado em sua rota de migração. Os habitantes de Águas Passadas aceitaram a justificativa de bom grado, afinal, o sol estava forte, e era preciso continuar sendo feliz, mas alguns espíritos mais sombrios começaram a questionar se os pássaros teriam um paladar tão exigente para arrastar consigo garrafas de *grappa* e latas de bacalhau português. Não houve tempo, porém, para aquela dúvida se alastrar entre os demais moradores, pois, no dia seguinte, as atenções se concentraram sobre o assalto na Grande Feira das Malhas, no qual as vendedoras foram subjugadas por um exército de ninjas encapuzados que levaram consigo as melhores roupas de inverno da coleção, escolhidas com invejável rapidez e inefável bom gosto. As organizadoras do evento esbravejaram à imprensa que nunca mais botariam os pés naquela cidade, e o prefeito, que desta vez não tinha como botar a culpa nos pássaros, tremeu nas vesículas, afinal, aquele incidente vinha emporcalhar a reputação da cidade justamente às vésperas do festival que destacaria Águas Passadas de uma vez por todas nos mapas brasileiros, o Past Waters Music Festival. O evento traria músicos consagrados de todo o planeta, e milhares de cambistas já haviam comprado seus ingressos pela internet. Agoniado, o prefeito consultou seu filho e este ponderou que, sendo impossível abafar o crime, talvez pudessem absorvê-lo num contexto mais favorável.

– A cidade está em clima de rock, e o rock é isso, é rebeldia, transgressão, quebra-quebra. Isso pode até servir para fazer propaganda do festival.

– Mas nós sempre fomos uma cidade tranquila, pacífica.

– Tudo bem. Depois do festival, volta a ser.

E o prefeito comprou a ideia do filho. Tornariam o caso do assalto simpático e hilário ao ridicularizarem o aspecto dos ninjas, convertendo em deboche o que antes era temor, e se valeriam desse novo olhar sobre o episódio para incrementar a divulgação do festival, cujo cartaz oficial a partir de então seria a imagem de um ninja metaleiro a vibrar os cabelinhos moicanos.

– Uma semana de rock, agito e loucura. Águas Passadas de ponta-cabeça, de pernas pro ar. Apertem os cintos. Vem aí o Past Waters Music Festival.

O infante compositor cometeu mais um *jingle*.

– Águas Passadas. Águas pasmadas. Águas puladas.

E logo toda a cidade estava a rir dos últimos incidentes e a dançar rock com o sol, embora os mais ranzinzas reclamassem por haver, entre os músicos convidados para o festival, apenas um que efetivamente cantasse rock. O prefeito considerou essa questão totalmente irrelevante, e, ao conferir de perto os detalhes finais do evento, foi tomado de tamanho otimismo que passou a crer que os percalços sofridos haviam sido apenas um pesadelo e que tudo daria mesmo certo – muito certo. Sua certeza, porém, virou vinagre com o sequestro dos artistas internados no retiro, cometido na madrugada do dia do festival pelos mesmos ninjas assaltantes, desta vez armados de raquetes elétricas e aparentemente dispostos a tudo. Houve, entretanto, certa desorganização na execução do ato, já que os artistas eram vinte e oito, os ninjas eram vinte e dois e a van dos ninjas comportava no máximo vinte e cinco pessoas. Após um intervalo de confabulações em linguagem cifrada na cadência do rap, os ninjas decidiram concluir o sequestro em duas viagens, cada uma levando quatorze artistas presos a onze ninjas. Um dos enfermeiros conseguiu ligar para a polícia no intervalo entre uma viagem e outra, mas, até que a sonolenta guarda municipal chegasse, o ninja motorista já havia voltado e partido com a segunda leva. O delegado ordenou buscas e investigações antes mesmo do amanhecer, mas o prefeito, exasperado, correu à delegacia trajando um de seus *robes de chambre* ingleses e saltou sobre o delegado com a afoiteza de uma bailarina na execução de seu derradeiro *pas de deux*.

– Esconde essa história. Ninguém pode ficar sabendo. Abafa isso.

– Quase trinta pessoas foram sequestradas e o senhor manda abafar?

– Só até o festival. Ele vai começar logo mais. Não vamos criar pânico.

– Mas tem uma série de crimes acontecendo na cidade.

– Da qual você não tem dado conta.

– Com que recursos? Eu preciso de mais gente. Gente qualificada.

– Depois discutimos isso. Agora, preciso que você me empreste seus homens para fazer a segurança do evento.

– Cinco homens para cuidar de um evento desse porte? Ficou maluco? O senhor tinha que contratar uma equipe especializada.

– Você sabe que eu não tenho verba. Por favor, não dificulte as coisas.

– Se algo der errado nesse festival, e vai dar, a culpa não será minha.

– Bem, se você não tem argúcia e competência para driblar as limitações dos nossos parcos recursos, talvez prefira ser transferido para uma cidade mais abonada. De preferência, uma que faça fronteira com a Bolívia.

Diante da possibilidade aventada, o delegado ficou tão raivoso que, na impossibilidade de torcer o pescoço do prefeito, sentou-se e torceu o próprio pé, repetidas vezes, e a perturbação provocada pela dor fez com que assomassem em sua mente os berros de Gládis Pratini. "Vocês não perdem por esperar." O que eles não perderiam por esperar? Aquela sucessão de delitos? De fato, ela havia se dado após a prisão de Gládis. Teria ela algo a ver com aquilo? Saberia ela de alguma coisa? Seria o seu delito um pedacinho de algo muito maior? Intrigado, o delegado foi à cela de Gládis e a encontrou dando um perverso beijo de língua no carcereiro Garibe. Era, aliás, uma tara que perseguia o Garibe desde a infância: só conseguia e só desejava beijar bocas banguelas. E Gládis, que se pôs na prisão a desfrutar daquele carcereiro jovem, belo e sexualmente atormentado como um James Dean, sorriu ao delegado com uma sensualidade totalmente embolorada.

– A que devo a honra de sua visita?

– Tem uma série de crimes acontecendo na cidade. Você sabe de algo?

– Crimes? Hum. Me dê um beijo bem gostoso e eu falo tudo o que sei.

– Você está brincando, não é, Gládis? É claro que está. É claro que você não sabe de nada. Garibe, pode soltá-la. Tenho coisas muito mais sérias com que me preocupar. E a senhora, trate de andar na linha daqui por diante.

– Daqui por diante eu quero mais é andar em círculos.

Após a provocante saída de Gládis, o delegado ordenou ao Garibe.

– Segue a velha e me passa um relatório de cada lugar que ela for.

O carcereiro recebeu a missão com certa aflição, pois sentia nojo das mulheres a quem já havia beijado, mas acatou e foi. Horas depois, com o festival de música já iniciado, o prefeito ligou e atirou mais uma granada.

– Um maluco fantasiado de cisne enfiou uma das principais cantoras do evento dentro de uma van e a levou embora.

– Falta de aviso não foi, não é, senhor prefeito?

– Até a madrugada, essa cantora tem que reaparecer e se apresentar. Se isso não acontecer, trate de começar a estudar o idioma espanhol.

O delegado desligou, meteu o pé torcido num balde de gelo e, enquanto o gelo suava para devolver ao pé seu formato original, o telefone novamente tocou. Desta vez, era Garibe, que sussurrava em um telefone público, sentindo-se num filme de espionagem cheio de paixão, mistério e romance no qual ele, melancolicamente, era apenas elenco de apoio.

– A Gládis entrou num galpão, perto do limite com Ribeirão Velho. E uma van também entrou no galpão. E quem estava dirigindo era um cisne.

– Me dá direito as coordenadas que eu estou indo agora praí.

Enquanto isso, graves tensões crepitavam dentro do citado galpão. Eva Stuttgart, uma senhora altiva e frondosa como um jacarandá, ao identificar a cantora raptada, arrancou a máscara de cisne da cabeça de Mafaldinha Gusmão e a descompôs com civilizada violência diante de mais três dezenas de senhoras, além dos artistas sequestrados e da cantora em questão.

– Eu mandei você trazer Opa Já, velha estúpida. Opa Já.

– Mas eu trouxe. Não é essa aí?

– Opa Já é homem, é um roqueiro brasileiro, maravilhoso. Essa que está aí é a Björk.

– Oops.

Os vinte e dois ninjas – que na verdade eram vinte e duas irmãs, levadas a Águas Passadas por uma sobrinha residente na capital e internadas num asilo disfarçado de spa por terem se viciado em cheiro de gasolina como consequência de um flerte que havia meses mantinham com um frentista – gostaram do engano, pois, ao contrário das outras senhoras que comandavam o Movimento de Retomada do Poder da Melhor Idade, o repertório de Opa Já não lhes agradava. E festejaram na cadência do rap, como era costume entre elas.

– O som da Björk é bem mais maneiro / agrada peão, agrada pedreiro / porque nosso ouvido não é bueiro / e a Björk arrasa desde que saiu do cueiro.

Enquanto Björk observava com terror e encanto aquele cenário sensorialmente abusivo, Eva Stuttgart se dirigiu aos artistas sequestrados, todos algemados e acorrentados pelos pés como escravos de novela das seis.

– Prendam a cantora na gaiola até resolvermos o que fazer com ela.

Os artistas enfiaram Björk dentro de uma gaiola e a ergueram ao teto por uma corda, e a cantora, do alto, pôs-se a expectorar em seu idioma natal algo que poderia ser um pedido de socorro, uma sucessão de xingamentos, uma súplica desesperada ou até mesmo uma música.

– Taktu bensín elskan. Það er allt bannað hvort sem er. Taktu bensín elskan. Allt bannað hvort sem er. Taktu bensín elskan.

Enquanto as vinte e duas irmãs ninja tentavam reproduzir os dramáticos ganidos da cantora, Eva Stuttgart exigiu que os artistas capturados atuassem como servos. Orientou-os a dispor sobre a mesa todas as iguarias que sua tropa havia saqueado e vestiu a malha mais chique e quentinha dentre as peças também por ela roubadas, distribuindo as demais entre as companheiras. Mafaldinha Gusmão, comovida ao ver uma atriz outrora tão linda servindo-lhe tâmaras africanas na boca – a mesma atriz que já havia servido de inspiração a Tom Jobim e Ronald Reagan –, não aguentou e pôs-se a chorar às gargalhadas e a chupar com entusiasmo os dedos da musa. E Gládis Pratini, que havia voltado crepitando da cadeia, fincou todas as suas ventosas em um antigo galã e exigiu dele uma performance dramática digna de um Príapo.

– Sou sua fã. Sonho com você desde *Irmãos Coragem*.

E assim, as líderes daquela revolução hedonista entregaram-se às relaxações, mandando que os esfrangalhados servos depositassem em seus lábios canapés e golinhos de espumante. Eles tinham também de abaná-las, elogiá-las e contar todas as fofocas de bastidores de novelas das quais se lembrassem – e os que não se lembrassem de nada teriam de compensar fazendo um *striptease* ao som das emissões vocais de Björk, que, do alto de sua gaiola, seguia enchendo de alegria o coração das vinte e duas irmãs metidas a ninjas.

– Para ficar perfeito, só faltava o Opa Já. Ele é um macho tão sexy.

– Não reclame, Eva. Está tudo perfeito. Essa moça aí na gaiola é esquimó, sabia? O exotismo dela traz todo um glamour ao nosso movimento.

– Tem razão, Gládis. Vamos deixar como está. Aliás, obrigada por não ter nos entregado. Nós ficamos preocupadas quando você foi presa.

– Eu jamais deitaria por terra meses de trabalho e planejamento. E ninguém vai suspeitar de um bando de velhinhas frágeis, ociosas, desamparadas.

– E veja aonde o ócio e o desamparo nos trouxeram. Um brinde.

E brindaram, sem suspeitar de que o delegado e o carcereiro espiavam a cena por uma fresta aberta pelo gancho da corda a sustentar a gaiola de Björk.

– Vamos chamar os guardas e prender essas bandidas em flagrante.

– Eles não vão dar conta, Garibe. Temos de pensar em outra coisa.

– Então vamos chamar o Bope.

– E o que faz você pensar que o Bope despencaria até aqui?

– Eles já estão aqui, delegado. Estão lá no show, à paisana. Vieram ver a Björk. Ou o senhor não sabia que todo policial do Bope é fã da Björk?

– Não sabia disso, mas faz todo o sentido. Vamos lá, então. Rápido.

Quinze minutos depois, a equipe do Bope arrombou a porta do galpão.

– Todo mundo de joelhos e mãos na cabeça. Se resistirem, vai ser pior.

Então, Eva Stuttgart, Gládis Pratini e Mafaldinha Gusmão arquearam o corpo, forjando sérias avarias ósseas e musculares, e encararam os policiais com o olhar afável das irmãs franciscanas colhedoras de mel.

– Vocês não estão desconfiando de nós, estão?

– Nós não faríamos mal a uma mosca. Por favor, não nos machuquem.

Diante daquelas senhoras tão tênues cujos sorrisos emitiam candura e solicitavam piedade, os policiais do Bope hesitaram. Porém, sob o efeito do canto mortificante de Björk, da abstinência de cheiro de gasolina e da adrenalina acumulada nos últimos dias, as vinte e duas irmãs meteram na cabeça suas máscaras ninja e pularam sobre os policiais de pé em riste, atacando-os sem complacência. Consequentemente, todas as senhoras envolvidas no movimento acabaram tendo o corpo caceteado pelos policiais, formando uma pilha de carne moída e gemebunda. Björk foi solta, fez ali mesmo um show privado aos policiais do Bope – que cantaram junto, aos prantos, todas as suas canções –, tomou para si a fantasia de cisne de Mafaldinha Gusmão e, com alguns ajustes, surgiu na semana seguinte trajando-o na festa do Oscar norte-americano, numa demonstração muito complexa de seus sentimentos pelo Brasil. O Past Waters Music Festival transcorreu com dignidade, sem muita violência e sem muito público, e os cambistas, sem conseguir vender os ingressos adquiridos, foram ao show com a família e até que gostaram. Os artistas do retiro voltaram aos holofotes para falar, com grande felicidade, dos traumas sofridos no cárcere, conquistando assim seus últimos momentos de fama. As idosas criminosas se recuperaram da surra tomada, foram direto para a prisão e lá, enquanto as vinte e duas irmãs se puseram a verter para o rap o repertório de Björk, as outras se distraíam atormentando o pervertido carcereiro com o oferecimento das bocas carecas. O delegado ficou amigo de Björk, foi passar as férias na casa dela em Londres e nunca mais voltou nem deu notícias. O prefeito, desmoralizado com a revelação dos crimes ocorridos nos bastidores do festival, passou a tratar mal os idosos da cidade, empurrando-os, chutando-os e acelerando com o carro para cima deles. Águas Passadas ficou malvista em todo o país, e a Classe Média, com medo de ser malvista também, começou a traçar estratégias para guardar seus entes gastos dentro de casa, em amplos armários ou arejados porões. Apesar de todos esses fatores humanos, porém, o clima de Águas Passadas continuou excelente, o sol continuou dando os seus passinhos no céu, os pássaros continuaram se esborrachando contra as vidraças e o filho do prefeito, dotado de uma verve artística imorredoura, continuou compondo *jingles*.

– Águas Passadas. Águas dobradas. Águas guardadas.

TITA ARAFAT E A VINGANÇA NAS DUNAS

ler ao som de *Brincar de viver*, com Maria Bethânia

Tudo era areia, vento e sol, e Tita Arafat dançava com a candura enfática de uma freira de filme musical por aquelas dunas que eram seu domínio, seu berço e endereço. É verdade que era um pouco difícil dançar atrelada à cadeira de rodas na qual vivia desde que tivera a coluna massacrada por um rebanho de cabras psicóticas, que a tomaram por uma igual por causa dos balidos dirigidos a elas por Tita, contra quem se ressentiram pelo fato de esta ser capaz de sorrir e elas não. Mas a jovem, ao se recuperar do incidente, não se mostrou amargurada e seguiu varrendo as dunas com persistente alegria. O dono das cabras, coronel Braguinha, havia arcado com as despesas médicas de sua pastorinha, mandado trazer de Boston a melhor cadeira de rodas e esmagado a pauladas uma pata dianteira de cada cabra homicida para todas mancarem até a morte. Tita, porém, ao ficar a par da indelicadeza dos métodos dele, repreendeu-o com um sorriso que revelava a crosta de areia seca a recobrir o céu de sua boca.

– Eu não quero vingança. Só quero paz, coronel. Paz, paz e mais paz.

Paz, de fato, era o que não lhe faltava depois que o coronel a havia presenteado com férias remuneradas perpétuas. Com o correr dos dias, porém, concluiu que aquilo não era paz, e sim ócio; um vazio que precisava ser ocupado pela paz, e foi decidida a obter essa condição sublime que Tita Arafat passou a se intitular como "a pacificadora do sertão". Devotaria sua vida dali por diante para promover a harmonia entre os habitantes da região. Havia somente dois poréns a encolher a grandeza de sua causa. O primeiro era que a região sob seu distrito era próxima demais do mar para ser considerada sertão. O segundo era que uma pacificadora não tinha muito a fazer em um lugar onde, afinal, não havia guerras nem desavenças. Na verdade, apenas duas famílias residiam nos arredores daquelas dunas: a de seu Vitimiro, que vivia num quadrado de madeira com a esposa e uma dúzia de filhos, filhas, genros, noras e netos, todos abalofados de amido graças à cesta básica distribuída pelo governo; e a de seu Fritigerno, que vivia à beira do único lago perene da região e sustentava a esposa, filhos etc. com a venda dos peixinhos descarnados que ali pescava. Como as famílias moravam separadas por milhares de dunas empilhadas umas sobre as outras, elas não apenas não brigavam como nem sequer se viam. E Tita, que deambulava pelas dunas empurrando a cadeira cujas rodas metálicas e fumegantes afundavam na areia, começou a se questionar se paz e tédio não eram parentes próximos. Mas quis crer que não: a paz tinha que ser algo nobre, superior, algo capaz de dar um sentido a tudo – sentido que ela buscava tenazmente, embora um tanto às cegas, como uma leoa percorrendo de boca aberta o fundo de um mar escuro para engolir o que lhe tocasse a língua. Então, em uma terça-feira amanhecida cheia de magia no ar e entardecida com a magia totalmente assada pelo sol, o coronel Braguinha convidou a inquieta pastorinha para um jantarzinho em sua casa.

– A gente come uma buchada, depois assiste a um blu-ray.

Tita Arafat aceitou o convite e saboreou com prazer o bucho de uma das cabras que a havia aleijado. Depois do jantar, enquanto permitia que o coronel se distraísse um pouco com as partes do corpo que ela não sentia mais – com a condição de que ele as limpasse após o uso –, Tita assistia no blu-ray a um dos filmes de sua série de documentários favorita, *Faces da morte*, e foi ao ver a cena de um urso provando as tripas de um homem com o paladar atento e exigente de um *gourmand* que teve a ideia perfeita para viabilizar a execução de seu projeto.

– É isso, coronel. Se o urso está quieto, fica tudo na mesma. Mas, se o urso come o bucho do homem, acaba o tédio e começa a guerra. E aí é só matando o urso que acaba a guerra e começa a paz. Então é isso. A gente precisa da guerra para só depois conseguir a paz. O senhor não concorda, coronel?

O coronel, afundado na flamante diversão da qual se ocupava, foi responder paternalmente e deixou escorrer um fio de baba sobre os pelos que irrompiam da pele de Tita como cactos rasgando a caatinga.

– Titinha, tudo é uma questão de saber quem come o bucho de quem. Tenha sempre isso em mente, viu?

Saindo da casa do coronel, Tita olhou para o alto e, ao surpreender no céu uma lua vermelha, lua cheia de urucum, pôs-se a uivar com um desempenho pulmonar digno de uma loba maratonista. As cabras se exasperaram, com medo do ódio que não eram geneticamente programadas para sentir, mas que Tita conseguia injetar nelas como uma célula mutante, e ela só cessou de uivar quando o coronel Braguinha, cansado e ávido por uma boa noite de sono, atirou pela janela do quarto uma botina, acertando em cheio sua cabeça e levando-a enfim a adormecer – o que não aliviou as cabras, que, ressentidas que eram, permaneceram insones, transtornadas e cheias de maus pensamentos pelo resto da noite. No dia seguinte, Tita despertou com o sol besuntando-a de fogo e, ao surpreender em seu colo a agressiva botina, sorriu por supor nela o indício de que sim, a guerra estava ali, fácil, disponível, apenas esperando que alguém escavasse um pouquinho as dunas para que pudesse emergir. Passou a manhã sorrindo de boca aberta, sentindo com doçura o vento completar com areia os espaços entre seus dentes, e à tarde dirigiu-se ao lago de seu Fritigerno, a quem alertou imitando o olhar pausado e incolor de seus peixes, na tentativa de instigá-lo.

– A família do seu Vitimiro não vai mais receber ajuda do governo. Eles vão vir amanhã tomar o lago de vocês. Soube que já está tudo certo. Se você não for mais rápido, sua família vai morrer de fome. Estou avisando.

Em seguida, cruzou as dunas rumo ao quadrado de madeira de seu Vitimiro, a quem alertou imitando o olhar oleoso e polissacarídico de sua esposa, filhos etc., na tentativa de comovê-lo.

– O lago do seu Fritigerno secou e eu soube de fonte segura que eles vêm amanhã saquear a cesta básica que vocês receberam ontem. Se você não for mais rápido, quem vai morrer de fome é a sua família. Abre o olho.

Concluída a primeira etapa de sua missão, Tita Arafat estacionou sua cadeira na mais alta das dunas e afundou na fofura quente da areia seu corpanzil queimado de paz. No dia seguinte, acordou cheia de uma alegria fresca, viçosa e excitante: a alegria típica de uma vaca católica na expectativa da sangrenta imolação de um cordeiro em nome da paz e da salvação do mundo. Ela sempre havia sido uma moça felizinha, mas desta vez era diferente da alegria vital e telúrica dos tempos de menina e da alegria oca e catatônica após o atentado caprino; era uma alegria densa, asfixiante, que a rebentava por dentro, como se houvesse bananas de dinamite retorcendo-se em seus intestinos, na iminência de uma explosão fatal. Então, Tita trepou na cadeira de rodas com a solidez de uma amazona hermafrodita e disparou a percorrer as dunas pelas bordas, onde não tardou a encontrar, ao longe, seu Vitimiro diante de seu Fritigerno, e a imagem da proximidade do nariz de um com o nariz do outro inspirou-lhe um vaticínio tão brutal que sentiu o coração espirrar luz como o mais candente dos lampiões. Tratou, portanto, de pôr nos braços toda a robustez possível e correu em direção a eles, mas tamanha foi a velocidade submetida à sua cadeira que esta terminou por capotar, e o corpo da pastora justiceira foi de tal forma projetado que ela despencou a poucos passos dos dois habitantes arrostados. A pancada foi suavizada pela brandura da areia e Tita ergueu-se dramaticamente com os braços.

– A paz ainda é mais importante do que tudo. Por favor, não briguem, não se matem. Vamos entrar num acordo. Eu imploro. Eu exijo. Eu sou Tita Arafat, a pacificadora do sertão, e vocês precisam me ouvir.

Seu Vitimiro e seu Fritigerno se entreolharam e, enquanto o primeiro foi buscar o veículo tombado de Tita, puxando-o com verdadeiro esforço, apesar da leveza do material, o segundo ergueu Tita com ainda mais esforço e a jogou de volta na cadeira com os braços trêmulos.

– Está bem, Titinha? Quebrou nada, não?

– Não importa. O que eu quero é impedir um banho de sangue.

Os dois, aparentando total tibieza física, emocional, intelectual e existencial, economizavam nas palavras, nos gestos, nos olhares e na respiração.

– A gente conversou. E essas coisas que você ouviu por aí, bobagem.

– Como?

– Ninguém vai pegar o que é do outro. Pelo contrário. Eu que vou dar uns peixes, em troca do arroz dele. No final, o mal-entendido foi proveitoso.

– Agora vamos pra casa. Muito sol.

E Tita atravessou o resto do dia sem saber o que pensar, mancando em sua cadeira entortada. Como seu plano pôde dar tão errado? Que aqueles homens entrassem num acordo, tudo bem, mas antes disso deveriam no mínimo se sentir temerosos, enraivecidos e desconfiados. Como aquela terra inglória pôde dar gente de tão boa-fé? Enquanto remoía seu infortúnio, seguia sem se dar conta à casa do coronel Braguinha, até que se deparou com as cabras homicidas presas em um estábulo bem ventilado e confortável, com água da melhor qualidade e um cardápio variado de rações. As cabras aparentavam grande saúde e disposição, apesar da pata destruída que cada uma arrastava, e, ao encarar Tita, todas se puseram a expelir berros rútilos e satânicos, com uma ira capaz de fazer o mundo girar em rotação contrária, e Tita surpreendeu-se ao notar nas cabras um ódio tão podre, pois, no tempo em que as pastoreava, jamais havia suposto nelas tal sentimento. Elas, que sempre foram tão débeis e indolentes, só começaram a demonstrar alguma personalidade depois de construído aquele luxuoso cabril. Inclusive, a tentativa de homicídio por ela sofrida havia acontecido semanas após a inauguração do resort caprino. Tita então encarou as cabras, absorveu a ira delas como uma planta que se fortalece ao sugar o mais pestilento gás carbônico, e entendeu tudo. Empurrando com as duas mãos a roda entortada de sua cadeira, foi ao coronel Braguinha, caiu sobre seus joelhos inertes e rogou.

– Aqueles pobres homens não têm nada. Eles passam fome, sede, calor, tudo. O senhor é o maior benfeitor da nossa região. Precisa ajudá-los.

– Mas, Titinha, eu pensei que a pacificadora aqui fosse você.

– Não estou falando do espírito, e sim da carne, coronel, da carne.

– Se é pra falar da carne, então a prosa começou a ficar boa.

E Tita tanto lamentou e implorou que o coronel Braguinha por fim aceitou arcar com as despesas de duas casas de tijolo: uma para a família de seu Vitimiro e outra para a de seu Fritigerno, com direito a luz elétrica, água encanada, geladeira cheia e um potente aparelho de ar-condicionado. Na verdade, não foi bem a lábia de Tita Arafat que tocou os bons sentimentos do coronel, e sim a sua boa vontade em emprestar a ele todas as noites, ao longo dos anos seguintes, algumas áreas insensíveis de seu corpo, e Tita tratou de iniciar tais favores prontamente, para que o coronel mandasse iniciar as construções e distribuições de mantimentos já no dia seguinte. Seu Vitimiro, seu Fritigerno e esposas, filhos etc., diante de tantos préstimos, demonstraram apática gratidão.

– Muita bondade. Muita bondade.

Porém, bastou algumas semanas para Tita Arafat se certificar de que seu plano seria bem-sucedido. Bem alimentados, hidratados, fortificados e protegidos do calor, seu Vitimiro e seu Fritigerno estavam enfim com o corpo saudável e a mente clara, o que propiciava uma excelente condição para dispor o espírito a serviço do ódio. E o que poderia atormentar um homem em boas condições físicas e materiais a ponto de torná-lo desesperadamente sedento do sangue de seu próximo? A resposta lhe ocorreu em uma noite ao se dar conta do coronel resfolegando como um leitão asmático junto ao pescoço dela. Sim, as diversões carnais deviam ser, para os homens, um bom motivo para matar e morrer.

– Conclua logo sua distração, coronel, que eu preciso ir dormir.

Ao deixar a casa do coronel, decidiu agir. Rumou à casa de seu Fritigerno e, mantendo alguma distância, pôs-se a balir como uma cabra ronronante. Atraído por aquele canto, seu Fritigerno deixou a família dormindo e foi às dunas ver o que era aquilo. Deparou-se com Tita aterrorizantemente nua, estirada na areia com a languidez de uma truta, balindo e suando, e seu Fritigerno se deu conta de que os anos na cadeira de rodas haviam reduzido as pernas de Tita a dois gravetinhos tostados, enquanto a força exigida para o manuseio da cadeira havia tornado seus ombros, braços e seios duros, inchados, irregulares e pegajosos, como nacos de rapadura lambidos e sobrepostos de forma displicente e grosseira. Tudo aquilo conferia a ela um encanto ímpar, um apelo sensual indescritível, e seu Fritigerno mergulhou sobre o corpo de Tita, agarrou seus cabelos sedosos como a palha do mais macio aço e baliu com vigor dentro dos espaços físicos que ela lhe concedeu. Logo a família acordou ao som dos berros esganados de seu Fritigerno e o encontrou contorcendo-se na areia junto a Tita, e foi impossível para a esposa, os filhos, as noras etc. resistirem e, tomados pela energia jucunda que só uma boa alimentação é capaz de inocular, em pouco tempo estavam todos balindo amontoados sobre o corpo veemente e assimétrico da pastorinha.

– Eu sou de vocês. Só de vocês. De todos vocês. E de mais ninguém.

Na noite seguinte, porém, Tita Arafat surgiu na casa de seu Vitimiro enquanto este assistia à televisão com sua numerosa família. Desembrulhou diante deles sua abismosa nudez sobre a cadeira de rodas e foi logo dizendo.

– Sabem, eu tenho muita saudade do tempo em que era menina e pulava amarelinha. Ninguém quer me pegar no colo e brincar comigo?

Parte da família preferiu continuar assistindo ao programa, mas alguns rapazes se dispuseram imediatamente a pegar Tita e pular pela areia com a faiscante pastora nos braços. Logo que o programa acabou, todos decidiram participar da brincadeira: Tita passou de mão em mão, e todos pulavam apertando-a contra o corpo para que ela não escorregasse. Tita foi absorvendo todos aqueles suores e seu corpo foi ficando lubrificado e ardente como uma água-viva, o que provocou algumas queimaduras em seu Vitimiro e sua esposa, filhos, noras etc., mas não a ponto de fazê-los desistir de brincar; ao contrário: foi preciso o sol chegar e deitar sobre eles um manto de insuportável quentura para que eles desistissem de esfregá-la na pele como uma esponjinha gasta e áspera, mas ainda assim necessária e irresistível.

– Vamos brincar juntos todas as noites. Eu e vocês. E mais ninguém.

Horas depois, o sol partiu, exausto do próprio calor, e tanto a família de seu Vitimiro como a de seu Fritigerno se puseram a jantar lautamente, aguardando euforicamente o retorno de Tita Arafat. Porém, a noite virou madrugada, a madrugada virou dia, e nenhum sinal de Tita, nem lá nem cá. Ao longo do dia, todos pensaram em procurá-la pelas dunas, mas o refrescamento do ar condicionado, em oposição à truculência do sol, levou-os a ser mais calmos e pacientes. Com o sol saindo de cena, a família de seu Vitimiro saiu de casa em busca de notícias e se deparou com seu Fritigerno trazendo consigo a família armada de facas, espetos e ganchos.

– Vitimiro. Cadê Titinha, cabra nojento?

– Lave a boca pra falar de Titinha. Titinha é nossa.

– Vossa é coisa nenhuma. Eu recebi uma carta. Titinha tá trancada aí dentro. Você e sua família estão fazendo miséria com a moça.

– Eu não tenho por que trancar Tita se ela é nossa. Eu acho é que vocês pegaram a menina. Vocês é que sumiram com Tita.

– Devolva Titinha ou eu e minha família não respondemos por nós.

– Vocês é que vão devolver, por bem ou por mal.

Ao longo da conversa, a família de seu Vitimiro voltou para casa e se muniu de panelas, vidros quebrados, inseticidas e um grampeador. E, quando as famílias avançaram uma sobre a outra, dispostas a lavar as dunas com litros do mais espesso sangue, Tita Arafat surgiu no horizonte, cavalgando heroicamente em sua cadeira de rodas rumo ao campo de guerra. Seu coração pulava como uma jamanta, sua convicção tinha a força de um cajado.

– A paz ainda é mais importante do que tudo. Parem com isso.

– Só uma família vai sair viva daqui, Titinha.

– Eu sou a pacificadora do sertão. Não vou deixar que isso aconteça.

– Titinha, ou você é nossa, ou você é deles. Decida.

– Ninguém é de ninguém. A paz ainda é mais importante do que tudo. Baixem as armas e se abracem, todos. Vamos celebrar a harmonia.

Todos se entreolharam, refletiram em silêncio com o coração irmanado no mesmo confrangimento e voltaram as armas à Tita.

– Quer saber? A gente vai é sangrar você. Cabra vadia.

Num primeiro momento, Tita pensou em se fazer de tonta, botar uma família de volta contra a outra e se mandar. Segundos depois, percebeu que estava prestes a ser destroçada como uma mártir, a Joana D'Arc do sertão, o que a tornaria um símbolo inesquecível e traria, enfim, grandeza e sentido à sua existência. Era preciso matar o urso para estabelecer a paz – e o urso, quem diria, era ela. E assim, esclarecida e convicta, Tita Arafat encarou seus algozes, fincou a cadeira de rodas sobre a areia e, entregue ao calafrio elétrico dos moribundos, ofertou-se ao sacrifício com a volúpia de uma santa.

– Eu dedico minha vida à paz do meu sertão.

E, no que todos avançaram sobre Tita para destruir seu corpo e sua vida, o coronel Braguinha surgiu dando tiros para o alto com sua escopeta.

– Se alguém riscar um garfinho em Tita, eu tomo de volta a vida mansa das duas famílias. E eu não repito nem volto atrás em palavra dada.

Todos estancaram, voltaram a se entreolhar e, por fim, ao testemunhar a pusilanimidade coletiva, compreenderam que estavam todos no mesmo curral – um curral bom demais para pensarem em sair. Dessa forma, as duas parentalhas sorriram uma à outra, abraçaram-se em reconciliação e retornaram para casa em silêncio, o que levou Tita Arafat a esmurrar as rodas de sua cadeira.

– O senhor não podia ter feito isso, coronel. Não podia.

– Mas eu acabei com a briga. E ainda salvei sua vida.

– Quem tinha que acabar com a guerra era eu. Mesmo que me custasse a vida. Mas o senhor veio e comprou essa paz suja, medrosa, covarde.

– Mas a paz mais segura é a covarde. Porque quem tem o que perder não vai pra guerra. E eu dei a essa gente algo que eles não vão querer perder.

– Mas um dia eles podem querer mais. Podem querer o que é do outro. Podem querer o que é do senhor. E aí vai ter guerra, sim.

– Se for pra ter mais, eu concordo que pode haver briga. Mas pra ficar com você? Ninguém vai arriscar o que tem por causa de uma cabritinha sonsa e safada. Você não tem cacife pra entrar nesse jogo, não, Titinha. Nunca vai ter. Agora esqueça isso, vá. Espero você logo mais em casa.

Tita arrastou-se em sua cadeira para a casa do coronel e se deparou com as cabras que a haviam aleijado. As cabras seguiram odiando-a, e Tita, desta vez, também as odiou, com a mesma profundidade, e essa horrível comunhão provocou uma combustão atmosférica tão avassaladora que Tita enfim se levantou da cadeira e ficou de pé. Sem tirar os olhos das cabras, deu um passo em direção a elas, depois outro, e mais um. Súbito, tombou sobre a areia, completamente morta. E as cabras, com a serenidade proveniente de um ódio bem recompensado, abriram a porteira do estábulo, foram até o corpo de Tita Arafat, fecharam-lhe os olhos e comeram-lhe o bucho.

MEU FÃ NÃO GOSTA MAIS DE MIM

ler ao som de *Frank Sinatra*, com Miss Kittin & The Hacker

Opa Já – nome artístico de Nivaldo Montesanto – estrearia dentro de poucos minutos o show de lançamento do seu segundo disco, *Sangue mau*, e esse show era aguardado com forte expectativa, já que seu primeiro disco, *Bife de rato*, havia trazido o rock brasileiro de volta às paradas após décadas de debochada supremacia de ritmos como o tecnoblues e o jazz universitário. Parte dos críticos via na obra e na figura do cantor vestígios da irreverência e do humor nonsense e libertário da vanguarda paulista das décadas de 1970 e 1980, enquanto outra parte o considerava um produto industrial concebido sob exatíssimas medidas para convencer um público ávido por novidades de que o rock estava de novo na moda. E Opa Já era um rock star para toda a família, com seu rostinho aprazível, seu cabelo cuidadosamente desalinhado, seu macacão preto e rasgado e suas músicas, que podiam soar densas ou superficiais de acordo com a compreensão de quem a ouvisse – como *Multiprocessador*, a faixa do seu segundo álbum com a qual abriu o show.

– Tanto que eu lutei / Pra ser um grande ator / Então me deparei / Com o multiprocessador / Não sei ser mais ninguém / Sem o multiprocessador / Alma, corpo, mente / Alma, corpo, mente / Tudo processado / Tudo processado / Multiprocessador / Multiprocessador / Agora e na hora de nossa morte.

A apresentação foi um inescurecível sucesso, os críticos musicais choraram de alegria, a plateia saiu imitando os saltos caprinos e o gestual robótico do cantor e muitos se esforçaram para emular sua voz aguda e rascante, que adstringia os tímpanos e extraía do cérebro um caldo de atordoamento, ira e exaltação que ia direto para a corrente sanguínea – e Opa Já conseguia produzir esse caldo graças também às suas interpretações festivamente viscerais, com as quais compensava o fato de não tocar nenhum instrumento. Ao final da apresentação, o astro, ensopado de suor e sucesso, trancou-se no camarim e, como sempre fazia, ligou para a mãe e descreveu à secretária eletrônica que sempre o atendia as minúcias felizes de mais um êxito. Então, seu assessor pediu que ele recebesse os três vencedores da promoção feita por uma estação de rádio. Opa Já fez cara feia e chutou as próprias mãos; odiava receber gente em seu camarim, e esse temperamento recluso e arisco era visto por mídia e fãs com prazenteira indulgência, pois um roqueiro que se prezasse não podia mesmo se desmanchar em simpatia por aí. Mas o assessor sabia que Opa Já, no fundo, era um docinho de coco, e ele de fato acabou recebendo os tais fãs: duas meninas com aparelhos ortodônticos, que o cantor logo despachou espalhando a língua sobre os lábios delas em pinceladas rápidas, e um rapaz de vinte e poucos anos, camiseta branca, barba rala, sorriso franco, acompanhado de uma namoradinha, e algo naquele rapaz despertou nele a vontade de ceder alguma real atenção.

– Cara, demais o teu show, já era teu fã e agora sou ainda mais. Pra mim, você é pro rock o mesmo que o Tim Maia foi pra música soul.

– Que é isso? Tá querendo dizer que eu tou gordo?

– Tou dizendo que você faz miséria só com três acordes. E com uma musicalidade, uma força. É como se você pegasse um grão de feijão e fizesse uma feijoada pro mundo inteiro. Cara, genial. Olha, parabéns mesmo.

O rapaz saiu do camarim abraçado à namorada e Opa Já observou os dois andando, rindo, conversando e trocando um beijo ao cruzar a última porta de saída. O assessor voltou, perguntou quantas garotas ele iria querer para aquela noite, mas Opa Já sentiu um peso estranho dentro de si e não quis ninguém. Foi conduzido pela sua equipe de segurança até seu apartamento, um duplex comprado e decorado por sua mãe, Maria Montesanto, presidente da gravadora vinculada à maior rede de televisão do país. Valendo-se de sua posição e aflita com a indefinição profissional do único filho, cuja vida se resumia a se escangalhar pelas ruas à noite como um gato vadio e voltar para casa de manhã, quando a abraçava aos prantos e lhe fazia ébrias declarações de amor, Maria Montesanto formulou para ele uma carreira musical. Exigiu que ele tomasse aulas com os melhores professores de canto, fez encomendas aos melhores compositores, encaixou sua primeira gravação como tema de abertura de uma novela, acertou sua participação em diversos programas de tevê e de rádio, e, em poucos meses, com o filho bem encaminhado, pôde enfim se dar o ano de férias com o qual havia sonhado nas últimas três décadas. Mas Nivaldo, ou melhor, Opa Já, sentia-se um pouco solitário com aquele ano sabático da mãe, já prestes a entrar no trigésimo mês, e não via a mesma graça em se embebedar e dedicar amor àquelas mulheres cujo aluguel expirava ao fim de uma noite. O álcool que ingeria costumava destampar em seu peito um chafariz que expulsava jatos torrenciais de amor, um amor emitido a esmo que nada fecundava ou alimentava; toneladas de água boa e fértil carbonizadas sobre o cimento que as cercavam. Naquela noite, porém, Opa Já não bebeu, não chorou e não expeliu amor em nenhuma direção. Ficou pensando no rapaz do camarim, um jovem sem nenhum predicado incomum. E, como as obsessões são sempre mais implacáveis e persistentes quando não há motivos aparentes a explicá-las, Opa Já ficou ali acordado, olhando para o enorme jardim vertical do apartamento, cuja imponência levava-o sempre a se sentir pequeno e só. Ao perceber no céu os primeiros rabiscos de sol, ligou para a estação de rádio e pediu o nome e o endereço do jovem vencedor.

– Carlos Eduardo Alves Rebelo. Rua Tibúrcio, número oitenta e oito.

Digitou o nome da rua no GPS, bateu no liquidificador uma vitamina de café, conhaque e ginseng e levou o conteúdo para beber no carro. Em poucos minutos, estava em um bairro de classe média bem tradicional, com sobradinhos geminados de cinco ou seis décadas atrás. Parou o carro, esperou e logo viu o tal Carlos Eduardo saindo de sua casa com uma mochila. Embarcou em um ônibus, que Opa Já seguiu, e desceu defronte o edifício de uma faculdade de comunicação, no qual entrou. Opa Já manteve-se dentro do carro em discreta vigília e, ao meio-dia, o rapaz saiu, caminhou três quarteirões e adentrou o edifício da redação de um jornal. Às dez para as sete, Carlos Eduardo saiu novamente, rumo a um barzinho na área térrea do prédio em que estava, vindo a se sentar a uma mesa onde já havia seis outros jovens. Alguns minutos depois, sua provável namorada chegou, recebeu dele um beijo na boca e sentou-se a seu lado. Todos falavam alto e riam, e Carlos Eduardo sorveu uma golada de chope com tão nítido prazer que, em vez de enxugar com a mão a espuma sobre o lábio, recolheu-a com a língua. Opa Já achou, então, sua figura sexy, e isso o levou a cogitar a possibilidade de estar sexualmente atraído por aquele rapaz – e, se de fato fosse aquilo, não teria problema em admitir, pois o universo gay era algo muito natural a ele graças às namoradas de sua mãe, frequentes em sua casa durante sua infância e adolescência, sendo a maior parte delas bem mais afetuosa do que sua própria mãe (com exceção da sinistra Kundra, que, sempre que ia à sua casa, trancava-o dentro de um confessionário jurídico de mogno escuríssimo, dado por ela como um presente), embora nenhuma tivesse ficado tempo suficiente para criar com ele um vínculo. Mas não, não era aquilo – o que Carlos Eduardo lhe inspirava era, sem dúvida, uma atração, mas não de ordem sexual. Quando ele e a namorada se levantaram e saíram, às nove da noite, Opa Já seguiu o ônibus que levou o rapaz para casa, e continuou perseguindo seus passos ao longo de toda a semana – sempre os mesmos passos, exceto na sexta-feira, quando, em vez de voltar para casa, ele dormiu na casa da namorada, num bairro mais humilde. No sábado, o jovem casal saiu de manhã, foi andar de bicicleta num parque próximo e estendeu o passeio a uma exposição de arte contemporânea, e Opa Já, com o coração gaseificado de ansiedade, decidiu ir até eles. Usando boné, óculos escuros, camiseta e bermuda de cores claras, o que inviabilizava o reconhecimento dos fãs, achegou-se ao jovem casal, fingindo olhar as instalações. Quando estavam apenas os três diante de um monte de tênis empilhados, sua voz saiu frouxa e vencida como a de um cão de raça tentando se enturmar com um grupo de vira--latas superiores e autossuficientes.

– Interessante, não?

Carlos Eduardo respondeu sem lhe voltar os olhos.

– Não sei. Pra mim, isso é mais pretensão que outra coisa.

Foi se afastando com a namorada, quando Opa Já tirou os óculos num gesto rápido e o encarou com força para assim atrair seu olhar.

– Espera. Vocês não foram ao meu camarim, semana passada?

E Carlos Eduardo tomou um susto, e sua namorada ainda mais.

– Opa.

– Psss, por favor, falem baixo. Se me reconhecerem, isto aqui vira um inferno. Mas que mundo pequeno. O cara que me comparou ao Tim Maia.

– Cara, que bizarro, você, aqui. Você curte arte contemporânea?

– Muito. Mas também tou achando tudo isso meio pretensioso.

E Opa Já passeou por entre as instalações com Carlos Eduardo e a garota, concordando com as opiniões do rapaz, às vezes discordando com simpatia para não tornar tão evidente seu desejo de estabelecer um vínculo. A menina, deslumbrada, lutava para conter sua euforia, enquanto Carlos Eduardo, passado o espanto inicial, conversava e trocava impressões com naturalidade, o que só recrudescia o desejo de Opa Já em se manter próximo a ele.

– Curti a privada cheia de rosas. Devia ter sido a capa do meu disco.

– Pode ser a capa do próximo. Mas, cara, demais ter encontrado você. Muito legal essa coincidência. Pena que agora a gente tem que ir. Churrasco na casa dos velhos, família inteira lá, aquela coisa. E é claro que eu não vou convidar um astro do rock para um churrasco.

– Por que não? Eu adoro churrasco. E estou com o dia livre.

E a garota tomou a dianteira, agarrando o braço de Opa Já.

– Então vem com a gente, vem, vem. Todo mundo vai adorar te ver.

– Não força, Nat. É bem esse tipo de coisa que ele não quer.

– Relaxa, cara. Por um espetinho de linguiça, eu até dou uma canjinha.

E a família de Carlos Eduardo, além dos amigos, vizinhos e agregados, ao ver Opa Já, o maior nome do rock brasileiro, entrando naquela simples residência, ficou mais atônita do que se tivesse visto o presidente da República vestido de tirolês diante deles. Entre berros, silêncios, engasgos, alegrias e prantos, Carlos Eduardo tentou serenar o ambiente.

– Não é pegadinha, não, pessoal. Não tem nenhuma câmera escondida. O Opa Já é gente boa, é amigo, e veio aqui comer um espetinho, só isso.

Ao final da última picanha, Opa Já estava se sentindo tão acolhido e à vontade entre aqueles singelos representantes da classe média anônima que se pôs a cantar, acompanhado de Carlos Eduardo no violão, e retrocedeu até a Jovem Guarda, para alegria de seu Olair e dona Carmem, os donos da casa, que dançaram os hits de sua infância e agradeceram aquela tarde de boa música preparando-lhe uma marmita. Comovido como não se sentia desde os tempos em que ele e sua mãe assistiam juntos a programas de televendas – e ela, enquanto lhe fazia cafuné com uma mão, arrematava joias pelo telefone com a outra –, Opa Já sentiu-se ébrio de amor sem ter bebido nada alcoólico.

– Hoje, quero todos vocês no meu show, primeira fila, por minha conta.

Ao iniciar o show daquela noite, com Carlos Eduardo, Nat e a família do rapaz presentes, Opa Já, precisando desopilar o excesso de alegria que desde a tarde o asfixiava, esguichou mais um pouco de amor.

– Quero dedicar o show de hoje a um grande amigo, Carlos Eduardo.

E o que o público viu nas duas horas seguintes foi a melhor apresentação da carreira do cantor. Quando Carlos Eduardo voltou para casa com os pais, após ter deixado Nat em casa, pensou que dia louco havia sido aquele, ao lado daquele sujeito famoso que tinha passado a admirar na última semana, já que só havia participado da promoção que o levou ao show para agradar Nat, esta sim, fã de Opa Já. E dona Carmem afeiçoou-se ao astro do rock.

– É um pouco maluquinho, mas um bom menino.

No dia seguinte, quando Carlos Eduardo saiu da redação do jornal e foi ao barzinho de sempre, surpreendeu-se ao encontrar Opa Já, com o mesmo kit-disfarce do fim de semana, à mesa com Nat e seus amigos.

– Cara, o que você tá fazendo aqui?

– Eu estava passando de carro, vi a Nat, dei um oi, ela me chamou, eu estava de bobeira. E aqui estou. Aliás, muito legais os seus amigos.

Ao longo dos minutos seguintes, Opa Já narrou à fascinada turma jovem que o rodeava os lugares incríveis e as pessoas famosas que havia conhecido graças à fama, as mulheres lindas que o assediavam, as loucuras cometidas pelas fãs, e intumescia os detalhes mais engraçados, não para se vangloriar, mas para mostrar a Carlos Eduardo que era alguém interessante o bastante para merecer sua amizade. Mas Carlos Eduardo, lutando contra os bocejos que cresciam em sua boca, logo se levantou.

– Tou morto, estourando de dor de cabeça, vou nessa. Você vem, Nat?

– Vou ficar. Quero saber o que o Opa fez para salvar o show.

Na manhã seguinte, Carlos Eduardo acordou atrasado e disparou em forte velocidade para a aula, esquecendo em casa o telefone celular. Quando voltou à noite, encontrou nele dezenas de chamadas perdidas e mensagens perguntando como ele estava, onde estava, por que não atendia etc., e não eram de Nat, e sim de Opa Já. Achando aquilo no mínimo esquisito, Carlos Eduardo mostrou as mensagens à mãe, e esta, que gostava da afeição que sentia pelo cantor, interpretou aquele gesto sob os ditames dessa afeição.

– É famoso, mas é muito carente. Ou você acha que dá pra ter algum amigo de verdade nesse meio fútil em que ele vive? Você não viu como ele ficou feliz aqui com a gente? Dá o número dele que eu vou ligar. Vou ligar e dizer que ele tem passe livre para vir jantar com a gente quando quiser.

Opa Já foi não apenas naquela noite como também na noite seguinte e na noite seguinte, e seu Olair e dona Carmem, mais ternos do que deslumbrados, passaram a recebê-lo com vívido prazer, divertindo-se com seus relatos sobre o caricato e patético mundo dos famosos. Opa Já sentia-se estimulado a intensificar sua presença diante da evidência do carinho daquele simpaticíssimo casal, e Carlos Eduardo começou a sentir um incômodo crescente ao chegar todos os dias a casa e encontrar Opa Já a entreter sua família.

– Sábado à noite tem outro show, quero todos vocês lá, hein, Cadu?

– Valeu, mas desta vez não dá. Vou acordar cedo.

Pois, mesmo com a ausência de Carlos Eduardo, Opa Já voltou a dedicar o show a ele e exigiu que a imprensa o fotografasse ao lado de seu Olair e dona Carmem, a quem se referiu como seus novos pais e melhores cozinheiros do mundo. E Carlos Eduardo, supondo que o máximo de aborrecimento que teria naquela semana seria o assédio de parentes distantes e de conhecidos oportunistas por causa da súbita fama de seus pais, tomou um choque ao entrar em seu quarto e encontrar uma mala ao lado da cama e Opa Já saindo de seu banheiro com uma toalha amarrada na cintura.

– Tive que fazer uma reforma no meu apartamento e os seus pais insistiram para que eu passasse uns dias aqui. Nenhum problema, né?

– Mas num hotel você teria mais conforto, mais privacidade.

– Eu não tenho frescura, não. Sem falar na comidinha dos seus velhos.

A estranheza e o incômodo de Carlos Eduardo evoluíram para um sentimento de opressão com Opa Já dormindo num colchonete ao lado de sua cama, insistindo em conversar até alta madrugada, participando de sua vida doméstica, e atingiram um nível intolerável quando ele chegou a casa um dia e encontrou a equipe de uma reportagem de televisão entrevistando Opa Já em sua sala, como se os pertences e os retratos de sua família funcionassem como cenário para grifar o caráter excêntrico do astro, enquanto ele, seu pai e sua mãe eram meros coadjuvantes, meros elementos cenográficos.

– Sabem, o verso da música brasileira que mais mexe comigo é aquele do Caetano, "navegar é preciso, viver não é preciso". Porque pode ser entendido de várias formas. Preciso como sinônimo de necessário, o caminho sendo mais importante do que o ponto de chegada. Ou como sinônimo de exato, navegar sendo algo científico, matemático, enquanto viver, não. Porque a vida é isso, é a forma como nós a vemos, a interpretamos. Grande Caetano.

Para Carlos Eduardo, que não suportava pretensão, foi a gota d'água.

– Esse verso não é do Caetano, nem do Fernando Pessoa, em quem ele se inspirou. Foi Plutarco quem atribuiu essa frase a Pompeu. Mas acho que ninguém aqui sabe quem foi Pompeu, ou Plutarco, ou até mesmo Pessoa, não é? Agora, fora da minha casa, todo mundo. E você, ô rock star, vai cuidar da tua vida, da tua carreira, dos teus fãs, e nunca mais aparece aqui.

Poucas horas depois, todos os sites da internet noticiaram a forma escandalosa como Opa Já havia sido expulso por seu "grande amigo", e seu Olair e dona Carmem ficaram muito bravos com o filho, mas começaram a lhe dar razão quando, às três da manhã, Opa Já, drasticamente bêbado, pôs-se a apedrejar as janelas da casa, gritando que, se não o deixassem entrar, ele assopraria até a casa ruir. Compadecida e assustada, dona Carmem hesitou entre recebê-lo e chamar a polícia, mas Carlos Eduardo se adiantou e deu o telefonema. Autuado em flagrante, Opa Já foi obrigado a se manter distante daquela família sob pena de multa e prisão – fato esse que a mãe do astro, ao ser avisada, conseguiu abafar perante a mídia. Ainda assim, nos dias posteriores, Carlos Eduardo sentiu que estava sendo seguido, sensação confirmada quando Opa Já invadiu a redação do jornal em que ele estagiava e avançou sobre ele com a desesperação turva do touro diante do sumiço do pano vermelho.

– Não bastava me expulsar da sua casa, me desprezar, me virar as costas, agora essa matéria, falando mal do meu disco. Você tem a ver com isso?

– Não fui eu quem assinou a matéria. Mas eu também te acho um blefe.

– Mas você gostava de mim. Você era meu fã. Eu dediquei tantos shows a você, à sua família. Tantos momentos felizes que tivemos juntos. Por que você está me tratando assim? Por que você deixou de gostar de mim?

– E você, cismou comigo por quê? Me deixa em paz, cara, me esquece.

Opa Já puxou do bolso a folha de um antigo calendário com a foto de um frade capuchinho e, com a sofreguidão de um tornado, empurrou a cabeça de Carlos Eduardo na direção da foto, deixando-a a meio palmo de seu nariz.

– Este aqui é meu pai. Está vendo? Era um frade. Vendia calendário e sêmen pra manter a ordem dele. E a minha mãe comprou os dois. Mas esse cara não é um frade para mim. Quem é como um frade para mim é você.

– Cara, se antes eu só achava, agora eu tenho certeza. Você é louco.

– Eu queria tanto que você gostasse de mim, Cadu. Eu queria tanto.

– Some da minha frente. Vaza daqui. Se mata.

E Opa Já obedeceu prontamente, esborrachando-se contra a vidraça mais próxima e atirando-se da janela, mas, como a redação ficava no segundo andar e logo abaixo havia o toldo do barzinho, tudo o que conseguiu foram alguns hematomas. Sua tentativa de suicídio, porém, logo se tornou notícia, e Maria Montesanto, para contornar aquele emaranhado de equívocos cometidos pelo filho, ordenou por telefone que o internassem numa clínica de reabilitação, justificando suas atitudes como resultado do consumo de substâncias ilícitas – logo ele, que nunca havia experimentado nada além do álcool –, o que foi muito bem-visto entre seu público. Na clínica, um mês após a internação, seu Olair e dona Carmem foram visitá-lo e o viram pálido e alucinado, com a voz e o espírito deteriorados, como se a tristeza houvesse entupido o canal de seus ímpetos e inspirações, e de seu chafariz original saíssem apenas filetes de uma água fétida e purulenta. Ao reconhecer o casal, num vestígio de lucidez, Opa Já os abraçou com a doçura amarga de uma Eugênia Grandet.

– Só vocês gostam de mim.

E saiu cantarolando baixinho pelo jardim, com o queixo no peito, tentando, com insistência, fazer com que seu canto ecoasse dentro do imenso espaço vazio dentro de si. Afinal, navegar era preciso. Viver, nem tanto.

QUE PAI ADORÁVEL

ler ao som de *Desafinado*,
com João Gilberto

Paulo Henrique tentava prestar atenção ao telejornal, porém, ao ver seu filho cruzando a sala na ponta dos pés, foi tomado por um instinto indeclinável, ainda que não exatamente paternal, e deixou o telejornal de lado.

– O que você está fazendo, filho?

– Amanhã vou apresentar para a classe um trabalho sobre a Revolução Francesa. Estou terminando de decorar.

– O que é que você vai dizer?

O menino começou a falar. Queda da Bastilha, Napoleão, Robespierre. Paulo Henrique balançou a cabeça de forma negativa.

– Tudo isso é informação ultrapassada, filho. Nao foi assim. Presta atenção. A Maria Antonieta era viciada em sapatos. Só pensava em sapatos e mais sapatos. Só que o Luís XVI tinha de sustentar outras quatorze rainhas.

– Outras quatorze rainhas?

– É, elas viviam amarradas na masmorra, mas tinham muito luxo, comiam muito peru, eram todas muito felizes. Mas, voltando à Maria Antonieta, como o rei não atendia aos seus pedidos, ela começou a ter um caso com o marquês de Pombal para que ele lhe desse sapatos.

– Mas o marquês de Pombal não era português?

– Pois é, mas ele perdeu tudo num cassino clandestino, que havia muitos em Portugal, e fugiu para a França. Como ele na verdade vivia só de pose, qual foi a saída que ele encontrou para satisfazer os caprichos da rainha? Mandou confiscar os sapatos de toda a população para dar à amante. O povo, descalço, ficou muito revoltado, infeliz, começou a pegar muita gripe, muito resfriado. Foi então que todos se uniram e fizeram a revolução.

– Tem certeza, pai? Não vi nada disso na internet.

– É uma descoberta recente, filho. Inclusive, deu no telejornal, agorinha mesmo. Ou você não confia no seu pai?

– Claro que confio.

– Então vai e diz tudo o que eu falei. Você vai ver como sua professora vai ficar impressionada. Todos os seus colegas vão te admirar e te respeitar.

O menino sentiu uma felicidade tépida no peito franzino ao imaginar os colegas, sempre tão hostis, cobrindo-o de admirações e glórias. Contudo, no dia seguinte, voltou da escola aos prantos. Ao ver o filho debulhado em lágrimas, Paulo Henrique mordeu a língua na tentativa de segurar o riso.

– Tirei zero, pai. Todo mundo. Riu da. Minha cara.

– Mas por quê, filho? E a professora? O que ela disse?

O menino falava entre soluços, pontuando as sílabas tônicas com trinadinhos de desenho animado, o que levava o pai a morder ainda mais a língua.

– Ela foi a que. Mais riu. Chegou a perguntar se. Se eu tinha pingado. Colírio no café da. Manhã.

Então, Paulo Henrique não aguentou e arrebentou numa gargalhada tão histórica quanto os sapatos de Maria Antonieta. Não é que houvesse premeditado, não é que quisesse zombar do filho. Mas era irresistível. Desde que o menino havia nascido, tinha vontade de rir só de olhar para ele. A distância amazônica que separava os dois olhos; os lábios estufadinhos e borrachudos que empurravam o nariz contra a testa; as ventas dotadas de um timing cômico digno dos melhores atores da chanchada nacional; as orelhas que pareciam duas trompas de Falópio; os pés planos, grandes e achatados, cujos passos tinham a firmeza de um pato andando sobre paralelepípedos; a voz nasal que oscilava tanto quanto sua coluna; tudo no filho, enfim, era tão ridículo que era impossível a Paulo Henrique não caçoar daquela criatura tão pequena, indefesa e terrivelmente engraçada. Tanto que, ao vê-lo no berçário, batizou-o com um nome que supôs ser a cara dele: Pandareco. E quando Pandareco chorava diante dele, o prantinho esganiçado e aviário do garoto só lhe dava mais vontade de rir, rir, rir até explodir.

– Agora que a Carol. Nunca vai querer. Ficar comigo.

– Carol? Quem é Carol?

– Uma menina da. Minha classe.

– E você está gostando dessa Carol, filho?

– Ela disse hoje. Que eu sou. Um palhaço.

– Olha, vou fazer assim. Você me diz o e-mail dela e eu escrevo algo bem romântico, no seu nome. Ela não vai resistir. Confia em mim.

– Confiar como se. Por sua causa eu. Passei a maior vergonha.

– Devo ter me enganado. Eu cochilei em frente à tevê e achei que tivesse visto essa notícia, mas não foi de propósito, filho, desculpa. Dá a chance do papai se redimir. Qual o e-mail da Carol? Vou escrever alguns versinhos.

No dia seguinte, ao entrar na classe, Pandareco viu diante de si os colegas se debatendo em gargalhadas como hienas hidrófobas lançadas num oceano de pó de mico. A menina Carol, cujas medidas verticais e horizontais eram o dobro das medidas de Pandareco, estendeu um papel ao menino.

– Foi você que escreveu isto?

Ele tomou o papel e, a cada palavra lida, seu desejo de morrer crescia.

– Você é uma coisinha roliça / vou te pendurar num mural de cortiça / seu umbiguinho malvado me atiça / quero me enterrar na tua areia movediça.

Os colegas se jogaram no chão socando a barriga um do outro, subjugados que estavam pelas mais violentas risadas já vistas desde a tomada de Constantinopla pelos turcos. Também violenta foi a reação de Carol, que deu um murro no topo da cabeça de Pandareco e, ao derrubá-lo, pôs-se a chutá-lo contra a parede como se ele fosse uma bola de ossos a quicar.

– Fala agora que eu sou uma coisinha roliça, seu desgraçado.

– Não fui eu, Carol. Eu juro.

– Você mandou esse e-mail nojento pra mim com cópia para a escola inteira. Se acha o meu umbigo malvado, você ainda não viu nada.

Então, para salvar a própria vida, Pandareco abocanhou o pé de Carol como se fosse o mais danado dos cães. A menina se esborrachou no chão e seguiu chutando-o com o outro pé aos berros, e foi necessária a intervenção dos bombeiros para separá-los, já que os professores, ao se depararem com a cena, caíam fulminados pela mesma gargalhada homérica que vitimava os alunos. No dia seguinte, o pai de Pandareco e a mãe de Carol foram chamados ao colégio, e a diretora, para enfatizar a gravidade da situação, desenhou suas sobrancelhas de modo a ficar a cara de Martin Scorsese.

– O seu filho disse que foi o senhor que escreveu esta indecorosidade.

– É mentira, diretora.

Carol e sua massuda genitora lançaram a Pandareco um olhar tão carregado de peçonha que o menino sentiu a espinha paralisar de horror.

– Como mentira, pai? Como mentira?

– Esse menino mente desde que saiu da maternidade, diretora. Desde pequeno, ele escrevia esses versinhos indecentes e distribuía aos vizinhos, ao padeiro, aos técnicos da tevê paga, imitando a assinatura da mãe. A senhora não sabe quantos mal-entendidos isso causou. Tanto que meu casamento acabou por causa disso. A mãe dele foi embora e ele continua dando desgosto.

E escondeu o rosto entre as mãos, fazendo supor que seu riso abafado era, na verdade, o soluçar de um triste pranto, provocando na mãe de Carol uma erótica comoção e levando a diretora a dirigir a Pandareco um olhar que reunia o ódio de todas as mulheres desquitadas do mundo.

– Então o que nós temos aqui? Um destruidor da honra feminina? Não bastou arruinar o casamento dos seus pais, você quer também emporcalhar o nome das suas coleguinhas? Pois eu vou dar um basta em você, seu vermezinho. Vou te expulsar do colégio e cuidar para que você nunca mais consiga vaga em nenhum colégio deste estado.

– Não aguento mais, cansei de viver. Eu vou me matar. E vai ser agora.

Pandareco pulou da cadeira e seguiu em direção à sacada da diretoria, mas estava tão nervoso com a decisão do suicídio que dava um passo, tropeçava e caía de um lado, dava mais um passo, tropeçava e caía do outro, e assim sucessivamente, despertando nos presentes uma forte vontade de rir, sufocada em respeito ao desespero do menino. Depois do décimo tombo, as pernas do garoto enfim desistiram do movimento, mas ele, obcecado pela concessão de um desfecho operístico à sua vil existência, seguiu arrastando-se à sacada com o frenesi de uma jiboia, levando alguns sopros de riso a vazar na sala como sons de trombone. Por fim, seus bracinhos também sucumbiram, e tudo o que restou ao menino foi esmurrar a cabeça contra o chão e a se unhar como um gatinho doméstico vítima de transtorno bipolar, e seus gritinhos felinos e agudos, ainda que expressassem um sofrimento igualmente agudo, fez explodir entre as testemunhas da melancólica cena a mais irrefreável e ignóbil das gargalhadas. Paulo Henrique não aguentou e sacou o celular.

– Essa é demais. Essa eu tenho que fotografar.

As fotografias percorreram o colégio e adjacências, e as gargalhadas ao redor do bairro fizeram com que as três Américas sacudissem como um chocalho. Com o fôlego esgotado de risadas, Paulo Henrique decidiu, pela primeira vez, preparar ao filho um copo de chocolate quente.

– Filho? Posso entrar? Sou eu. Abre a porta.

Mas Pandareco, deprimido, não abriu a porta. Não queria comer nem dormir nem viver nem morrer. Deitado na cama, apenas olhava o teto esperando o teto furar. Então seu pai recebeu a última visita que poderia esperar.

– Não é possível. Kundra?

Kundra, a mãe de Pandareco, havia deixado o filho com o marido para se ocupar de sua bem-sucedida carreira de designer de móveis para tribunais. Ao tomar conhecimento das infames fotografias, porém, Kundra percebeu que a irritante mania de Paulo

Henrique de fazer piadinhas com tudo e com todos estava tomando proporções inaceitáveis.

– Ah, Paulo Henrique. É a sua cara orquestrar esse plano sórdido só para se divertir à custa do nosso filho. Mas agora que sou uma designer aclamada mundialmente, vou tomar a guarda do menino para mim.

– Ah, Kundra. Você nunca teve o menor senso de humor.

– Você é que nunca teve a menor graça.

– Eu posso não ter. Mas o nosso filho é muito engraçado. E, se ficar com você, ele vai murchar, perder a graça, e eu não vou deixar isso acontecer.

– Veremos.

Levaram a disputa ao fórum, um fórum inteiramente planejado e decorado por Kundra, e ela se sentia tão dona de seu destino naquele ambiente que não teve dúvidas quanto à conclusão da disputa. Paulo Henrique, oprimido por aqueles móveis e por aquela mulher, ela própria também um móvel, suou nas dobras quando o juiz se dirigiu a Pandareco, evitando olhar diretamente para o menino para não ceder à tentação de rir.

– E você? Com quem você gostaria de ficar?

Pandareco olhou para a mãe, sólida, misteriosa e inanimada como uma estátua asteca, depois olhou para o pai, infantil, perdido e desprotegido como um rebelde de jaqueta, considerou rapidamente e decidiu.

– Quero ficar com o meu pai.

Kundra sentiu como se os móveis de repente sumissem da sala.

– Depois de tudo o que ele te fez?

– Ele não fez por mal. Ele exagerou um pouco, fez umas brincadeiras sem graça, mas ele sempre cuidou de mim e só quer que eu seja feliz.

E correu ao abraço do pai, que o estreitou com força.

– É isso mesmo, filho. O papai pisou um pouquinho na bola, mas, daqui pra frente, vou te fazer tão feliz quanto você me faz.

Kundra ficou de pé diante de pai e filho abraçados e vaticinou.

– Não se iluda, filho. Eu sou a única pessoa no mundo que nunca vai rir quando olhar para você. Enquanto o seu pai vai perder a sua alma só para não perder a piada. É essa a vida que você quer?

Pandareco esticou a cabeça para encarar a mãe e não viu sentido nas palavras dela. Qual a vantagem em ficar com uma pessoa que não tinha o hábito de rir? Podia não ser a criança mais feliz do planeta, e de fato não era, mas estava tão acostumado a viver cercado de risadas que o mundo lhe pareceria um lugar muito mais inóspito se essas risadas cessassem.

– É essa a vida que eu quero, sim.

E mostrou para a mãe sua língua chata, comprida e bifurcada, muito parecida com a de um lagarto, e foi impossível ao pai, ao juiz e aos advogados não se jogarem no chão de tanto rir, e aquele gesto deu a Pandareco o conforto de se sentir dentro do universo que conhecia – o mesmo conforto sentido pela mãe ao entrar no fórum. Mas Kundra, que sentia na própria carne as topadas que aqueles bufões davam contra seus móveis enquanto riam, retirou-se antes mesmo que o juiz voltasse a si e proferisse o óbvio veredicto.

– A guarda do filho continua com o pai. Caso encerrado.

No dia seguinte, Paulo Henrique convidou todos os colegas de Pandareco para comemorar o aniversário do filho, e este se sentiu genuinamente feliz ao ver diante de si o pai e os colegas cantando-lhe canções de parabéns. Porém, ao tirar a vela já apagada do bolo, sentiu a mão súbita e brutal do pai a empurrar sua cabeça contra aquela massa retangular doce e pastosa. Com o rosto ainda afundado no creme, ouviu a gargalhada geral e decidiu não se mover, mas o pai ergueu a cabeça do filho pelos cabelos e, sustentando-a como um prêmio, ordenou aos convidados.

– Podem fotografar.

Trinta anos se passaram, e Pandareco jamais conseguiu esquecer aquele que fora o mais humilhante de todos os seus aniversários. Enquanto ouvia em torno de si a esposa, os três filhos e alguns colegas do escritório cantando-lhe parabéns pelos seus quarenta anos, viu o pai diante de si em uma cadeira de rodas, sem cantar nem bater palmas, como consequência de um acidente vascular cerebral. E, na hora do discurso, Pandareco o fez olhando para o pai.

– O primeiro pedaço deste bolo vai para você, pai. Você, que ao longo de toda a minha vida nunca riu comigo, mas riu de mim. Você, que massacrou minha autoestima e me provocou tantos traumas, paranoias e depressões. Eu quero te dar o primeiro pedaço do meu bolo e dizer que eu sobrevivi. Eu poderia te jogar num asilo público, poderia me livrar de você, mas não. Faço questão de cuidar de você e te dar a melhor assistência possível. Sabe por quê? Porque eu sou melhor que você. Eu venci, pai. Eu venci você.

Um silêncio tumular cobriu a sala como uma fumaça de mortalha. Todos se entreolharam, num mudo desconforto. Então, Pandareco pegou a faquinha de plástico para cortar o primeiro pedaço e sentiu, num golpe súbito, brutal e, portanto, familiar, a cabeça ser fortemente empurrada contra o bolo. Desta vez, não foi o pai o autor do gesto: foram seus três filhos. Então todos os presentes explodiram na mais premente das risadas. Pandareco, ao levantar o rosto e tirar a pasta de chocolate dos olhos, viu os filhos abraçados ao avô – que ria com um terço da boca –, os colegas rasgando o paletó uns dos outros na desesperada tentativa de conter o riso, a esposa de cócoras parindo em espasmos colossais a mais monstruosa gargalhada, e compreendeu enfim que seu discurso não era verdadeiro: ele não havia reescrito a própria história; ele não havia vencido. A vida se impôs, a vida é sempre mais forte do que qualquer senso humano de justiça. Então, Pandareco desistiu. E, aos prantos, caiu na risada com os demais.

OS DEGRADADOS FILHOS DE EVA

ler ao som de *Over the rainbow*, com Judy Garland

Era tempo de eleições, e os candidatos à prefeitura de Águas Passadas, município do interior pastoril de São Paulo, disputavam a primazia pelo último lugar, já que ninguém desejava vencer. Outrora uma das estâncias climáticas mais simpáticas do país, Águas Passadas costumava acolher com júbilo os idosos ali depositados pela Classe Média pagante, mas a junção do ócio com o desamparo, associada ao clima sempre estimulante e vívido da região, havia levado algumas senhorinhas a formar uma quadrilha responsável por roubos e sequestros, o que assustou a Classe Média e a fez sacar de volta seus idosos, liquidando com isso a reputação da cidade e provocando uma evasão fatal de investimentos. E, como nenhum candidato queria encarar uma prefeitura tão pobre de caixa, todos eles passaram a tecer loas a seus oponentes.

– Não é porque a mãe do meu adversário Odilon Stuttgart foi a líder do bando que desmoralizou nossa cidade que ele não faria um ótimo governo.

Pois, um dia, Eva Stuttgart, a líder da quadrilha geriátrica em questão, chamou à cadeia o filho Odilon.

– Você precisa vencer a eleição. Só assim poderá me tirar daqui.

– Mas eu não poderia tirá-la da prisão só por ser prefeito, mamãe.

– Eu não digo para sair pela porta da frente, seu idiotinha, mas pela dos fundos. Você manda subornar ou trocar os funcionários e aí eu fujo.

– E aí todo mundo vai suspeitar do meu envolvimento.

– Você acha que, com esse clima, esse sol, esse céu, essa luz, alguém vai se importar com a minha fuga? E, mesmo que se importe, e daí? Você diz que a oposição facilitou minha fuga para te desestabilizar. Afinal, o que você quer? Que a sua mãe morra nesta gaiola sem forro? Tem vinte e duas miseráveis na cela ao lado cantando dia e noite as músicas da Björk em ritmo de rap. Eu não vou aguentar, meu filho. Eu vou morrer. É isso o que você quer?

Odilon já estava habituado e até aliviado com a ideia de ter sua mamãe encarcerada. Mas seu pendor à obediência e à sujeição – que o levava, sempre que fazia algo de errado quando criança, a esfregar a fralda suja na própria cara sem que a mãe nem sequer precisasse impor o rotineiro castigo – o fez acatar a condenável exigência, e ele passou a encarar aquela disputa com novo ânimo – um ânimo doce, quebradiço e oco feito um ovo de chocolate.

– Eu seria um bom prefeito pra esta cidade, sim. Podem votar em mim.

Com tal gana, Odilon disparou na preferência do eleitorado e, incentivado pelos adversários, subiu ao púlpito do coreto para dizer algumas palavras à população, mas esta, envolvida por aquela excelente atmosfera e pelo sol que executava com loucura um número de pole dance usando uma nuvem grossa como barra, distraiu-se da presença do candidato e se pôs a andar de bicicleta em torno do coreto, não necessariamente pedalando, e Odilon não se importou muito, até porque não tinha nada de muito relevante para dizer. E ali ficou, pacífico e paciente, soprando palavras por entre os dentes e espiando o mormaço desintegrá-las, até que viu subir em sua direção um rapaz miúdo e amarelado trajando um sobretudo de algodão branco e uma mulher com um vestido negro e aquoso que confundia e deformava as curvas inaturais de seu corpo. Ao identificar o sujeitinho, Odilon assombrou-se.

– Amaro? É você, meu irmão? Mas você não estava internado?

– Eu tive alta. Esta é Zuzana Hanulova. Ela também estava internada, ficou amiga das enfermeiras, me ajudou a ter alta. Acabamos saindo juntos.

– Olhe, agora estou no meio de um comício, depois conversamos.

– Não, Odilon. Quem vai falar à população agora sou eu.

Amaro então empurrou Odilon para fora do coreto, apossou-se do púlpito com a sofreguidão de um huno e proclamou com ardente desespero.

– Meu nome é Amaro Stuttgart e eu também sou candidato a prefeito. Eu quero muito governar esta cidade e imploro para vocês votarem em mim. Porque, se vocês não votarem, se eu não vencer, sabem o que eu vou fazer?

E todos continuaram na pracinha divertindo-se com as bicicletas e regozijando-se com o fogo macio que escorria do sol, o que levou Amaro a adquirir a gravidade alucinada e fremente de um fauno desprezado.

– Se eu não vencer estas eleições, eu vou me matar. Estou falando sério. Vou me matar de um jeito horrível, e vocês nunca mais vão ter paz. Vou me matar e a vida de vocês vai se tornar um inferno de culpa e remorso.

E todos continuaram na pracinha divertindo-se com as bicicletas etc. Odilon bocejou, enfastiado com essa mania de seus parentes quererem o tempo todo matar, morrer e coisas assim. Mas Amaro havia saído do manicômio disposto a tudo para conquistar o respeito do qual se achava privado desde o dia em que sua mãe o obrigou, diante de todos os criados, a comer um quilo de carne crua. O intuito de Eva Stuttgart era fazer o filho caçula abandonar de vez o hábito cafona do vegetarianismo, mas seus métodos radicais levaram o sensível menino não apenas a se aferrar com ainda mais convicção à ojeriza pelos alimentos de origem animal como também a ter pesadelos com nuvens bovinas chovendo carne moída sobre ele e a sofrer das mais atrozes disfunções gastrointestinais, além dos muitos dentes estragados graças ao excesso de chicletes, balas e qualquer coisa doce o bastante para atenuar aquele gosto forte que nunca mais saiu de suas papilas. Tantos pesadelos, dores de dente, refluxos e prisões de ventre foram afetando seu humor, seu espírito e, por fim, seu juízo, de tal forma que, ao ser encontrado depredando um banheiro de supermercado após engolir e vomitar um saco de ração para cachorro, sua mãe não quis saber de conversa e exigiu que Amaro se internasse por conta própria e levasse de casa a própria camisa de força, que ela, muito previdente, já havia comprado. Mas enfim havia chegado a hora em que ele mostraria à mãe megera, ao irmão pusilânime e a todo o mundo do que era capaz. A um olhar trocado com Zuzana, pegou uma faca do bolso, empunhou-a e bradou com a sobrançaria de um ator a dirigir e produzir o próprio filme.

– Vocês não acreditam em mim? Pois vou lhes dar uma prévia do que eu sou capaz. Vou cortar fora um dedo meu. Aqui, diante de vocês.

E todos continuaram na pracinha divertindo-se etc. Amaro escolheu então o dedo anelar da mão esquerda, que lhe parecia feio e totalmente inútil, e enterrou a faca no dedo. Enterrou duas, três, cinco, dez vezes. Nem um fiapo de sangue escorreu. Odilon aproximou-se, observou e advertiu.

– A faca está cega.

Zuzana Hanulova então sacou da bolsa acoplada ao vestido seu alicate de unhas. Muito nervoso, Amaro testou a eficácia do instrumento cortando os cordões de seu sobretudo, e a execução precisa e fulminante provocou nele um refluxo pesado e amargo que o queimou de alegria.

– Você vale por mil, Zuzana. Agora cante. Cante enquanto eu corto.

Zuzana Hanulova era eslovaca, mas nem os próprios eslovacos a compreendiam, já que o seu sotaque era, na verdade, uma amálgama dos sotaques de todos os países em que já estivera internada. Fã da banda musical Bee Gees, tinha veleidades artísticas muito específicas e, diante do pedido de Amaro, cantou algo cuja melodia remetia a *Stayin' alive*, embora a letra tanto pudesse ser trechos do Pentateuco como do *Mein Kampf* em seus idiomas originais. O número de Zuzana, associado à sua marcante figura – seu cabelo fino, cor de clara de ovo; sua pele penugenta, que assumia sob o sol um tom amanteigado de rosa, ainda mais tênue que o cor-de-rosa genital; seu corpo esguio, anguloso e impreciso, desenhado em curvas íngremes nos quais uma derrapada poderia ser fatal; e seus olhos inexplicáveis cobertos por óculos pretos e isolantes –, enfim chamou a atenção das pessoas, e ela teve de repetir o refrão várias vezes, já que Amaro, por causa do pequeno comprimento das pontas do alicate, precisou de quase meia hora para concluir o decepamento, o que implicou em alguns esguichos de sangue na própria cara. Ao final, vitorioso, Amaro brandiu o dedo extirpado, e as pessoas, enojadas, perderam a vontade de brincar.

– Eu avisei. Pelo voto de vocês, sou capaz de tudo. E agora? Que provas mais vocês querem? O que mais preciso fazer para merecer vosso voto?

No dia seguinte, Odilon foi colocar a mãe a par das novidades.

– Ele se candidatou mesmo, por um partido nanico.

– E como um partido aceita alguém saído de um hospício?

– E desde quando alguém aqui precisa de diploma ou atestado de sanidade para se candidatar, mamãe? Ah, quer saber? Se o Amaro quer tanto ser prefeito, vou retirar minha candidatura a favor dele e pronto.

– E por que você acha que ele quer tanto a prefeitura, seu idiotinha? Porque, se ele se eleger, eu não saio daqui nunca mais. Agora, preste atenção, Odilon. Você não vai retirar a candidatura e não vai permitir que ele ganhe.

– Ele já estourou nas pesquisas. Se tirar outro dedo, é vitória na certa.

– Você e o alfacinha do seu irmão não entendem nada da vida. Deixe o Amaro se estropiar o quanto quiser. Esse jogo vai virar. E por conta própria.

Saindo da delegacia, Odilon seguiu em direção à pracinha e se deparou com o coreto convertido em um octógono, o chão forrado com um tatame e, sobre ele, pulando corda e vestindo um calção dourado justíssimo, um dos mais conhecidos lutadores de vale-tudo, Maciste Brasil. As pessoas iam se aproximando ao reconhecê-lo e o lutador não se importava em tirar fotos e sorrir com seu protetor bucal igualmente dourado. Porém, ao ver Amaro chegando, tão franzino dentro de seu calção frouxo, Maciste tomou-se de uma ira verdadeiramente bufalina, e a impermeável Zuzana Hanulova, fazendo as vezes de árbitra, colocou cada qual de um lado, cantou com suas letras e sotaques incompreensíveis uma cançoneta do Bee Gees e por fim ergueu os braços, ordenando o início da luta. As pessoas, já contagiadas pela música e por aquele sol ineludível, logo se puseram a torcer e vibrar, mas Maciste levou menos de dois minutos para dobrar, espremer e compactar Amaro de modo a fazê-lo caber dentro de um porta-joias. Atônito e sem ter o que fazer com tanta ira sobrada, já que o rival não havia dado nem para a entrada, Maciste, num arranco de touro desforrado, arrebentou com um coice as cordas do octógono improvisado e, esquecido de sua condição bípede, partiu desferindo chifradas nas árvores, nos carros e nos muros. Com a partida de Maciste, Zuzana e Odilon pegaram Amaro e o remodelaram até chegar a algo parecido com seu formato original. Odilon ergueu o irmão, que murmurou algo em seu ouvido, e Odilon transmitiu o recado às pessoas que ali restavam.

– Meu irmão está dizendo que vai continuar se autoflagelando até ficar em primeiro lugar nas pesquisas e que, se não vencer, vai mesmo se matar.

As pessoas acabaram se tomando de afeição por Amaro, a mesma afeição rútila e aziaga que sentiam pelos coiotes de desenho animado, e, ao final daquela semana, Amaro já estava em segundo lugar, apenas alguns pontos atrás de Odilon. Ansioso e imediatista, Amaro sabia que não conseguiria suportar em paz o peso de sua existência enquanto as pesquisas não assegurassem sua vitória, e, portanto, mesmo sem estar totalmente recuperado do massacre promovido por Maciste Brasil, voltou à praça central acompanhado de Zuzana Hanulova, pôs-se nu, arrancou a golpes de machado uma das vigas do coreto, partiu-a em duas, amarrou com as calças os dois troncos em formato perpendicular, jogou a cruz formada sobre os ombros e saiu arrastando-a e clamando para que todos o enxovalhassem porque ele merecia. As pessoas, surpresas e intimidadas, paralisaram, e alguém mais audaz jogou em Amaro um copinho de plástico. Este rugiu, batendo com a cabeça na cruz.

– Façam o pior que vocês puderem. Digam o pior que vocês quiserem. Atirem em mim todo o lixo que vocês tiverem.

Então, um trovão estrepitou num rasgo breve e sumiu, dando a impressão de ter sido apenas um arrotinho desaforado do sol; porém, aquele deboche pueril caído dos céus destampou nos habitantes o bueiro de seus entulhos íntimos e todo o lixo solicitado por Amaro foi trazido à tona com grande energia. Assim, enquanto Zuzana cantava algo que devia ser *I started a joke*, todos o cercaram e o cobriram de escarros, chutes e ofensas do mais baixo e desprezível calão, assim como as crianças – a maioria doutorada em bullying –, que ridicularizaram o corpo e o espírito de Amaro com aquela crueldade gulosa, festiva e ilimitada da qual somente as crianças são capazes. Amaro recebeu tudo de cabeça baixa e cruz no ombro, até que um açougueiro atirou em sua cara uma talhada de carne velha e decomposta; ele então desmaiou imediatamente. Rápida como um corisco eslovaco, Zuzana afastou as pessoas com o uso enérgico dos cotovelos, recolheu com uma pá o que havia restado de Amaro, colocou-o em um carrinho de construção civil e o levou consigo. Atônitas e sem ter mais onde jogar tanto lixo transbordado, as pessoas passaram a se insultar e a se agredir: homens, mulheres e crianças arrojando uns nos outros seus mais pútridos resíduos. Assim foi até a noite chegar e pousar sobre a cidade um véu de exaustão – o que levou todos a se abraçar, deitar e dormir sobre a grama rija e cascuda da praça. Ao acordar no dia seguinte, depararam-se com um telão a encobrir todo o coreto, e o telão mostrava Amaro prostrado em uma cama, falando entre engasgos de refluxo e tremores de cólica.

– Queridos eleitores, inicio neste momento uma greve de fome. De hoje até o dia da eleição, vou tomar apenas um copo de água por dia. Por esta câmera, vocês vão acompanhar minuto a minuto meu definhamento, meu penar, meu sacrifício para merecer o voto de vocês. Com isso, minha vida fica definitivamente em suas mãos. Se eu vencer, volto a me alimentar. Se não, fecho a boca de uma vez e para sempre, até morrer, aqui, diante de vocês.

A partir de então, toda a rotina da cidade passou a gravitar em torno da greve de fome de Amaro. Todos os habitantes davam pelo menos uma passadinha por dia na praça para conferir a evolução do quadro dele; os que tinham mais tempo livre ficavam lá observando e comentando o estado de Amaro; e alguns mais obcecados acamparam na praça para não perder nenhum momento. Amaro murchava e escaveirava dia a dia, sua respiração entrecortada revelava os contornos fortes da agonia, seus ossos aos poucos passaram a entrar em contato direto com a pele, e Zuzana ia à praça e pontuava diariamente aquele suplício cantando músicas terrivelmente dramáticas – que podiam ser *How can you mend a broken heart* ou *My life has been a song* – enquanto o telão destacava em primeiro plano os olhos cada vez mais saltados e úmidos de Amaro, o que levava a população subjugada diante de tais apelos sensoriais a consumir tudo aquilo avidamente. O comércio em torno da praça vicejou, vendedores de pipocas e cachorros-quentes conseguiram quitar suas casas, e o interesse comum em torno do padecimento de Amaro, cuja força vital se liquefazia a cada instante, originou não apenas grandes debates, mas também o início de muitas amizades e de alguns bonitos romances. Ao chegar, enfim, o dia da eleição, todos foram votar e voltaram à praça para acompanhar a apreensão de Amaro, pontuada pela interpretação alegre e otimista de Zuzana de músicas que deviam ser *Jive talkin'* e *Night fever*. Ao final do dia, praticamente toda a cidade havia se concentrado diante do telão, aguardando com a obsessão dos cães famintos a reação de Amaro ao resultado das eleições. Com as urnas eletrônicas contabilizando os votos e acusando um vencedor, Zuzana pôs-se a rufar um tamborim, Amaro suou a pouca água que lhe restava no sangue e Odilon entrou no quarto do irmão para anunciar a ele e a todos os que lhes assistiam.

– Eu venci, Amaro. Recebi mais de setenta por cento dos votos.

Amaro agarrou-se à cabeceira da cama, tomado de uma cólica tão brutal que era como se houvessem brotado serpentes a se revirar em seu ventre.

– Não pode ser. Eles não fariam isso comigo. Não seriam tão impiedosos. Eles estão vendo tudo pelo que estou passando. Eles são testemunhas.

O celular de Odilon tocou. Ele atendeu e o repassou a Amaro.

– É a mamãe, da delegacia. Quer falar com você.

– Não tenho forças para segurar um celular. Coloca no viva-voz.

Odilon colocou e todos ouviram a gargalhada estridente da velha.

– Amaro, seu grande cretino. Você armou esse circo para que eu apodrecesse na cadeia, mas, no final, quem vai apodrecer é você.

– Eu odeio a senhora. Odeio.

– Ainda é aquela história de eu ter obrigado você a comer carne? Eu fiz o que fiz para o seu bem. A carne do homem só é forte quando se alimenta da carne alheia. Todo homem tem fome de carniça. Veja o apetite que você despertou nessas pessoas. Agora, a carniça que elas querem é a sua. Carniça que você ofereceu numa bandeja. Você deu sua palavra. Embora eu ache que sua palavra seja tão fraca quanto sua carne. Foi no que deu você ser como é.

Eva tornou a gargalhar e depois desligou. Impactado com as palavras maternas, Amaro moveu seus olhos na direção da câmera, e a população de Águas Passadas, em total silêncio, sentiu-se encarada por Amaro, encarando-o de volta com uma curiosidade mórbida, maliciosa e carnívora. Amaro sentiu, através da câmera, a população a cobrá-lo e desafiá-lo. Eles estavam cientes de suas promessas e ameaças e, ainda assim, optaram por não votar nele. Para onde quer que se movesse, o xeque-mate era certo. Justo ele, que tanto quis crer na desnecessidade da carne alheia para a robustez física e moral dos homens, estava acuado por aquela fome que, sim, existia, e, quanto mais incitada, mais intensa se tornava. A desilusão o levou ao desespero, o desespero o levou à fúria, a fúria o fez levantar e urrar à câmera como um leão acossado.

– Então vocês querem a minha carne, não é? Pois eu não dou. A minha carne, a vocês, eu não dou. Eu vou sobreviver. Vou sobreviver a todos vocês.

Saiu, trôpego e tomado de uma náusea sartriana, rumo ao açougue mais próximo, a duas quadras. Apedrejou a porta do estabelecimento, invadiu-o, arrancou do gancho mais alto um enorme braço bovino e pôs-se a roê-lo e a engoli-lo. Logo a população descobriu onde ele estava e o cercou para assistir-lhe, e, quanto mais carne crua ele engolia, mais famintos eram os olhares sobre ele. Amaro foi engolindo carne, engolindo carne, engolindo, até que seu estômago ressecado, incapaz de suportar a sobrecarga, estourou como uma bexiga. Amaro morreu ali, diante de todos, e Zuzana cantou *Wish you were here* diante dos olhares arregalados e fartos sobre o cadáver, além de apresentar um belo *pot-pourri* no funeral, de longe o mais concorrido da história de Águas Passadas, do qual todos saíram empanzinados e ofegantes, como quem sai de um almoço gratuito promovido por uma nobre churrascaria. Odilon assumiu a prefeitura e, abalado com a autodestruição explícita do irmão, decidiu sublimar os traumas de infância e se tornar, ainda que parcialmente, um homem. Providenciou para que a mãe passasse o resto da vida na cadeia, na mesma cela das velhas que reproduziam o repertório de Björk, além de mandar levantar uma estátua de Amaro ao lado do coreto para que a barbaridade que o vitimou nunca fosse esquecida. Porém, Odilon superestimou a capacidade humana de refletir sobre os próprios erros: se aquela estátua a princípio causou algum desconforto, logo todos se acostumaram e imergiram de volta na alegria abundante, mesquinha e langorosa que aquela abençoada temperatura inspirava. Em poucos meses, a estátua foi pichada de cima a baixo por crianças com insultos a outras crianças, e também Odilon, aos poucos, deixou de se importar com seus propósitos iniciais. Afinal, com Zuzana aceitando seu pedido de casamento, sua autoestima estava em festa.

– Me diga. Por que você foi internada tantas vezes? E em tantos países?

Mas Zuzana não disse. Se tinha aprendido algo com a história de Amaro, era que o coração humano possui gavetas que é melhor não abrir – pois, abrindo-as, sempre se corre o risco de animar os outros a abrir também. Era melhor que o passado continuasse quieto e guardado. Ora, eles tinham ali um dos melhores climas do mundo; um sol belíssimo, soberbo e indiferente a tudo o que era humano; o dinheiro dos impostos pagos à força por aqueles cidadãos ordinários; as canções do Bee Gees, que ela, como primeira-dama, seguiria cantando na praça central. Do que mais precisavam para ser felizes? De mais nada. E assim, muito conscientes da própria felicidade, Odilon e Zuzana foram encomendar a comida para a festa do casamento no açougue em que Amaro havia morrido, rebatizado como Casa de Carnes Amaro Stuttgart.

A QUE PONTO CHEGAMOS

ler ao som de *My way*, com Frank Sinatra, aumentando gradualmente o volume até chegar ao limite máximo no minuto final

Cremilda Rockfeller já quis, em tempos remotos, ser estimada, admirada e amada. Porém, nos dias que corriam, tudo o que ela queria era que sentissem pena dela – a mesma piedade ilimitada e incondicional que sentia por si mesma. Depois de perder a mãe Crimelda, vítima de um enfarte, e a filha Crimelda, afogada na banheira; depois de perder todo o prestígio que um dia teve como estilista de moda; depois de perder o título de mulher mais gorda do mundo e ser relegada à indigência de um segundo lugar; depois de perder o talento, a criatividade, a saúde e o equilíbrio emocional em nome de uma busca insana e totalmente frustrada pelo carinho alheio; depois de perder, enfim, toda e qualquer razão para continuar vivendo, Cremilda reduziu sua existência a um único sonho, um único desejo: o de morrer. Não para imergir nas trevas da inconsciência, o que não saciaria sua autopiedade, mas para observar a repercussão que causaria sua morte. Como havia passado a viver deitada, graças às suas irrevogáveis três centenas de quilos, Cremilda escorria o tempo imaginando-se dentro de um caixão, sentindo o peso de sua carne inerte, e as pessoas em torno de seu caixão, ao reconhecerem e lamentarem suas desventuras, chorariam de pesar e remorso por não terem lhe dado afeto em vida, e Cremilda, ao testemunhar, dentro de seu estado mortuário, as lágrimas a ela dedicadas, choraria também, grata e aliviada diante daquela tangível demonstração de piedade. A fantasia de registrar a tristeza das pessoas com seu falecimento a acalentou durante alguns meses, e Cremilda se viciou nesse ópio imaginário por meio do qual se sentia, enfim, a pessoa especial que sempre havia sonhado ser. Só a morte a tornaria querida e sublime, traria significado à sua montanha de dor e sentido à sua vida desditosa. Porém, como em todo vício, a força comovedora dessa ilusão aos poucos foi se esvaindo, e Cremilda, para turbiná-la, decidiu adicionar a esta alguma realidade. Assim, alcançou o telefone numa das extremidades do chão acolchoado sobre o qual vivia – telefone que havia muitos meses não tocava –, e ligou para Catherine Goldmayer, a dona do tradicional e imponente *Shopping Center Samsara*, *shopping* no qual, em seus dias de glória, Cremilda havia comandado uma das principais lojas de sua atualmente extinta grife.

– Catherine, escute. Quero que meu velório aconteça no salão de eventos do seu *shopping center*. E quero que você organize tudo.

– Se você está planejando morrer durante os próximos três meses, esqueça. A agenda de eventos está lotada.

– Não estou planejando morrer. O que eu pretendo é forjar a minha morte para ver as pessoas sofrendo por mim. Então, por favor, arrume uma janela na sua agenda, porque eu quero fazer isso o mais rápido possível.

– Cremilda, em respeito ao tempo em que você era alguém, por que você acha que alguém lamentaria a sua morte? Para público e mídia, você já morreu há muito tempo. E, portanto, não faria o menor sentido abrir as portas do Samsara para promover o velório de alguém tão irrelevante.

– É aí que você entra. Você vai divulgar meu velório. Vai narrar para a imprensa minha tristíssima história e reacender o interesse em torno de mim. As pessoas sempre ficam com pena de quem morre, com remorso por não ter lhe dado o devido valor. É desse retorno que eu preciso. Por favor, me ajude.

– Queridinha, foi um prazer falar com você depois de tanto tempo, mas preciso urgentemente mandar limpar minha prataria norueguesa e

– Ainda tenho muitos zeros na minha conta bancária, Catherine. Zeros que podem ir diretamente para a sua conta, enfileiradinhos. Pense bem.

– Ah, esse meu coração mole ainda me mata, viu? Mas me diga, em qual dia você prefere morrer?

Dois dias depois, Cremilda Rockfeller foi oficialmente dada como morta. As equipes de telejornalismo filmaram seu corpo sendo içado por um guindaste, preso às mais tenazes cordas de aço, pela abertura do teto solar de seu aposento, e Catherine Goldmayer, diante das câmeras, chorou, com o cuidado de escoar as lágrimas nas linhas faciais mais apropriadas.

– O Brasil tem memória curta, e é preciso lembrar a artista incrível que foi Cremilda Rockfeller. Este vestido espetacular que estou usando, por exemplo, foi ela que fez. Além de ser uma das estilistas mais revolucionárias da história da moda brasileira, ela era uma pessoa muito especial, e eu posso dizer isso porque nós sempre fomos muito próximas. Eu nunca a vi se queixando, reclamando, nada. Era uma santa. Só pensava em ajudar os outros. Deixou todo o patrimônio para uma instituição que recolhe as crianças da rua, não sabemos bem para onde elas vão depois, mas o fato é que saem das ruas. E eu dizia para ela: pense um pouco em você; o médico disse que a sua vesícula está do tamanho de uma jaca. Mas ela não quis nem saber. E agora está aí, morta. Ah, só eu sei o quanto essa mulher sofreu. Sofreu e amou como uma louca. Que perda terrível. Mas vou prestar uma última e grande homenagem à minha amiga. Vamos, perguntem-me qual será essa homenagem.

– Qual será essa homenagem?

– Neste sábado, a partir das quinze horas, seu velório será realizado no salão de eventos do *Shopping Center Samsara*. O mesmo endereço no qual ela nasceu e viveu os momentos mais felizes de sua vida. É o desfecho de um ciclo no mesmo ponto de seu início. É o círculo da vida em toda a sua pujança. Portanto, venham todos se despedir dessa grande, enorme, agigantada mulher, em todos os sentidos, que foi Cremilda Rockfeller. A entrada é franca, as lojas estarão com promoções muito especiais, o estacionamento nas quatro primeiras horas será gratuito e vários artistas já confirmaram presença.

– É mesmo? Quais artistas? E de quanto serão as promoções?

– Ah, isso não importa. O importante é que ninguém perca essa oportunidade única de dar o seu último adeus a esse gênio da bondade e da beleza.

Na data anunciada, caravanas de todo o país despejaram no famigerado endereço comercial milhares de pessoas, todas sob estado de forte emoção. O salão de eventos já estava preparado, com círios de cristal polonês e flores de um viço incomum em torno do caixão no qual estava Cremilda. Catherine, excitada, deixou a falsa defunta na companhia da socialite Bluma Lancaster – uma amiga que também estava a par de tudo – e de seu novo marido, coronel Braguinha – um homem tão rude e deselegante quanto rico –, para receber as caravanas. Bluma, diante daquele casal, sempre pensava que cada país tem a Jackie e o Onassis que merece. Enfadada diante daquele caixão, que poderia servir de mausoléu a três gerações de uma família, e dos estranhos objetos que haviam pertencido a um monge budista caiapó e faziam parte do acervo do Samsara, Bluma bufava e mordia a piteira, enquanto Cremilda tentava se acomodar em meio aos quilos de flores que a recobriam.

– Vai ser difícil não espirrar com tanto pólen em torno de mim.

– *Sweetheart*, é muita estupidez de sua parte achar que alguém virá aqui chorar por você. Você não percebe que este é o último lugar indicado para uma pessoa se importar com outra?

– Eu ainda não cheguei a esse ponto de cinismo, Bluma. Sei que muita gente virá aqui por curiosidade, e até pensando em aproveitar alguma promoção. Mas, quando entrarem aqui, quando me virem, elas vão se comover. É uma questão de empatia. Somos todos feitos do mesmo material humano.

– Evidente que somos. E é justamente esse o problema.

– Será uma catarse, Bluma. Você vai ver. Será o fim desse lugar-comum de que as pessoas são todas superficiais, tolas e egoístas. Bem, elas são isso também. Mas elas sofrem. E a dor de uma pessoa reflete a dor de um mundo inteiro. Qualquer ser humano é sensível a isso.

– Vou torcer para que você esteja certa. Mas, para mim, isto é a crônica de uma tragédia anunciada. Se meia dúzia entrar aqui, considere-se no lucro.

Mas Bluma errou no cálculo previsto, pois, assim que as portas foram abertas, centenas de pessoas invadiram o salão para ver a célebre finada. De olhos fechados e controlando a respiração, Cremilda sentia sobre si os flashes das máquinas fotográficas e ouvia os comentários a seu redor.

– Nossa, ela estava gorda mesmo, hein? Pai do céu.

– Muita falta de noção chegar a esse ponto. Ai, não empurra. Eu, hein?

– Gente, ordem, né? Vamos rezar um pai-nosso, pelo menos.

– Não acredito, é o Maurinho Assunção que está ali? Como ele é lindo.

– Será que ele vai fazer um filme? Ele tem que filmar a gente.

De fato, Maurinho havia adentrado a luxuosa câmara-ardente com sua equipe de filmagem para registrar o evento. Sua intenção era fazer um documentário sobre a vida e a morte da notável estilista, intitulado *A fome de viver de Cremilda Supersize*, e a abertura do filme seria o velório.

– Vamos lá, todo mundo chorando, se abraçando. Quero ver emoção.

Imediatamente, as pessoas se puseram a chorar, gritar e estrebuchar sobre o caixão, cada qual exagerando o mais que podia para chamar a atenção da câmera. Maurinho pediu ainda mais emoção, e uma vendedora de leitinho fermentado, totalmente arrebatada, empunhou um dos círios de cristal e tentou espancar o caixão. No mesmo instante, Catherine mandou os seguranças enxotarem a moça e enquadrou Maurinho, advertindo que aquilo era para ser um velório, e não um show do Guns N'Roses. Mas os ânimos logo mudaram de foco com a chegada da it-girl Geneviève Roussillon e do it-boy Émile Girardot, considerados pelas revistas de celebridades o casal mais bonito do país, sem falar no quanto eram ricos e se amavam. Geneviève, que se desprezava por ser tão bela, rica, apaixonada e amada, queria chorar por Cremilda para expurgar um pouco o corrosivo remorso que sentia, mas Maurinho logo posicionou a câmera na direção dela e, como sempre acontecia ao ser alvo da benevolência midiática, ela ficou tão paralisada de alegria que não conseguiu abafar o sorriso que se impunha em sua face.

– Geneviève, por favor, uma palavra sobre Cremilda. Vocês eram amigas? Está sofrendo muito por causa dessa perda irreparável?

– Bem, nós nos conhecemos na época em que ela estava no auge, mas nunca chegamos a ser propriamente amigas. Na verdade, mal trocamos duas palavras. Mas eu a admirava muito. Este vestido, por exemplo, foi ela que fez. E nós viemos prestar um último tributo à grande artista que ela foi.

As pessoas presentes no velório, então, cercaram Émile e Geneviève, gritando o quanto eles eram lindos e perfeitos, e a imprensa também se pôs a fotografá-los e a perguntar as marcas de suas joias e seus sapatos, e aquele assédio eufórico afundou Geneviève numa alegria tão intolerável que, mal conseguindo respirar, ela apoiou-se no marido e implorou num sussurro.

– Meu amor, me tire daqui. Vamos embora, rápido.

– Você sabe que eu vivo apenas para atender aos seus desejos.

E Émile envolveu Geneviève em seus braços fortes e protetores e a levou dali. Maurinho então exigiu que todos voltassem a chorar por Cremilda, mas as pessoas estavam indóceis após a passagem do estonteante casal e continuaram falando nele. Cremilda, que tudo ouvia, mas nada via, murmurou a Bluma, presente à cabeceira do caixão.

– Mas eles vieram ao meu velório e foram embora sem me ver?

– Você é apenas uma figurante de luxo neste circo, benzinho. E tente não suar, porque acho que a temperatura vai subir radicalmente.

Bluma estava se referindo à entrada do cortejado autor de telenovelas Otacílio Pupo, que trazia consigo a mais recente estrela da tevê brasileira, Jandira Malva. Sem formação artística, Jandira havia acabado de protagonizar um *remake* que fundia as novelas *Que rei sou eu* e *Barriga de aluguel*, denominado *Que rei na barriga*, após passar por rigorosos testes com dois produtores de elenco, três assistentes de direção e cinco colaboradores de texto, além do diretor-geral e do autor titular, ao lado de quem aproveitava aquela excelente ocasião para assumir o namoro. Possuidora de propósitos muito puros quando mocinha, Jandira tomou um atalho inquietante, que alguns julgavam ter a ver com o fato de seu primeiro marido ter sido flagrado aos beijos com outro homem e brutalmente espancado em seguida, e se tornou uma máquina sugadora de holofotes e atenções, especialmente as masculinas, graças às pernas que fariam Claudia Raia chorar de humilhação, aos lábios capazes de abarcar todo o estado do Mississipi e aos seios que levariam o padre José de Anchieta a batizá-los com total inclemência – todos definidos artificialmente, segundo as regras de seu meio atual. Mas os membros da imprensa, cujo orgulho costumava ser muito frágil, trataram de manter uma provocante indiferença diante daquele casal tão salutar.

– Você era amigo da Cremilda Rockfeller, Otacílio?

– Na verdade, vou escrever uma minissérie sobre ela.

– Mas o Maurinho Assunção já vai fazer um documentário sobre ela.

– Ótimo. Ele faz documentário, e eu, ficção. Quanto mais abordagens sobre essa mulher fascinante, sobre essa vida tão rica, melhor para todos.

– E quem fará o papel da Cremilda?

– Já estamos conversando com o ator que fez o papel do Tim Maia.

– E a Jandira? Vai fazer a minissérie?

– Claro. Afinal, além de ela ser uma grande atriz, nós vamos nos casar.

Então, Jandira dirigiu-se em graciosos pulinhos até o caixão de Cremilda, sobre o qual estirou uma das pernas e jogou os cabelos, revelando um alongamento físico e uma sensualidade que levou as mulheres a berrar e a enfiar os dedos dentro dos olhos, enquanto os homens caíram derrubados por um súbito e brutal acúmulo de sangue em seus músculos mais melindrosos.

– Eu vou phazer o papel da phylha, que era uma lynda, uma deuzza. Agora vamo tchyrar photcheenha, eu e a mamy. Ke loosho, né, gentchy?

E Jandira sensualizou com sua ampla e estudada desenvoltura diante do caixão de Cremilda, para o registro fotográfico da imprensa e dos fãs. Depois, Otacílio e Jandira tiraram fotos juntos diante do caixão.

– Agora um beijo, por favor, pra gente dar a nota do casamento.

E Otacílio e Jandira trocaram um desses ósculos bravios nos quais as amígdalas de um se confundem com as do outro, e um dos jornalistas achou melhor apagar da foto o caixão atrás do casal, enquanto outro gostou da presença do caixão e legendou a foto dizendo que Cremilda abençoaria o enlace. Outras fotos foram feitas, Jandira deu entrevistas em seu sofisticado dialeto batendo o cabelo no ar para que os fãs o cheirassem, Otacílio e Maurinho trocaram ameaças de morte de modo discreto e sorridente, e, em meio a tudo isso, um casal de irmãos se aproximou do caixão. Eram Rafaelo, um homem de aspecto bonito e desimportante, e Eglantine, uma ex-modelo que usava uma máscara de seda javanesa após ter o rosto deformado por um acidente pouco antes de desfilar para Cremilda. Ao olhar para a estilista no caixão, Eglantine desistiu do refrigerante que estava bebendo e sua máscara enrugou.

– E pensar que eu trabalhei para essa vaca.

– Tenha mais consideração, Eglantine. A mulher está morta. Não teve culpa se alguém misturou ácido com o laquê e a maquiagem. Não se esqueça de que a filha dela também ficou desfigurada.

– Pra você ver como essa mulher, de um jeito ou de outro, querendo ou não, estragou a vida de todos que se aproximaram dela. Pelo menos morta ela fez um bem ao mundo, porque os preços aqui no Samsara estão mesmo imperdíveis. E, agora que eu vi esse mamute dentro do caixão, podemos ir às compras em paz. Mas, antes, vou jogar esta latinha de refrigerante no lixo.

Assim, Eglantine enfiou a latinha dentro do caixão, debaixo das flores que o preenchiam, e entornou o conteúdo restante, encharcando os ombros e os cabelos de Cremilda. Sua máscara sorriu e ela saiu em passos nubígenos de braço dado com o irmão, pouco antes da chegada da banda Fura Calcinha, que provocou um alvoroço muito superior aos anteriores. Catherine Goldmayer achou aquilo um tanto excessivo e decidiu expulsar a banda, mas voltou atrás ao saber que sua presença, prontamente anunciada pela mídia, atraiu em uma hora dezenas de milhares de pessoas. O velório, que já era um sucesso, virou um fenômeno, e Irecrã, a principal bailarina da banda, gravou um depoimento para o documentário de Maurinho cercada por seus seguranças, habituados a acalmar, com seus punhos cerrados, os homens, as mulheres e as crianças que dela tentavam se aproximar.

– A gente sempre foi muito ligado em moda, beleza, atitude, e a Cremilda Roquefort era um ícone, né?, daí a gente pensou, ah, vamos fazer uma música para ela, aí a gente teve uma ideia e pá, e fez a música assim, em uma hora, e ficou bem legal, e a gente veio cantar, tipo, fazer uma homenagem.

A banda, dentro da musicalidade confusa, perturbadora e indefinível que a caracterizava, começou a cantar a homenagem, cuja letra consistia na repetição alternada das palavras "vai" e "Cremilda".

Foi quando Irecrã, ao lado do caixão, pegou um dos círios de cristal, colocou-o no chão e pôs-se a dançar aproximando e afastando de modo rebolativo sua cavidade pélvica do objeto em questão. A multidão, que se espremia no salão, logo estava cantando junto aos gritos, imitando a coreografia de Irecrã como um bando de doninhas sob efeito de *ecstasy*, enquanto Maurinho filmava a cena sufocado de fascínio.

– Mais emoção. Cantem mais alto. Jandira, vá dançar ao lado da Irecrã.

– Neca. Sou deevah. Sou phyna. Eu vou pushar o karro, que o nível aki bayshow demays. Vamo, Tatah. Tchau, gentcheenha.

Otacílio, que jamais poria uma coisa daquelas na trilha musical de uma novela sua, partiu com Jandira, enquanto a massa, dominada pela atrocidade daquela melodia, assumiu o aspecto contraído e obsceno de um esfíncter gigante. Aproveitando a distração provocada pela dança ritualística, Bluma e Catherine foram ver como estava Cremilda. Ao avistar a suposta morta, perceberam nela algumas lágrimas escapando das pálpebras fechadas e trêmulas.

– Como você pode ver, seu enterro é um sucesso, *dear*. Está gostando?

E Cremilda murmurou, sem se mover nem abrir os olhos.

– Por favor, fechem o caixão e me enterrem.

– Isso seria um pouco arriscado. Você pode sufocar e

– Não é para me desenterrar em seguida. É para me enterrar e acabou.

– O quê? Mas como assim? Você quer ser enterrada viva?

– Eu já morri, Catherine. Eu morri e não tenho mais interesse em voltar à vida. Por favor, arranje um buraco qualquer e me enterre. Eu já não lhe passei todo o meu dinheiro? Então ponha logo um ponto final nisso.

– Se você quer assim.

Atendendo a um pedido da esposa, o coronel Braguinha mandou seus assistentes cavarem uma cova nos fundos do estacionamento do Samsara. Após a apresentação histórica da banda Fura Calcinha, o caixão foi fechado e conduzido à cova por uma caminhoneta própria para carregar caçambas de lixo. Pronto para ser deitado na sepultura, o caixão tombou e caiu em pé devido à arrebentação de um dos ganchos da caminhoneta, deixando Cremilda de cabeça para baixo. Foram necessários cerca de quinze homens para derrubar o caixão no buraco, e assim Cremilda foi enterrada viva e de bruços pelos assistentes do coronel, contando apenas com a presença deste e de sua esposa, já que todos os outros, incluindo Bluma, correram de volta ao Samsara para aproveitar as promoções antes que as lojas fechassem. O coronel tirou o chapéu em respeito e foi o único a tributar uma oração a Cremilda.

– Que Deus tenha piedade de sua alma.

Dentro do caixão, Cremilda ouviu alguns estalos vindos do interior profundo da terra, e os estalos rapidamente foram aumentando de volume e se aproximando dela. Através de uma pequena rachadura no caixão, proveniente da queda, Cremilda sentiu um jato forte de gás estufando o pouco oxigênio que lhe restava, e ela pensou que devia ser o tal gás inflamável que havia no subsolo do *shopping center*, e soube que logo tudo iria para os ares e seria o fim, o fim de tudo; foi somente nesse instante, o instante mais eterno de sua existência, que Cremilda se sentiu definitivamente em paz.

Mas ainda não é o fim.

Este livro foi composto em fonte Adobe Caslon Pro e impresso
pela Intergraf Ind. Gráfica Ltda. para a Editora Prumo Ltda.